2020年度浙江省哲学社会科学规划课题"明清之际天学诗研究与笺注"
（20NDJC078YB）

晚明天学诗集《闽中诸公赠诗》研究与笺注

刘燕燕 著

图书在版编目(CIP)数据

晚明天学诗集《闽中诸公赠诗》研究与笺注/刘燕燕著.—厦门:厦门大学出版社,2020.11
ISBN 978-7-5615-7969-5

Ⅰ.①晚… Ⅱ.①刘… Ⅲ.①诗集—中国—明代 Ⅳ.①I222.748

中国版本图书馆 CIP 数据核字(2020)第 217368 号

出版人	郑文礼
责任编辑	韩轲轲
封面设计	李嘉彬
技术编辑	朱 楷

出版发行 厦门大学出版社
社　　址 厦门市软件园二期望海路 39 号
邮政编码 361008
总　　机 0592-2181111 　0592-2181406(传真)
营销中心 0592-2184458 　0592-2181365
网　　址 http://www.xmupress.com
邮　　箱 xmup@xmupress.com
印　　刷 厦门市竞成印刷有限公司

开本　889 mm×1 194 mm　1/32
印张　9.75
插页　1
字数　300 千字
版次　2020 年 11 月第 1 版
印次　2020 年 11 月第 1 次印刷
定价　68.00 元

本书如有印装质量问题请直接寄承印厂调换

厦门大学出版社
微信二维码

厦门大学出版社
微博二维码

目 录

上 编

绪 论 ·· 003
    第一节　"天学诗"概说 ·· 004
    第二节　《闽中诸公赠诗》学术史回顾 ···························· 015
    第三节　研究范式和方法 ·· 027
    第四节　本书结构 ··· 033

第一章　《闽中诸公赠诗》的历史文化渊源 ·················· 037
    第一节　多元包容 ··· 038
    第二节　崇儒重教 ··· 045
    第三节　三教合一 ··· 050
    第四节　"西来孔子"——艾儒略 ·································· 053

第二章　诗人群体 ··· 063
    第一节　科举、入仕——社会精英 ·································· 066
    第二节　诗社兴起——市民阶层 ···································· 076

第三节　诗人生平·················082

第三章　天学诗中的他者··················111
第一节　景教碑和泉州十字架···············112
第二节　"点金"谣言···················119
第三节　自然科学····················128

第四章　天学诗与晚明士人心态··············145
第一节　尊经复古——中国文人的自我书写········146
第二节　"合儒""超儒"——乌托邦想象·········156
第三节　保守和理性——观察者和同情者·········181

下　编

《闽中诸公赠诗》笺注··················199

参考文献·······················280

上编

绪 论

晚明中西方全面接触和碰撞,不仅对晚明中国思想界,而且对西方汉学的建立产生了深远的影响,这也是学术界经久不衰的研究热点。近年来,大量文献的结集出版让研究变得更加便利,我们更应当以一种创新的视角推进对文献系统的考察和审视。本书选择晚明天学诗集《闽中诸公赠诗》为切入点对晚明中西文化互动进行研究,主要基于以下几点考虑:

第一,天学诗是明清中国文化与西方文化互动的结果,通过对这个时期诗歌文体的研究和笺注,来深入解读明清闽人面对外来文化时的心态。自20世纪以来,大量存于法国国家图书馆、耶稣会罗马档案馆和徐家汇藏书楼的明清时期天主教文献被发现、整理、出版。[1] 这些文献既有明清时期中国高官、文人、教徒的著作,也有传教士的手笔,内容涉及文化、哲学、宗教、数理、艺术、医学、地理等各个领域。在以往的研究中,科学著作、伦理著作、宗教著作以及书信、奏疏、论战文章是学者研究的重点,取得了大量丰硕

---

[1] Standaert, Nicolas, New Trends in the Historiography of Christianity in China, In: *International Symposium on the History of Christianity in China*, Hong Kong: Hong Kong Baptist University, 1996, pp.1-52; Standaert, Nicolas: Inculturation and Chinese-Christian Contacts in the Late Ming and Early Qing, In: *ChingFeng*, 1991(34/4), pp.209-227.

的成果;但是以中国古典诗歌体裁创作的天学诗为重点的专题研究相对较少。

第二,天学诗是中西文化互动的文学化的表现,诗歌文体具有一家之言的特质,在"以人为本"的思想导向下,天学诗与诗人群体的研究具有特殊的意义。诗人中既有朝中显赫的高官,备受尊敬的乡绅,又有在社会某一领域的精英人物,也有仕途受挫的落魄才子和默默无闻的普通文人。从这一角度看,他们的诗歌中饱含的感情和看法,恰恰是晚明士人心态的一面镜子。

第三,晚明中西文化互动发生在特定的历史时期,中国社会处于急剧变动的时代,长江中下游地区的资本主义萌芽是这个时代的经济特征,心学和理学的论争,儒释道三教的互相勾连,实学思潮的兴起是这个时代思想的特点。这样的大环境有利于异质文化的传播。相对于晚清时期新教入华带有的极强的侵略色彩,晚明时期双方处在相对平等的位置。尤其是从两者相遇之后所产生结果来看,尽管饱含着大量相悖的、反对的言论,但文化碰撞是积极的、有益的。中西方文化的相遇和碰撞有着历史的必然性。重新审视这段历史,对探讨明末中国社会思想变动、闽地文学和历史关系都有着重要的意义。

第一节 "天学诗"概说

天学诗是指以传教士和西方文化为题材的中国古典诗歌。天学诗创作始见于16世纪末,当时的耶稣会传教士以儒生形象游走于中国士大夫之间,中国文人们秉承"诗以言志"的传统,或通过诗歌表达对西方文化的看法,或赠诗给传教士,以此作为友谊的象征。然而,第一次正式使用天学诗这一个概念的人是明末清初的天主教神父、诗人、画家吴渔山(1632—1718),他提出,作天学诗最难,因为没有其他可以参照的东西。① "天学"一词在晚明前专指以历法和观测星象为中心的古代天文学,耶稣会入华后,常用来指称西方科学知识和宗教文化,且有了广义和狭义的区分。广义的"天学"指哲学、艺术、宗教、天文地理等西方文化知识的综合,狭义的"天学"指的是涉及教理的核心内容。② 因此,以"天学"为题材的中国古典诗歌就被称为"天学诗"。从1582年利玛窦入华到1662年南明政权覆灭这一段时间出现了大量的天学诗,它们与晚明中西文化交流的历史进程相互映照。这个阶段的诗歌在内容上与清初之后的"狭义天学诗"存在极大区别,一是这个阶段的诗人基本上都不是教徒,二是诗歌内容逐步从单纯描述传教士人物形象、西方科学知识,扩展到阐释个人对天学内涵的理解和接受,以及抒发个体的情感。正如教徒徐光启的天学诗在内容上与汤显祖、李贽、谭元春等人的诗作存在极大差别。

明清之际的天学诗中主要是赠诗,从现存诗作考察,"赠诗"始于东汉末年,后来,南朝萧统的《昭明文选》中立"赠答"诗类,正式确立赠诗题材。赠诗以满足交际为导向,自东晋(317—420)开始流行,诗题通常出现"与"和"酬",或称赠答诗,分别表示赠送、答

---

① 关于吴渔山生平和著作的研究,见 Chavers, Jonanthan, *Singing of the Source, Nature and God in the Poetry of the Chinese Painter Wuli*, Honolulu: University of Hawaii Press, 1993;章文钦:《吴渔山与华化天学》,北京:中华书局,2008年,第1~167页;Ch'en Yüan(陈垣):WU YÜ-SHAN(吴渔山), In: Commemoration of the 250th Anniversary of his Ordination to the Priesthood in the Society of Jesus, In: *Monumenta Serica*, 1938(3), pp.130-170.

② 章文钦在研究吴渔山的天学时解释了天学诗的概念,狭义的天学诗是指内容上关于天主教教义的诗歌,广义的天学诗是指与天主教文化、传教士和西方科学技术知识有关的内容。章文钦:《吴渔山与华化天学》,北京:中华书局,2008年,第254页。

复,此后又发展为"联句"。所谓联句指的是一首诗由两人或多人共同创作,每人一句或数句,按照相同的韵律,联结成一篇。赠诗后来统称为唱和诗,这种在朋友之间,或者是在宴会之上常用的娱乐形式,在唐朝达到兴盛,延续至明朝。① 此外,又有拟古诗,顾名思义,按照古体诗形式作诗,有以相同主题作的诗歌"同题诗",以及奉皇帝之命所作、所和的"应制诗",内容多为歌功颂德的,也颇为流行。用诗歌相互酬唱、赠答,称为唱和,"这种形式的特点是用于二人之间,你赠我答,即事抒情,比较灵活,可以从自身着笔,又可以由对方来写,还可就彼此不同的情或意发表各自的看法"。② 文人宴请宾客,席间酬唱是故有的文学传统,正如闽人黄鸣乔赠送给传教士艾儒略(Giulio Aleni,1582—1649)的诗歌中就有"觞传月下姿如鹤,尘拂花边屑是琼"的句子,描述了他在花园中设宴与传教士畅饮的场面。一般认为,酬唱诗、赠答诗和应制诗的文学艺术价值不高,这与它过分重视交际功能有关;另一方面,晚明诗歌整体创作以复古为倾向,以"文必魏晋,诗必汉唐"为原则,刻板地模仿和灵性的缺失无疑是明代诗歌的美学价值不高的原因之一。

天学诗是明清之际中国与西方接触、互动的产物,是中国人对西方文化的直接反映。上至皇帝,下至平民,不同社会阶层的中国文人都留有天学诗,他们将所接触到的西方事、人、物写入诗歌,赠诗成为文人和西士交游的内容之一。许多诗歌散见于文人文集,应当还有一部分诗歌没有被发现。明代文学家徐渭在西人初到绍

---

① 岳娟娟:《唐代唱和诗研究》,复旦大学博士学位论文,2004年,第9页。

② 赵以武:《唱和诗研究》,兰州:甘肃文化出版社,1997年,第4页。

兴时(约1583年)写成五言古诗和七言古诗各一首。① 汤显祖(1550—1616)于1592年在肇庆遇到传教士后作《端州逢西域两生破佛立义,偶成二首》。② 在作诗之前,汤显祖已经游览了香山和

---

① 两首诗见(明)徐渭:《徐文长三集》卷4,第1册,北京:中华书局,1988年,第102页。抄录如下:《天竺僧其一》:"扬帆三竺浃,弭锡五羊城;黑人初以涉,琉球次所经;(初至黑人,次至琉球,至广州,凡涉三万里,崴三周,以弧矢算之,得此数)波弧十五兆,日矢九千赢;人疑鹏六息,彼视蠛一信;衍既隘九土,师亦眇八垠;片楮画大卵,沃焦淌孤萍,劈芥内阎浮,粉尘陋虚邻;铁籠卧龙象,银澜恬蛟鲸;梵呗只字扫,江海百谷臣;云胡白氎底,乃有赤篆文;象胥几何译,龙树鲜恚嗔,挂履度葱岭,趺湫蜕岩云;投夹戴南寺,乃偕领西昆;漏沙自箭准,圣水他涛奔;有为乃复尔,无量何由臻;相色示戏幻,接引诓劳尘;白马幸来寺,黄龙未演轮;薄疴阻问讯,拟待桃花春。"《天竺僧其二》:"身毒头痛与发热,师宁怖之不敢越;昙摩泛海路空长,描景者谁师击节;绣袷祖右把钵盂,海船铁底摩鳌鱼;蛟鲸一岛且百万,万岛那得穷其余;都愁长老之钵盂,一人不出如车渠;穿绳挂臂陪数珠,海程三万一寸如;三年得遇王大夫,此时尚佩端州符;今与令弟来越都,赵陀幽宫白蛇珠;取妆额顶金浮屠,袖里一图九瀛神;中原四海焦螟眉,高躯胡鬣口颊迷;镔刀稍懒胡萋萋,人讶昙摩古塑泥。"

② 《端州逢西域两生破佛立义,偶成二首》,其一:"画屏天主绛纱笼,碧眼愁胡译字通。正似瑞龙看甲错,香膏原在木心中。"其二:"二子西来迹已奇,黄金作使更何疑。自言天竺原无佛,说与莲花教主知。"关于汤显祖的天学诗的研究,学界存在着争议。徐朔方认为,汤显祖于1592年春在肇庆遇到的传教士是利玛窦和石方西,宋黎明也持这种观点;龚重谟则认为,1592年春利玛窦不在肇庆而在韶州,而且利玛窦当时的称谓是天竺僧,而非诗中的"子""生",汤显祖所指的可能是另外两位耶稣会传教士苏如汉(Joāo Soeiro)和罗如望(Joāo da Rocha)。见徐朔方:《论汤显祖及其他》,上海:上海古籍出版社,1983年,第91~103页;徐朔方:《汤显祖评传》(南京:南京大学出版社,1993年)有《会见利玛窦》一章专论此事;龚重谟:《汤显祖在肇庆遇见的传教士不是利玛窦——也谈汤显祖与利玛窦》,《纪念汤显祖逝世390周年国际学术研讨会》,2006年,第208~215页;宋黎明:《汤显祖与利玛窦相会韶州考——重读〈端州逢西域两生破佛立义,偶成二首〉》,《肇庆学院学报》,2012年第3期,第1~6页。

澳门,参观过澳门圣保罗教堂(三巴寺),这也是为什么他的《牡丹亭》中就描述有西人建造的多宝寺和在此展览宝物以迎接接受官员的盛况。徐朔方评论,"即使像徐渭和汤显祖那样的杰出人物,当全新的事物来到他们眼前时,不管带着多大的新奇和惊异之感,他们却只能以老大帝国的老眼光去对待"。① 然而,耶稣会传教士刚刚入华时,还未穿上儒服,且自称"天竺僧",礼拜堂还称作"寺",徐渭和汤显祖的天学诗描绘的不过是南方省份中常见的异域风情和西人而已。

福建文人诗社领袖曹学佺被认为是第一个赠诗给利玛窦的福建籍诗人。曹学佺(1574—1647),字能始,号石仓、雁泽,1595年中进士,擢南京户部郎中,后在四川、广西任职。任南明隆武政权太常寺卿,南明覆灭之后,自杀。留有12卷《易经通论》、7卷《周易可说》、10卷《书传会衷》、12卷《春秋阐义》及《西丰字说》。《列朝诗集》选录曹学佺的诗歌超过80首。他与李贽是好友,与徐𤊹兄弟已有交往,徐𤊹曾在《怀友诗》中叙述与包括曹学佺在内的诸位诗友先后结社谈诗、文酒过从,双方有十年的交情。曹学佺在南京任官的十年间,与士人好友交游唱酬。天启六年,得罪阉党而被罢官后,在福州与赵世显、徐𤊹、陈衍等人结诗社。1599年,曹学佺在

---

① 徐朔方:《徐渭笔下的西方传教士》,《文学遗产》,1988年第5期,第126～128页。

南京时结识利玛窦,曾两度会面,留有赠诗《赠利玛窦大西洋人》。①

值得一提的是晚明心学泰州学派人物——李贽(1527—1602),他出生于福建泉州府的一个文人之家,他在58岁的时候辞去了官职,成为一名佛教徒,开始了作为思想家和批评家的生涯。他在《藏书》和《焚书》中,或明或暗地批判了儒家学说,被认为是危险的思想者,而被官方打压,最后在1602年于狱中自杀。1599年,利玛窦在南京逗留期间与李贽见过面,后者将诗歌题在扇子上赠给利玛窦。② 这首诗歌后来以《赠利西泰》为题收入了

---

① 曹学佺是福建文人诗社领袖,在南京户部任职期间(1598—1600),作诗《赠利玛窦大西洋人》:"异国不分天,无人到更先。应从何念起,信有夙缘牵。骨相存夷故,声音识汉便。已忘回首处,早断向来船。"曹学佺是第一个赠诗给利玛窦的福建诗人。见林金水:《曹学佺赠利玛窦诗》,《文史》,1990年第33期,第396页;林金水:《艾儒略与〈闽中诸公赠诗〉研究》,《清华学报》,2014年总第44卷第1期,第65页。曹学佺的生平见张廷玉:《明史》卷288,北京:中华书局,1974年,第7400~7401页;黄开国:《经学辞典》,成都:四川人民出版社,1993年,第556页;Paul Rule, Aleni and the Chinese Rites Controversy, In: Tiziana Lippiello, Roman Malek (ed.), "*Scholar from the West*": *Giulio Aleni S. J. (1582—1649) and the Dialogue between Christianity and China* (Monumenta Serica Monograph Series;42), Nettetal: Steyler Verlag,1997,pp.206-208;陈广宏:《闽诗传统的生成——明代福建地域文学的一种历史省察》,上海:上海古籍出版社,2018年,第393页。

② 利玛窦的日记由传教士金尼阁翻译成拉丁语,并于1615年在奥斯堡出版,先后翻译成法语、意大利语、德语、西班牙语。除了日记之外,还有利玛窦写给其上级、在其家乡和亚洲的其他传教士和他的家属的书信,这些书信(*Opere Storiche del P. Matteo Ricci S.J.*)于1911年至1913年期间在利玛窦的出生地马切拉塔出版。根据拉丁语版的利玛窦日记和 Daniello Bartoli 在 *Historia della Compagnia di Giesu. La Cina. Terz a parte dell'Asia* 的记录,李贽送给利玛窦两把扇子,上面分别题写着诗歌。Otto Franke, *Li Tschi und Matteo Ricci* (Abhandlungen der Preußischen Akademie der Wissenschaften, Jahrgang 1938, Nr.5), Berlin: Verlag der Akademie der Wissenschaften,1939,pp.13-14.

《焚书》中。①

李贽多次与利玛窦在南京会面,第二次会面是1600年在山东巡抚刘东星(1538—1601)的家里,但是没有关于此处会面的记载。利玛窦在他的日记中提到李贽:

> 他(焦竑)家里还住着一位有名的和尚,此人放弃官职,削发为僧,由一名儒生变成一名拜偶像的僧侣,这在中国有教养的人中间是很不寻常的事情。他七十岁了,熟悉中国的事情,并且是一位著名的学者,在他所属的教派中有很多的信徒。这两位名人都十分尊重利玛窦神父,特别是那位儒家的叛道者;当人们得知他拜访外国神父后,都惊异不止。不久以前,在一次文人集会上讨论基督之道时,只有他一个人始终保持沉默,因为他认为,基督之道是真正的生命之道。他赠给利玛窦神父一个纸折扇,上面写有他做的两首短诗,这两首诗就放到利玛窦当时积累的资料中去;这是中国人常见的作风。如果当时有人爱好虚荣,把这些献给利玛窦神父和他同伴的短诗保存下来的话,它们会有厚厚的一册。②

利玛窦在收到带有诗歌的纸折扇后,按照中国的习惯,把这两首诗收入他制作的、与折扇规格大小一样的盒中。③李贽在给友人的信中也提到利玛窦:

---

① 李贽:《焚书》卷6,张建业、刘幼生编:《李贽文集》,第1册,北京:社会科学文献出版社,2000年,第240页:"刹刹标名姓,仙山纪水程;逍遥下北溟,迤逦向南征。回头十万里,举目九重城;观国之光未,中天日正明。"

② [意]利玛窦、金尼阁:《利玛窦中国札记》,何高济等译,北京:中华书局,1983年,第359页。

③ 林金水:《利玛窦与中国》,北京:中国社会科学出版社,1996年,第65页。

利西泰,西泰大西域人也。到中国十万余里,初航海至南天竺,始知有佛,已走四万余里矣。及抵广州南海,然后知我大明国土先有尧、舜,后有周、孔。住南海肇庆几二十载,凡我国书籍无不读,请先辈与订音释,请明于《四书》性理者解其大义,又请明于《六经》疏义者通其解说,今尽能言我此间之言,作此间之文字,行此间之仪礼,是一极标致人也。中极玲珑,外极朴实,数十人群聚喧杂,雠对各得,傍不得以其间斗之使乱。我所见人未有其比,非过亢刚过谄,非露聪明则太闷闷瞆瞆者,皆让之矣。但不知到此何为,我已经三度相会,毕竟不知到此何干也。意其欲以所学易吾周、孔之学,则又太愚,恐非是尔。①

李贽对利玛窦的学识和口才十分赞叹,但是不理解西人不远万里来华动机,更别说对天学的理解。作为佛教徒,李贽应该是利玛窦传教的对立面,事实上利玛窦对他并无严厉的批判之语,因为他本质上还是一个著名的儒学后人,与他交游是有利而无害的。在研究了利玛窦的 Della entrata della Compagnia di-Gesù e Christianità nella Cina《耶稣会和基督教进入中国》》和李贽的文集之后,德国汉学家富兰阁在一篇文章中分析了两者的交往。在他看来,这首诗歌的文学描写完全没有融入诗人的个人感受和对利玛窦的看法。正如同时代的文人一样,李贽作诗更多是为了展示自己的才华和使用文字的能力,赠送题有诗句的扇子是两个文人或者学者之间一次再正常不过的礼仪。对于李贽未能了解利玛窦来华的原因,富兰阁认为,这是传播过程中遇到的一个具体的问题,因为利玛窦从李贽的经历看出,李贽很难接受上帝的福音,

---

① (明)李贽:《续焚书》卷1,张建业、刘幼生编:《李贽文集》,第1册,北京:社会科学文献出版社,2000年,第33页。

李贽作为"异端"而身处不幸,他作为佛教徒,本质上是传教事业的敌人,同时,他深受儒学影响,根本无法从中挣脱出来,获得完全的自由。① 这场交往即没有达到精神方面的交流,也没有激烈的冲突,仅仅是一场仪式上或形式上的友好见面。② 但是,传教士金尼阁、耶稣会历史学家巴托利(Daniello Bartoli,1608—1685)在描述李贽时,语气却不是那么客气:

> 上帝显现了荣光,让我们去打败敌人,也给予那个中国人机会。那个人放弃了他的官职,剃掉头发,变成和尚。这个之前被称为李贽的人完全放弃了通过学业获得的名声,反之以他的新的精神来教导学生,并且写了许多书;他摒弃中国被尊为神圣的古代学说,推崇被认为"异端"的学说。③

利玛窦在士大夫阶层获得了极大的声望,"四方人士,无不知有利先生者,诸博雅名流,亦无不延颈愿望见焉。稍闻其绪言余论,即又无不心悦志满,以为得所未有"。④ 这个时期的天学诗较之前发生了较大的变化,涉及的内涵更广。徐光启(1562—1633)作5首诗歌:《圣教规诫箴赞》《天主十诫》《克罪七德》《真福八端》

---

① Otto Franke, *Li Tschi und Matteo Ricci* (Abhandlungen der Preußischen Akademie der Wissenschaften, Jahrgang 1938, Nr. 5), Berlin: Verlag der Akademie der Wissenschaften, 1939, p.17.

② Otto Franke, *Li Tschi und Matteo Ricci* (Abhandlungen der Preußischen Akademie der Wissenschaften, Jahrgang 1938, Nr. 5), Berlin: Verlag der Akademie der Wissenschaften, 1939, pp.23-24.

③ Otto Franke, *Li Tschi und Matteo Ricci* (Abhandlungen der Preußischen Akademie der Wissenschaften, Jahrgang 1938, Nr. 5), Berlin: Verlag der Akademie der Wissenschaften, 1939, pp.19-20.

④ (明)徐光启:《徐光启集》,上册,王重民校,北京:中华书局,1963年,第87页。

和《哀矜十四端》。① 明朝覆灭之后，唐王朱聿键（1602—1646，1645—1646 在位）凭借郑芝龙海商集团的力量在福建建立政权，史称南明隆武帝。在他登基之前，因起兵勤王，得罪崇祯皇帝，而被废为庶人，"亲族不愿归附"，而意大利耶稣会传教士毕方济（Francesco Sambiasi,1582—1649）"待他独厚"，两人已有所来往。1645 年 11 月，隆武帝即位后，欲邀请毕氏来闽供职，委以重任，并赠诗一首。② 同年，郑芝龙（1604—1661）见《皇帝御制诗》有感，以"温陵道人"落款作赋赠送毕方济。③

诗歌在明代士人精神生活中有着重要的意义，传教士们也尝试过进行诗歌创作，如意大利耶稣会传教士罗明坚（1543—1607）的"中国诗集"。1993 年，陈绪伦在耶稣会罗马档案馆发现了 58 首无名氏诗歌（编号 Jap.Sin.II,159），他推测是罗明坚在 1580—1588 年在中国期间所创作的诗歌，这和徐渭（1521—1593）赠送给

---

① 见钟鸣旦、杜鼎克主编：《耶稣会罗马档案馆明清天主教文献》，第 8 册，台北：利氏学社，2002 年，第 33～39 页。

② 《皇帝御制诗答故人高士毕方济字今梁进修齐治平颂有引》，钟鸣旦、杜鼎克、蒙曦主编：《法国国家图书馆明清天主教文献》，第 16 册，台北：利氏学社，2009 年，第 445～450 页。"毕今梁，西域之逸民，中国之高士。余迎晤于奉藩在烈庙，庚午辛未间丙子冬，余以罪废降羁重圉，今梁冤惜力白，当事抚臣，余事得明。甲申秋释，己酉春再得晤，今余登极八闻，今梁奉召来朝，进颂含规，文叔云狂奴故态。诗以裁答，兼弁文首。天地年年故，蟾午日日新。金兰一友道，囊龠五人伦。怜彼华夷苦，拯余方寸仁。借流安世后，太是委来真。"

③ 郑芝龙：《平虏侯赋》，钟鸣旦、杜鼎克、蒙曦主编：《法国国家图书馆明清天主教文献》，第 16 册，台北：利氏学社，2009 年，第 452 页。"紫微之垣下毕星，沐日浴月过沧溟。泰西景教传天语，身是飞梁接天庭。"

罗明坚的两诗歌有关系。① 再如艾儒略的《圣梦歌》,对此,泉州教徒张赓在《圣梦歌》的序言写道:"《圣梦歌》之始也,乃西土诗歌,不过艾氏愿以中邦之韵出之。"内容是圣人伯尔纳(St. Bernard of Clairvaux,1090—1153)之梦,全诗近似七言古诗,而体式则"近似弹词"。通俗而酣畅,每遇四、六或八句都会换韵。② 艾儒略和教徒们四处收集诗歌,汇集为《闽中诸公赠诗》。它的出现顺应了晚明崇尚诗歌创作的时代风气,迎合了士人精神生活旨趣。

天学诗创作并未随着明朝覆灭而销声匿迹,清初,德国籍耶稣会士汤若望(Adam Schall von Bell,1592—1666)在清廷钦天监得到重用,他的著作《主制群征》一书中附有《赠言碑刻》,收入清初文人官员赠予他的诗歌;著有《天儒同异考》的清初教徒张星曜还著有《圣教赞铭》一册,当中有 38 首诗;清初吴渔山"有意识地致力于天学诗的创作,以其反映天主教的事物,并表述天主教义,其篇什之富,内容之丰,对天主教认识水平之高,皆推渔山为第一人",③ 他的《三巴集》中包含了 82 首天学诗,《澳中杂咏》和《三余集》有部分涉及。章文钦认为:

> 如果沿着这一路数发展下去,未尝不可以像印度佛教文化传入中国而创立中国佛教文学那样,由西方天主教文化的传入而创立中国天主教文学。然而,印度佛教文化传入以后,逐步适应中国文化的环境,与中国文化达成一片,使创立中国

---

① Chan Albert: Michele Ruggieri, S. J. (1543—1607) and his Chinese poems, In: *Monumenta Serica*, 1993(41), pp.129-176; Chan Albert, Two Chinese Poems Written by Hsü Wei(1521—1593) on Michele Ruggieri, S. J. (1543—1607), In: *Monumenta Serica*, 1996(44), pp.317-337.

② 李奭学:《中译的第一首英诗:艾儒略〈圣梦歌〉初探》,《中国文哲研究集刊》,2007 年第 30 期,第 87~142 页。

③ 章文钦:《吴渔山与华化天学》,北京:中华书局,2008 年,第 257 页。

佛教文学成为可能。西方天主教传入以后,却以在精神上征服中国为目标,与西方殖民主义联系在一起。①

明清鼎革之际的《圣清音集》(1920年出版)则包含了西班牙多明我会传教士杨多默(Fr.Thomas de la Hoz,O.P,1879—1949)的33首"想诗"、姜孝廉的18首绝句以及46首无名氏圣诗。②

第二节 《闽中诸公赠诗》学术史回顾

在众多零散的天学诗中,《闽中诸公赠诗》尤为引人注目,它是晚明高级官员、乡绅秀才、底层文人和教徒创作的天学诗合集,收录了由71位诗人创作的84首诗歌,由晋江天主堂辑。诗集内容高度相似,体裁多样,有40首五言诗,40首七言诗,1首乐府诗,1首回文诗和2首杂言诗。诗集多用古体,可能因为古体诗与律诗注重韵和对仗的要求相比,更为活泼灵活。

本文参考的《闽中诸公赠诗》(下文称《赠诗》)存于法国国家图书馆抄本部,抄本保存状况良好,除了封面和标题页,共有正文25面,大小为13.5cm×23 cm,以楷体书写,未加标点。封面左上有"崇正集"三字,一旁有拼音"Tsong-tching-tsi",为旧时拼音转写,第二页左上角有"No 3344",应是旧的存档号码。第二页中间写有诗集名称:"熙朝崇正集",标题之上可见红色印章"R.F.Bibliotheque Nationale Manuscrits",标题右侧有一列小字:"闽中诸

---

① 章文钦:《吴渔山与华化天学》,北京:中华书局,2008年,第268页。
② 方豪:《圣清音集卷上校言》,《方豪六十自定稿》,第2册,台北:学生书局,1969年,第1689页。

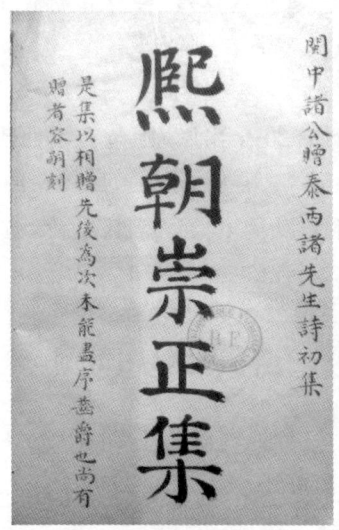
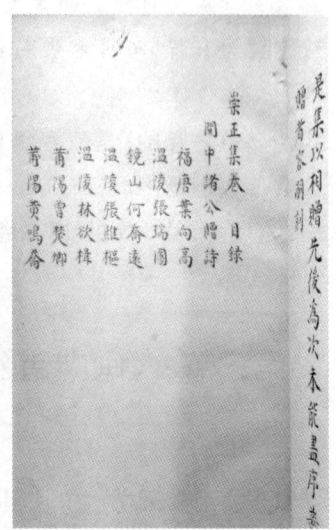

公赠泰西诸先生诗初集",左侧有一行字:"是集以相赠先后为次,未能尽序齿爵也,尚有赠者容嗣刻"。目录题为:"崇正集卷目录",副标题"闽中诸公赠诗",此副标题在正文又出现一次,同时标明编辑者为"晋江天学堂辑"。

诗集扉页上注明"闽中诸公赠泰西诸先生诗初集",诗人叶向高、张瑞图、徐𤊹等人与利玛窦、庞迪我等传教士亦有往来,一些诗歌暗示了受赠者,如徐𤊹的诗歌:"历尽沧溟九万程,廿年随处远经行。教传天主来中夏,恩沭先朝见盛明。""先朝"与利玛窦在万历朝受到的褒奖有关。[①] 在这首诗歌中,他提到了地理、天文学的知识,这些利玛窦和艾儒略在其著作中都有涉及。有一些诗歌直接出现了受赠者的名字:艾夫子,艾高士,艾君,先生艾,艾公。艾儒略作为主要受赠者显然是选诗的重要标准,这也可以解释为什

---

① 徐𤊹和利玛窦的交往见 Lo Yuet Keung, My second self: Matteo Ricci's friendship in China, In: *Monumenta Serica*, 2006(54), p.239.

么曹学佺和李贽赠送给利玛窦的诗并没有收进《赠诗》。艾儒略在闽传教 25 年,足迹遍及八闽大地,于各处设立教堂,著书立说,以丰富的学识和人格魅力获得士大夫的赞许和底层文人的爱戴,闽人称之"西来孔子",①"赠其诗文,刊刻于《崇正集》"。②

据现有资料推测,诗集原是作为《崇正集》,即《熙朝崇正集》当中的一卷,因明清鼎革,该卷未能付梓。教徒张赓和韩霖(1596?—1649)在《耶稣会西来诸位先生姓氏》中介绍了艾儒略的著作,当中就提到了《熙朝崇正集》原来共有四卷。③ 近代学者徐宗泽在《明清间耶稣会士译著提要》中提到四卷本的《崇正集》在福州出版。④ 目前保存下来的以《熙朝崇正集》为题的手抄本有两种,除去《赠诗》之外,法国巴黎国家图书馆抄本部保存有二卷本的《熙朝崇正集》(编号 1322)。⑤ 第一卷包含了《景教流行中国碑颂(并序)》、李之藻(教名:Leo,1571—1630)的《读景教碑后书》、徐光启的《景教堂碑记》和张赓的《武荣出地十字架碑序》。第二卷收入了官方档案,如《贡献方物疏》《礼部提准利玛窦御葬疏》《钦赐西儒葬

---

① Lin Jinshui, A Tentative Study on Aleni's Adaptation Method for Christian Evangelization, In: Tiziana Lippiello, Roman Malek(ed): "*Scholar from the West*": *Giulio Aleni S.J.* (*1582—1649*) *and the Dialogue between Christianity and China*(Monumenta Serica Monograph Series;42), Nettetal: Steyler Verlag,1997,p.335.

② 韩琦、吴旻校注:《熙朝崇正集·熙朝定案(外三种)》,北京:中华书局,2006 年,第 234 页。

③ 张赓、韩霖:《耶稣会西来诸位先生姓氏》,吴相湘主编:《天主教东传文献续编》(《中国史学丛书》,第 40 册),第 2 册,台北:学生书局,1966 年,第 312 页。

④ 徐宗泽:《明清间耶稣会士译著提要》,北京:中华书局,1989 年,第 365 页。

⑤ 韩琦、吴旻校注:《熙朝崇正集·熙朝定案(外三种)》,北京:中华书局,2006 年,第 4 页。

地居室记》《钦天监又荐疏》等,这些档案标注的日期是万历年间,下限至1639年2月3日。①《熙朝崇正集》呈现了官方的认可,展现了上层社会和民间对西士的赞美和接受。《赠诗》符合这种倾向,提供了与《熙朝崇正集》相关的重要信息,教徒们在福建教案爆发期间,汇集了这些奏疏、文章和赠诗。如果《赠诗》是属于《熙朝崇正集》中的诗歌卷,或者称之第三卷,那么《熙朝崇正集》的第四卷是什么内容?杜鼎克(Adrian Cornelis Dudink)认为,这个已经"遗失"的第四卷很可能包含中国文人陈文祚等五人为传教士著作所作的序言。现存的《天学集解》(约1680年)是目前唯一包含这五种序言的合集,这很可能是在教案期间从《熙朝崇正集》第四卷中引用、汇辑的。②

《赠诗》中的诗歌创作时间不同,大致始于艾儒略三山论学(1625),下限应在1639年。福建建宁县县令左光先在崇祯十四年(1639)发布的《建宁县告示》中提到刊刻闽中诸公赠诗文一事:

> 太西利先生首入中华,倡明景教,蒙神宗皇帝宾礼廪于太官,赐以御葬,自是西儒接踵来都,修历法,守都城,历著忠勤,蒙今上赐以田房,旌以匾额,内而公卿台省,外而院司守令,莫不敬爱景仰,所题赠诗文刻于《崇正集》者甚众,而艾思及先生在西儒中尤称拔萃,所著书皆惊心沁耳,憬迷破梦,相公叶公敦请来闽,教铎弘宣,入闽群邑,咸建圣堂,以虔昭事,今幸振铎来兹本县,互质所学,尤深赞叹。

---

① 韩琦、吴旻校注:《熙朝崇正集·熙朝定案(外三种)》,北京:中华书局,2006年,第3页。

② Dudink, Adrian Cornelis, Giulio Aleni and Li Jiubiao, In: Tiziana Lippiello, Roman Malek (ed.), "*Scholar from the West*": *Giulio Aleni S. J. (1582—1649) and the Dialogue between Christianity and China* (Monumenta Serica Monograph Series;42), Nettetal: Steyler Verlag, 1997, pp.145-146.

崇祯十四年六月①

《赠诗》排在第一位是叶向高的赠诗,该诗也收在了1635年刊刻的《帝京景物略》中。《帝京景物略》是明代历史地理著作,详细记载了当时北京城的风景名胜、风俗民情。在景点名胜的介绍之后,作者附上当时名人对该地的点评、诗文。在介绍了利玛窦建于北京的教堂之后,附了四首诗歌,分别是叶向高的《赠西国诸子》、李贽的《赠利西泰》,李日华的《赠利玛窦》和池显芳的《赠远西艾思及》。②据此可知,叶向高的诗歌受赠者为"西国诸子";池显芳诗歌赠给艾儒略,在收入《赠诗》后,去掉了题目,而且对诗歌进行了修改。此外,诗歌也包含着时间线索,陈宏已诗云:"身绝嗜欲根,家视如脱屣。故乡无梦到,二十八周矣",李师侗的五言诗云:"去国八万里,离家三十年",艾儒略1609年离开欧洲,可以推算出他们的诗作在1637—1639年完成。另外,教徒苏负英提到了泉州十字架,虽然这个十字架早在1619年就被发现,但是直至1629年,艾儒略到泉州才确认了其为基督教遗迹,诗歌应在1629年之后创作。③

《赠诗》手抄本书写错误较多,目录和正文多次出现出入,目录诗人名字70人,正文71人,多"薛一唯"一人。此外,目录标"池显方",而正文为"池显芳";林维造在目录里名字是"陈维造";翁际豊在目录是"翁际盛"。籍贯的表达也多有不同:

---

① 韩琦、吴旻校注:《熙朝崇正集•熙朝定案(外三种)》,北京:中华书局,2006年,第233~234页。

② (明)刘侗、刘奕正:《帝京景物略》,北京:北京古籍出版社,1983年,第153~154页。

③ 艾儒略拜访泉州一事记录在张赓的《武荣触底十字架碑》(1633),收入韩琦、吴旻校注:《熙朝崇正集•熙朝定案(外三种)》,北京:中华书局,2006年,第17~18页。

表1 《赠诗》中关于诗人籍贯的表达不同之处统计表

诗人	目录	正文
徐景濂(11)	莆阳	古莆
柯宪世(16)	古莆	莆阳
李文宠(28)	晋江	温陵
薛瑞光(31)	三山	福州
王一锜(32)	福唐	福清
张开芳(34)	莆阳	莆田
林绍祖(38)	莆阳	莆中
王　标(49)	福清	福唐
翁际盛(50)	莆阳	莆田
郑凤来(58)	莆阳	莆中

注：括号内序号表示诗人在诗集中的排序。

"古莆""莆中"和"莆阳"都是"莆田"的旧称；"温陵"和"晋江"指泉州，"福唐"为福清旧称，福州又称"三山"和"闽海"。① 何乔远来自"镜山"，因其隐居于泉州城北清源山，山中有大石如镜，因而其自称"镜山"。陈衍来自福州，却称来自"颍川"，因陈姓家族来自于河南光州颍川，西晋时入闽。②

诗集中常有空格，以对下文出现的人、物示以尊敬，如张瑞图诗中的"艾公"，张维枢诗中的"天"，黄鸣乔诗中的"圣人"。陈玄藻、徐𤊹、董邦廪、林焌、陈圳、薛馨、郑璟、谢懋明、林登瀛、翁际盛等人诗中的"天主"，之前都有空格。林光元诗中的"一尊"，董邦廪和王标诗中的"先生"，陈宏已的"天学"，林维造的"主天"，薛瑞光的"天子"，潘师孔的"主"，薛凤苞、王标、潘师孔诗中的"耶稣"，苏负英的"圣朝"之前亦有空格。

诗集什么时候被带到法国已经无从考察，国内学界对《赠诗》

---

① 顾保鹄：《熙朝崇正集影印本序》，吴相湘主编：《天主教东传文献》（《中国史学丛书》，第24册），台北：学生书局，1965年，第634页。

② 林金水：《艾儒略与闽中诸公赠诗研究》，《清华学报》，2014年第1期，第79页。

的发现却可以追溯到1938年。这一年,在欧洲游历的向达在法国国家图书馆发现了《赠诗》手抄本,他将诗集誊写后带回国,传阅于友人之间。1947年,向达在《上智编译馆馆刊》刊出了分别来自张瑞图、何乔远、曾楚卿、刘履丁和郑之铉的五首诗歌。①方豪(1910—1980)以向达手录本为据,作《徐霞客与西洋教士关系之探索》一文,探究诗人、徐霞客和耶稣会士的交集,由此推断徐霞客的创作和成功有可能受到耶稣会传教士的影响。②他认为,诗集是双方文化交流的证明,中国文人不仅赠诗传教士,也对其他西方的事物,如望远镜、自鸣钟等等展示了不同的看法;方豪在《明末清初旅华西人与士大夫之晋接》中,对明季以降中国人赠送给传教士的诗歌进行整理,按照受赠对象分为利玛窦、艾儒略、毕方济、汤若望、南怀仁、刘松龄、鲁日满及"西国诸子"、刘松龄以及郭某者。③1965年,《赠诗》的全文影像第一次出现在由吴相湘主编的《天主教东传文献》中。④据此,梁子涵对诗集的细节进行了考证,发现了目录和正文不一致等问题。⑤顾保鹄评价《赠诗》说:"明末清初诸教士之著述,大抵往年上海徐家汇藏书楼均有收藏,而此书独

---

① 向达:《明末闽中公卿赠艾思及诸西士诗选》,《上智编译馆馆刊》,1947年第2卷第4~5期,第361~362页。

② 方豪:《徐霞客与西洋教士关系之探索》,《方豪六十自定稿》,第1册,台北:学生书局,1969年,第284页。

③ 方豪:《影印闽中诸公赠诗抄本序》,《方豪六十自定稿》,第2册,台北:学生书局,1969年,第2267~2273页。初刊于《东方杂志》1943年第39卷,第5期,第49~57页。

④ 《闽中诸公赠诗》,吴相湘主编:《天主教东传文献》(《中国史学丛书》,第24册),台北:学生书局,1965年,第633~691页。

⑤ 梁子涵:《跋顾保鹄教授摄影的熙朝崇正集》,吴相湘主编:《天主教东传文献》(《中国史学丛书》,第24册),台北:学生书局,1965年,第692~696页。方豪:《影印闽中诸公赠诗抄本序》,方豪:《方豪六十自定稿》,第2册,台北:学生书局,1969年,第2267~2273页。

无。海外收藏最富者为巴黎国立图书馆及梵蒂冈图书馆,而此书梵蒂冈亦付缺如。故巴黎图书馆此一钞本,可能是宇宙间唯一孤本,可见其价值之高矣。"①

早期的研究以整理为主,研究主体是台湾学者。历史学和文献学的研究理路,深化、细化了对天学诗的研究。林金水从20世纪80年代开始从事福建基督教史研究,发表了大量的学术论文。《艾儒略与福建士大夫交流表》(1985)和《利玛窦与福建士大夫》(1995)两篇论文以地方志和各类史书文献为基础,整理出诗人的身份和籍贯,梳理艾儒略在华,特别是在福建传教的经历;《艾儒略与明末福州社会》(1992),《艾儒略在泉州的交游与传教活动》(1994)重点论述士大夫与艾儒略之间的关系,考订部分诗人的生平、官职和籍贯,研究艾儒略在福建的传教活动和传教路线。他又从"诗史互证"的角度,考证了福建士大夫与传教士的赠诗活动,通过《"闽中诸公赠诗"初探》(1998)、《曹学佺赠利玛窦诗》(1990)、《以诗记事·以史证诗——从〈闽中诸公赠诗〉看明末耶稣会士在福建的传教活动》(2003),阐释了《赠诗》产生的背景和原因,进而提出"以诗誉教,以诗护教,以诗宣教"的观点。② 他认为诗集包含了七个方面的内容:第一,传教士与福建士大夫的交游;第二,基督教教义的诠释与宣传;第三,对传教士个人的赞赏和崇敬;第四,传

---

① 顾保鹄:《熙朝崇正集影印本序》,吴相湘主编:《天主教东传文献》(《中国史学丛书》,第24册),台北:学生书局,1965年,第634页。

② 林金水的相关研究如下:《艾儒略在泉州的交游与传教活动》,《海交史研究》,1994年第1期,第61~71页;《艾儒略与福建士大夫交游表》,《中外关系史论丛》,1995年第5期,第182~202页;《〈闽中诸公赠诗〉初探》,陈村富主编:《宗教文化》,第3辑,北京:东方出版社,1998年,第77~106页;《艾儒略与〈闽中诸公赠诗〉研究》,《清华学报》,2014年总第44卷第1期,第61~108页;《以诗纪事,以诗证史:从明清士大夫赠传教士诗看基督教在华传播的历史》,(美)吴小新编:《远方叙事:中国基督宗教研究的视角、方法与趋势》,桂林:广西师范大学出版社,2014年,第284页。

教士和基督教对福建士大夫和教徒的影响;第五,对基督教与儒学的认同,两者的思想相融体现在天儒一家、天儒互补、天学超儒、天儒尊卑不分四个方面;第六,基督教和传教士对明王朝所起的社会作用;第七,传教士对西方科学技术的传播。① 2010年,徐晓鸿对《闽中诸公赠诗》中的24首诗歌以及吴历的部分天学诗进行释译。②

翻译是外国学者研究或引用天学诗的第一步,按照现有的翻译理论来看,诗歌翻译是文学翻译中难度最大的,鉴于文化之间的差异,中国古典诗歌在翻译成为英语、德语、意大利语之后,意境和本义都会出现较大偏差,更不用说天学诗中包含了大量的典故和隐喻,然而这也是不得不做的工作。国外学界最早关注天学诗的是德国汉学家奥托·富兰阁(Otto Frank,1863—1946),他在1939年发表论文 Li Tschi und Matteo Ricci(《李贽与利玛窦》)中分析了李贽赠诗利玛窦的原因,并将诗歌翻译成德语,在富兰阁看来,诗歌只是单纯展示了作者的才华和文学能力,并没有融入个人对利玛窦和西学的看法,赠诗只是出于礼仪的需要而作。③ 1984年,法国汉学家谢和耐在 Chine et christianisme(中文译名:《中国与基督教——中西文化的首次撞击》)中大量引用反教文献《破邪

---

① 林金水:《〈闽中诸公赠诗〉初探》,陈村富主编:《宗教文化》,第3辑,北京:东方出版社,1998年,第80~106页。

② 徐晓鸿:《〈闽中诸公赠诗〉与基督教(一)》,《天风:中国基督教杂志》,2010年第11期,第40~42页;徐晓鸿:《〈闽中诸公赠诗〉与基督教(二)》,《天风:中国基督教杂志》,2010年第12期,第55~57页;徐晓鸿:《〈闽中诸公赠诗〉与基督教(三)》,《天风:中国基督教杂志》,2011年第1期,第24~26页;徐晓鸿:《〈闽中诸公赠诗〉与基督教(四)》,《天风:中国基督教杂志》,2011年第2期,第24~26页。

③ Otto Franke, *Li Tschi und Matteo Ricci* (Abhandlungen der Preußischen Akademie der Wissenschaften, Jahrgang 1938, Nr. 5), Berlin: Verlag der Akademie der Wissenschaften, 1939.

集》《辟邪集》,用来论证他的观点:由于中西方在语言、伦理政治、哲学上无法融合,耶稣会的中国传教事业是失败的;他分析《赠诗》中明末高官张瑞图的诗歌,得出明末士大夫对西士只限于同情的结论,但未对其他天学诗内容进行深入研究。

1995年,杜鼎克在博士学位论文Christianity in Late Ming China: Five Studies(《晚明基督教:五个专题研究》)中将晚明教徒谢懋明赠予艾儒略的诗歌翻译成英语,又在1997年的论文Giulio Aleni and Li Jiubiao(《艾儒略与李九标》)中,根据《枕书》和《口铎日抄》[①]梳理出与艾儒略交游的200多位中国人及其籍贯。[②] 荷兰学者许理和(Erik Zürcher,1928—2008)多次在研究中引用《赠诗》,认为《赠诗》中的诗歌内容彼此紧密相关,总结出其内容涉及的五个方面:"东方和西方""艾儒略人格和美德""艾儒略的生活方式和对中国精英文化的适应""艾儒略的宗教与中国传统信仰的关

---

① 《口铎日抄》是一本日记体的对话录,记录的是崇祯三年(1630)至崇祯十三年(1640)年期间,来华耶稣会传教士艾儒略、卢盘石、林存元、瞿弗谧平日的讲道和对话。整理者为李九标,订正者包括张赓、严赞化、林一俊、张勋、黄维翰、林光元、林嗣玄、李凤翔、吴怀古、冯文昌、苏之瓒。校阅者包括陈克宽、林一俊、李九标、罗天与、翁鹤龄、林云卿。分录者包括朱禹中、张赓、颜维圣、陈景明、陈景耀、柯士芳、严赞化。李九标:《口铎日抄》,钟鸣旦、杜鼎克主编:《耶稣会罗马档案馆明清天主教文献》,第7册,台北:利氏学社,2002年,第1~594页。

② Dudink, Adrian Cornelis, Zhang Geng, Christian Convert of Late Ming Times, In: *Christianity in Late Ming China: Five Studies* (Leiden University, Diss.), 1995, pp.273-313; Dudink, Adrian Cornelis, Giulio Aleni and Li Jiubiao, In: Tiziana Lippiello, Roman Malek (ed.), "*Scholar from the West*": *Giulio Aleni S.J.(1582—1649) and the Dialogue between Christianity and China* (Monumenta Serica Monograph Series; 42), Nettetal: Steyler Verlag, 1997, pp.129-200.

系"以及"艾儒略作为导师和道德榜样的具体行为"。① 2005年,意大利学者A.Brezzi将诗集翻译成意大利语出版。②

1993年,Jonathan Chaves将吴历的一些天学诗翻译成英语,同年,陈绪伦(Albert Chan)在汉学杂志《华裔学志》上介绍并英译了在耶稣会罗马档案馆中发现的52首无名氏诗歌,并推断这些诗歌和罗明坚有关,由此,这些无名氏诗歌在学界被称为"罗明坚《中国诗集》";1996年,陈绪伦英译并校注了明代文学家徐渭(1521—1593)的两首诗歌,进而讨论诗中塑造的"罗明坚形象"。③

此外,其他天学诗集,如吴历的《三巴集》和清初中国人赠送给汤若望的诗歌《赠言合刻》也颇受关注,方豪和陈垣多次在研究中使用它们。2008年,章文钦在《吴渔山及其华化天学》中提出天学诗广义和狭义概念,该书是系统研究吴渔山的著作,当中有章节讨论吴渔山的天学诗。④ 纪建勋在2014年发表了《〈碑记赠言合刻〉版本篇目互校》,介绍了明末清初与汤若望往来的中国士人赠诗。⑤ 近年来,学者们开始从形象学角度研究天学诗,蒋向艳的

---

① Zürcher, Erik, Giulio Aleni's Chinese Biography, In: Tiziana Lippiello, Roman Malek (ed.), "*Scholar from the West*"; *Giulio Aleni S.J. (1582—1649) and the* Dialogue between Christianity and China (Monumenta Serica Monograph Series; 42), Nettetal: Steyler Verlag, pp.85-127.

② A.Brezzi P.De Troia, A.Di Toro, Lin Jinshui; *Al Confucio di Occidente-Poesiecinesi in onore di P. Giulio Aleni S. J.*, Brescia: Fondazione Civiltà Bresciana, 2005.

③ Chan, Albert, Michele Ruggieri, S.J. (1543—1607) and his Chinese poems, In: *Monumenta Serica* 41, 1993, pp. 129-176; Albert Chan, Two Chinese Poems Written by Hsü Wei (1521—1593) on Michele Ruggieri, S.J. (1543—1607), In: *Monumenta Serica*, 1996(44), pp.317-337.

④ 章文钦:《吴渔山及其华化天学》,北京:中华书局,2008年。

⑤ 纪建勋:《〈碑记赠言合刻〉版本篇目互校》,《国际汉学》,2014年第2期,第81~97页。

《折射的他者:吴历〈三巴集〉中的西方形象》①和代国庆的《明清之际天学诗中的玛利亚》都是此类研究的初步尝试。代国庆分析了诗中的"圣母玛利亚"形象,认为天学诗不仅丰富了中国文学的内容,而且开创了一种本土化的宣教方式。②

综上,国内外学者多侧重于从历史学角度对天学诗展开研究,尤其在传教士研究、诗人考证、重要历史人物和传教士交往、明清西学东渐等方面取得了丰硕的成果。当然也存在一些问题,天学诗研究总量不足,特别是对天学诗这一题材的系统研究极度缺乏,研究工作呈低层次徘徊状态。就天学诗的收集和利用现状来说,目前还处在研究者根据研究课题进行个别收集和应用的阶段,诗歌散佚现象严重;就地域来讲,基本上集中于江浙闽粤地区,而其他地方的资源开发较少。尽管近年来,大量文献整理出版,但并未集中就当中的诗歌进行整合,难以被研究者充分利用,迄今没有进行全面、系统的调查与整理。在文本研究方面,对诗歌涉及的大量典故、术语的探究也有限,解读较为表面,没有充分重视诗歌文本的文学特性和开放性的特点,而这恰恰是探索诗人思想情感的重点;对外国学者来说,翻译是外国学者研究或引用天学诗的第一步,鉴于文化之间的差异,中国古典诗歌在翻译成外语之后,意境和本义都会出现较大偏差。学界尚无《赠诗》的相关专著出版,大部分的研究呈片段式,未有完整的注释版本出现。因此,有必要对《赠诗》进行系统整理和研究,以期详尽理解诗歌本义,重新判定天学诗题材的学术价值。

---

① 蒋向艳:《折射的他者:吴历〈三巴集〉中的西方形象》,《国际汉学》,2017年第3期,第132~205页。
② 代国庆:《明清之际天学诗中的玛利亚》,《宗教学研究》,2014年第3期,第201~206页。

/绪 论/

第三节 研究范式和方法

17世纪西方和中国的接触是两种不同文化互动交流的重要现象,与其他国家相比,这个时期产生了大量记录双方文化互动的文献。虽然有影响力的传教士和中国教徒的数量,与整个帝国人口相比,基数很小,但是作为跨文化研究已经具有足够的代表性,它所展现出来的正面的、积极的意义,值得深入挖掘。当时的著作和讨论不仅包括宗教、哲学和伦理道德领域,也涉及科学技术方面。欧洲和中国处在一个相对平等的位置,两者在教育、出版、文化领域高度发展,有能力对彼此的文化接受和反应。总体的交流和互动能在一个相对开放、宽容的氛围中展开。①

钟鸣旦提出的研究跨文化互动五因素也具有启发意义。所谓跨文化互动五因素,即文化中介者、文化接收者、传递的文化信息、传递方法和文化交流互动的观察者。传递的文化信息是将文化中

---

① Standaert, Nicolas, *Methodology in View of Contact between Cultures: The China Case in the 17th Century* (CSRCS Occasional Paper No.11), Hong Kong: The Chinese University of Hong Kong, 2002, pp.2-3. 钟鸣旦在谈论17世纪中欧文化互动的时候总结了以下几个特征,第一,这一时期的研究样本具有足够的代表性,虽然来华传教士,特别是耶稣会士的数量有限。第二,中西两种文化都高度发达,具有了向外辐射的影响力量。在众多文化传播中涉及的都是两种或多种不平等的文化的交流,在这方面,中国和欧洲有很多相似性,从文化传播的方式上说,中国和欧洲之间重大的相似性——比如广泛使用的印刷术和发展良好的教育体系——使得这种适应政策很好地发挥了效用。欧洲人和中国人能够在一个相差不大的文化层次上沟通,至少从欧洲的角度来看,相比其他国家遭遇欧洲的情境,中国已经大不相同。第三,外部力量的干扰相对较少,明朝的统治者保持着相对开放的态度。

介者和文化接收者联系在一起的纽带。① 根据这五种因素,钟鸣旦提出了四种跨文化交际的研究模式和评价方式。第一种是文化中介模式,这种研究模式的研究对象是文化中介者,这里指的是传教士们。它关注以下几个问题:中介者如何传递信息?如何记录传递信息的成功或者失败?历史学家和观察家们通常会比较西文文献和中文文献,以探究传教士是否完全准确地传递(翻译)这些信息,进而比较传教士传递的信息和中国人重新加工过的信息。通过比较的方法,学者们从信息传递有效性和信息作用来判断传教士作为中介者的任务情况。在1960年前,大部分跨文化研究者都是传教士,他们的著作大部分内容都与传教士有关,特别关注来自相同教区或同一个国家的传教士。② 受早期"西方中心论"的影响,明清时期西学东渐的研究多集中于西文文献,将传教士视为文化中介者,以此探究他们如何向中国人传播天学和西方科技,由此,传教士研究取得了丰硕的成果,尤其是与著名传教士利玛窦、艾儒略和汤若望有关的研究汗牛充栋。

自1960年代开始,研究模式发生转向,学者们将目光投向了明清时期中国人如何理解、接受或排斥西方文化和宗教,主要研究与传教士来往密切的中国教徒,如徐光启、杨廷筠和李之藻等。这种被称为"中国中心"的"接受模式"不再局限于西文文献,而是开始将明清时期由中国人独立撰写的有关西方文化的中文作品作为

---

① Standaert, Nicolas, *Methodology in View of Contact between Cultures: The China Case in the 17th Century* (CSRCS Occasional Paper No.11), Hong Kong: The Chinese University of Hong Kong, 2002, pp.4-5.

② Standaert, Nicolas, *Methodology in View of Contact between Cultures: The China Case in the 17th Century* (CSRCS Occasional Paper No.11), Hong Kong: The Chinese University of Hong Kong, 2002, pp.6-7.

研究对象,研究中心逐渐实现从传教士到中国人的转变。① 接受模式研究的核心问题是:中国人对西方文化做出怎么样的反应?是消极的还是积极的? 中国人如何接受西方文化? 这种转变以谢耐和(Jacque Gernet,1921—2018)的《中国与基督教》(*Chine et Christianisme*)为标志,他在书中探讨中国对基督教和西方科学文化接受到何种程度,他以反教文献《圣朝破邪集》和其他教内文献为中心,深入探讨双方在语言、社会结构、政治道德和哲学传统方面的差异。天学作为异质文化始终在中国正统文化之外,受到批判,从未被认真地视为一种学说或者哲学,也没有在整个国家层面得到认可。由此,谢耐和认为中西文化无法融合的结果证明了耶稣会士是失败的。② 这种研究方法也不够全面,因为研究者通常会不自觉地在比较过程中寻找双方的矛盾之处。③ 更为突出的问题是,研究者可能有了先入为主的观念,或者集中引用反教的文献。对护教文献的解读相比之下不多,也可能导致得出这种悲观的结论。谢耐和的观点是有代表性的,然而在研究两种文化的相互传递本身时,异质文化肯定会经过选择和加工才会被本土文化所接受。

第三种模式被称为创造模式,传递者在靠近接收者的时候构建一个与接收者和其文化有关的叙述体系,在这个叙述体系中传

---

① Standaert, Nicolas, *Methodology in View of Contact between Cultures: The China Case in the 17th Century* (CSRCS Occasional Paper No.11), Hong Kong: The Chinese University of Hong Kong, 2002, pp.6-13.

② Gernet, Jacques, *Christus kam bis nach China: Eine erste Begegnung und ihr Scheitern*, Zürich/München: Artemis Verlag, 1984, p.16.

③ Standaert, Nicolas, *Methodology in View of Contact between Cultures: The China Case in the 17th Century* (CSRCS Occasional Paper No.11), Hong Kong: The Chinese University of Hong Kong, 2002, p.13.

递者有权力凌驾于接收者之上,对其进行描述。[1] 这种模式探讨传递者的意图是什么,或者说,传递者的意图和关于接受者的构建是如何服务于信息传递的。[2] 旅行日记和传教士的西文译作,是研究的重点对象。双方的相似之处、不同之处、在世界观和人生价值方面的描述都是考察的重点。

第四种模式是跨文化交流模式。这是在其他研究模式上发展而来的一种新的研究理念,这种研究模式强调影响和有效性是相互的。在接受模式关注双方的差异和不同时,交流模式把中国和欧洲放在平等的位置。在文化交流过程中产生的新观点和双方的互动内容是研究的重要对象。文化碰撞产生出的新观念和说法不再被认为是误解,而是一种方法,用来解释"信息是如何被接受并且融入更大的信息交流背景(外部连贯),以期揭示不同的理解方式,揭露另一个文化的具体特点"。[3] 很显然,文化交流过程中误读和误解无法避免,可是人们可以选择去宽容和理解。虽然人无法避免地受到社会因素的影响,个人的身份也由此得以确认,但个人依旧有机会去偏移或者远离这种影响。在每种文化中,都存在这一些人,他们对其他文化和其中生活的人持有开放的态度,也存在着一些和自身的主流文化保持距离的人。交流范式对那些与主

---

[1] Standaert, Nicolas, *Methodology in View of Contact between Cultures: The China Case in the 17th Century* (CSRCS Occasional Paper No. 11), Hong Kong: The Chinese University of Hong Kong, 2002, p.18.

[2] Standaert, Nicolas, *Methodology in View of Contact between Cultures: The China Case in the 17th Century* (CSRCS Occasional Paper No. 11), Hong Kong: The Chinese University of Hong Kong, 2002, p.21.

[3] Standaert, Nicolas, *Methodology in View of Contact between Cultures: The China Case in the 17th Century* (CSRCS Occasional Paper No. 11), Hong Kong: The Chinese University of Hong Kong, 2002, p.26.

流文化保持距离的人感兴趣。①

在交流互动模式中,研究的重点从中介者和接收者转移至双方交流互动的结果,也就是文献、图片和社交网络。② 要回答的问题是:产生了哪些相互作用？产生了什么交流？中介者和接受者通过彼此之间的交流完成了什么样的新的成果？他们根据从对方那得到的知识而制造的新的知识覆盖面有多广？③ 交流模式被分为四个阶段:第一阶段,人们在自身文化的基础上了解他人的文化,异文化被像描写自己的文化一样被描绘;第二个阶段,人们渐渐深入到异文化中,并用异文化的眼光来看待世界,这时候人们的主体性暂时处于背景之中;第三个阶段,人们在了解了异文化之后重新以自己的原有的身份出现;最后,人们到达了第四个阶段,在这个阶段中,双方的区别和差异不再起主要作用。对异质文化的理解确实影响了对自身文化的理解,影响了自身文化本身,甚至改变了它。这是一个理解自身和他者的持续性的互动过程。④

当落实到《赠诗》上的时候,可以用交流模式来看待它,它是在互动交流过程中产生的文本。双方逐渐用彼此的视角来观察这个世界,甚至通过对方来观察、确定自己的文化身份。他们经历了持

---

① Standaert, Nicolas, *Methodology in View of Contact between Cultures: The China Case in the 17th Century* (CSRCS Occasional Paper No. 11), Hong Kong: The Chinese University of Hong Kong, 2002, pp.26-27.

② Standaert, Nicolas, *Methodology in View of Contact between Cultures: The China Case in the 17th Century* (CSRCS Occasional Paper No. 11), Hong Kong: The Chinese University of Hong Kong, 2002, p.40.

③ Standaert, Nicolas, *Methodology in View of Contact between Cultures: The China Case in the 17th Century* (CSRCS Occasional Paper No. 11), Hong Kong: The Chinese University of Hong Kong, 2002, pp.39-40.

④ Standaert, Nicolas, *Methodology in View of Contact between Cultures: The China Case in the 17th Century* (CSRCS Occasional Paper No. 11), Hong Kong: The Chinese University of Hong Kong, 2002, pp.34-35.

续的一个发现过程,通过发现对方来发现自己。历史学家的任务不仅仅是描绘两种文化的差异,而是要呈现两种文化之间的交流、互动和对话。从这一点看,《赠诗》的研究无疑具有重要的跨文化研究意义。

《赠诗》属于晚明福建诗歌研究范畴,也是地域文学研究的范畴。兴起于20世纪80年代的地域文学以区域史研究理论和方法来审视文学的空间构成和演变,突破了单纯以时间演进为框架的文学史论述,从区域空间层面拓展了文学研究的另一个维度,因此,闽文化和闽文学的研究视角对本研究也有着重要启发意义。

本书所用的原始资料主要来自各地档案馆、图书馆,包括以下几种:

第一,明清时期天主教文献。包括由吴相湘主编的《天主教东传文献》《天主教东传文献续编》和《天主教东传文献三编》。钟鸣旦主编的《徐家汇藏书楼明清天主教东传文献》(5册)、《徐家汇藏书楼明清天主教东传文献续编》(34册)、《耶稣会罗马档案馆明清天主教文献》(12册)、《法国国家图书馆明清天主教文献》(26册)。大陆的明清天主教文献整理起步较晚,北京大学宗教研究所收集、整理了5卷60种的《明末清初耶稣会思想文件汇编》、《清中前期西洋天主教在华活动档案史料》、《东传福音》。2014年,《梵蒂冈图书馆藏明清中西文化交流史文献丛刊》出版。这些文献首先包括传教士的著作,如艾儒略的《性学粗述》《圣梦歌》《西方问答》《职方外记》,利玛窦的《天主实义》《畸人十篇》《交友论》,庞迪我的《七克》等;其次是明清福建教徒的著述,如李九功的《励修一鉴》《口铎日抄》、严谟的《天帝考》、李嗣玄的《泰西思及艾先生行述》、李九标的《枕书》等;再次,晚明护教文献,如《熙朝崇正集》《天学集解》《天学初函》,以及晚明中国人为传教士所作的序言、书信、跋等;最后,引用的文献还包括反教文献,如《圣朝破邪集》《辟邪集》等。

第二,地方志和文人文集、著作。地方志如《闽书》《(乾隆)泉州府志》《福建通志》《八闽通志》。诗人文集如曹学佺《石仓诗稿》、徐𤊹《鳌峰集》、周之夔《弃草集·文集》、叶向高《苍霞余草》及钱谦益的《列朝诗集小传》、陈田的《明诗纪事》、朱彝尊的《静态居诗话》等一些重要诗集。

第三,艾儒略研究资料。除了上文提到的文献汇编,本书还运用了第二手资料,如费耐之的《在华耶稣会列传及书目》、荣振华的《入华耶稣会士列传及书目》《在华耶稣会士列传及书目补编》《耶稣会士中国书简集——中国回忆录》、徐宗泽的《明清间耶稣会士提要》《天主教传行中国考》等。关于艾儒略的研究,尤其参考了林金水、潘凤娟、梅欧金(Eugenio Menego)的论述。

第四节 本书结构

多年来,学术界对明清中西文化交流史研究已经取得大量成果,但是许多文献还有深挖的必要,尤其对天学诗这一题材的研究还未及深入,尚未重视诗歌本身所蕴含的思想内涵,对诗人群体的地域和文化特征的论述还有待深入。天学诗的冷僻不仅在于明代诗歌审美价值被普遍贬低,而且相对其他文体,诗歌文体所承载的内容相对有限,研究难度较大,天学诗文献基本上没有被系统整理、笺注过。本书以天学诗集《赠诗》为研究中心,考察明代中国与西方文化的交往情况和其所引起的文化效应,因此,研究的重点不在于探究诗歌是否真实反映了西士所提供的信息,而是在于观察晚明的中国文人在当时的历史语境下与西士的互动,换言之,天学诗所承载的、折射出的晚明中国人应对西方文化的心态是本研究关注的重点。

本书上编绪论部分阐述选题的意义、缘起,天学诗概念的阐释,《赠诗》学术史回顾以及研究范式和方法。

第一章主要描述《赠诗》产生的社会历史条件,为诗人群体与西方文化的互动提供历史背景铺陈。首先,梳理福建对外文化交流概况,论述晚明福建政治、经济、思想文化的基本面貌,着重分析心学和理学、三教合一和实学思潮的涌动;其次,介绍意大利籍耶稣会传教士艾儒略在华的传教活动,并对晚明福建诗坛和诗社的情况做一粗略描述。通过本章的论述,探讨社会思潮和福建地域文化对天学诗创作的影响。

第二章重点考察诗人群体的文化特征,利用地方志、耶稣会汉文、外文典籍等资料,考订诗人身份、籍贯、宗教信仰、地域分布和社会关系;将诗人群体分为教徒和非教徒两大类,简述部分诗人的生平经历,包括他们与传教士的交游互动、对传教事业的影响,以及围绕他们所形成的人际网络;为下文探讨教徒和非教徒的天学诗在内容方面的区别进行铺陈。

第三章重点分析《赠诗》的内容。首先,天学诗有较强的叙事性,传统儒家诗学观念强调诗歌与时代风气、政治、教化、学术之间的呼应关系,从文学接受的角度看,读者在一定程度上能通过天学诗观察晚明中西互动状况。《赠诗》对明清时期重要历史事件也有较为准确的记录,如晚明唐景教碑的出土、泉州十字架碑的发现、西士入华航海历程、西方知识的传入、晚明点金谣言等,都与历史发生了一一对应的关系。第二,对西方自然科学知识的推崇和褒扬。天学诗描述最多是利玛窦的《万国全图》包含的地理知识,其次是天文学和数学。这些西方技巧所蕴含的"实学"内容符合明清之际社会思想流变中士大夫恢复"治经兼治象数"的儒家传统的渴望。

第四章分析《赠诗》中诗人群体的思想情感。第一,天学诗展现了诗人群体对自我的体察和反思。天学诗超越了以交际为主要功能的酬唱诗,不是单纯描述与西士的往来、赞颂西学的肤浅之作,而是将个体的人生经历和感悟融入其中,包含了诗人们对混乱的时局和处于困顿之境的儒学的忧虑,对上古时代秩序的追寻,对困于时局的无力感,天学诗由此具有诗史性。天学诗用典丰富,在涉及内容极广、对象完全陌生的时候,诗人援引诸子语典、前人诗歌、上古神话、寓言故事和名人隐士逸事,甚至有对前人诗句的化用,展现了诗人对古代典籍中诗文语言艺术的继承和改造,通过典故将个人的思想感情传达出来,当中,既有承认天学和儒学的相互印证,又有对西学的褒扬和赞美,既有驳斥佛老的空无思想,又有追思上古圣贤治世的时代的隐秘情感,折射出晚明文人群体在面对西方文化时的深层情感,是探究明清鼎革之际士人心态的重要文本。在形式、内容和风格方面受到了明代复古思潮的影响,关注现实、人生,体现平凡而真实的人生实践,而具有浓厚的生活气韵,同时又重视格调与才情的统一,俚俗率真,从某种意义上体现了天学诗的创新。第二,"合儒""超儒"的乌托邦式想象。天学诗概述对传教士和西方文化的总体认知。传教士的外貌、言行、价值观、生活习惯、文化风貌、对信仰的恪守在天学诗中皆有所体现。本章梳理了诗中"高士""夫子""君子""吾师"的形象的构建过程;探讨诗人对自鸣钟、火器、文学、艺术、习俗等异域风物和器物的认知和评价。受时代和身份的限制,诗人获得关于西方的信息的途径和来源都有限,主要依赖于传教士们的著作和言论。欧洲被描绘为稳定、富裕、公正、慈爱的国家,没有腐败、战乱和迫害,这完全符合诗人心目中理想社会的标准。天学诗以丰富的形象语言成为明清时期中国文化景观中"他者"的镜像的主体性材料,展现了明清更迭时期中国人对西方的集体无意识想象。第三,保守和理性。诗人们是西方文化的观察者和同情者,尊重五伦纲常、重视个体修为,向往天下太平和秩序,造就了诗人重视现世生活的人生态度;对真相的追寻和对学问的探究是儒家世俗理性的特质,这种理性与"夷夏之别"的文化心理优势一起成为士人阶层入教人数偏少的原因,他们是支持者、同情者和观察者。

  本书下编是《闽中诸公赠诗》笺注。诗集具有极高文化、历史价值,亦极有研究的必要。文本整理和解读工作依赖于古典文学的注释手段,据此彰显诗歌的意义、内涵和价值。为保留抄本原貌,按照诗歌原有顺序进行笺注,采用史传、各类地方志和教内文献来考证诗的本事。诗中出现的难字难词,以《汉语大词典》的释文作为注解依据;除正史与先秦两汉古籍外,所有引用典籍前皆标注作者、书名、卷次、篇名,对于个别字词,稍做解释,以疏通诗意。释义原则遵循由本义而引申义而比喻义。笺注的内容包括加注标点和疏通句意;解决抄本中部分汉字辨识难度高的问题,注出词语出处、名物地理、人物故事、典章制度、相关术语解析等。

第一章 《闽中诸公赠诗》的历史文化渊源

　　从万历朝起,明帝国内部危机四伏,皇帝无心政事,不履行职责,与文官集团渐行渐远,宦官势力不断地增长,北方边境持续受到骚扰;到了崇祯朝(1611—1644),在长期不合实际的农业政策和繁重的税收压榨下,以及由自然灾害引起的饥荒的摧残下,农民起义层出不穷,这时候的明政府既没有能力完全镇压各地的起义,也不能平定边境的战争。1644年,清军入关,明朝覆灭。在随后的近20年内,残存的明皇室成员在各地自立为王,统称为南明政权,直至1662年永历皇帝被杀,宣告了南明政权的结束。① 在明王朝走向覆灭的历史进程中,西方基督哲学传入,实学思潮兴起,程朱理学内部分化组合,阳明后学宗派林立,各种学说交织迭起,互相

---

　　① 从明朝建立者朱元璋到最后一个皇帝朱由检,227年内共有16个皇帝统治。在耶稣会传教中国期间,经历了万历(明神宗朱翊钧)、泰昌(明光宗朱常洛)、天启(明熹宗朱由校)和崇祯(明思宗朱由检)四朝。崇祯死后,福王朱由崧在南京成立弘光政权(1644—1645),史称明安宗,弘光灭亡之后,分别有唐王朱聿键在郑芝龙海商集团支持下在福建建立的隆武政权(1645—1646),史称明绍宗,朱聿鐭的绍武政权(1646)和桂王朱由榔在广东肇庆的永历政权(1646—1662),史称明昭宗。1662年,南明政府在存在了17年之后不复存在。见张廷玉:《明史》卷20～24,北京:中华书局,1974年,第261～338页。

抵触又互相勾连,造就了明清之际思想多元化和繁荣。如果说这种时代氛围是天学诗创作的外力,那么传教士们的高尚品格和丰富才学符合中国人对儒家理想人格的想象、实用性极强的西学知识契合追求经世致用的时代风气,则是天学诗创作的内在驱动力。

第一节 多元包容

晚明时期福建人与欧洲人在经济、思想、文化领域发生了频繁的互动,这是《赠诗》诞生的历史背景。长久以来,福建文化所具备的多元性和包容性是外来文化能够根植闽地、进而发展并与之融合的重要因素,也是福建成为晚明中西文化交流阵地的重要原因。

福建文化形成的过程,"是以其加入汉文化体制的一体化进程为标志的,是持续不断的中原移民文化播迁的产物",①这个地方的文化既继承了中华文化的传统,从而带有中原文化的精神特质,同时在长期的历史沉淀中,衍生出独具一格的文化形态,拥有自己独特的区域内涵和特征,这是"中华文化多元一体的地域性表现"。②福建地处东南沿海,西有武夷山脉,北有仙霞山群,与中原地区存在着天然的隔绝,缺乏紧密的政治文化联系,长期以来被视为蛮夷和化外之地。③战国时期,当地土著逐渐与越国移民融合,

---

① 陈广宏:《闽诗传统的生成——明代福建地域文学的一种历史省察》,上海:上海古籍出版社,2018年,第22~23页。

② 谢必震、吴巍巍:《闽台基督宗教关系研究》,福州:福建教育出版社,2016年,第18页。

③ 唐文基:《福建古代经济史》,福州:福建教育出版社,1995年,第79页。

这也是"闽越"一词的由来。① 公元前221年,秦朝设立闽中郡,将闽纳入统辖范围,尽管如此,地缘上的隔绝决定了闽地处于汉文化圈外的事实。公元8世纪,躲避战乱的中原移民入闽改变了这种状况,唐亡之后,将军王审知(862—925)率领5000余名士兵入闽,带来了中原文明与生活方式,并逐渐与闽文化融合,福建成为五代十国时期(907—960)的"闽国"。由于地理环境的限制,王审知不得不改变重视农耕的中原传统,转而积极推动海上贸易和港口建设,以维护统治的稳定性和经济来源。唐朝三大港口之一的福州港在他的治理下有了巨大的发展,闽地整体的经济、社会、文教水平得到极大提高,王审知拥有"开闽王"的美誉。② 北宋末年,宋室南渡,政治、经济重心南移,再次带动了福建经济的迅猛发展。元朝末年,又有大量中原人口避战乱于福建。可以说,中原地区经历战乱的时期,恰恰是福建吸收、容纳中原文化,发展经济的重要时期。宋朝时期福建稳定发展,元代时,福建经济已经名列全国前茅,成为中国海上交通之枢纽,与海外发生了不同程度的联系,茶叶贸易、陶瓷业、制糖业、制盐业、金属业全面发展。泉州港更是以"东方第一大港"的地位闻名天下。③ 作为中原汉族南迁的社会,

---

① 徐晓望:《福建通史:远古至六朝》,第1册,福州:福建人民出版社,2006年,第113~182页。

② 廖大珂:《福建海外交通史》,福州:福建人民出版社,2002年,第30页。

③ 林金水、谢必震的《福建对外文化交流史》(福州:福建教育出版社,1997年)详细描述了古代和近代福建走向世界、认识世界和世界了解福建、认识福建的过程,这是中西交通史上第一部以区域为中心探讨东西文化交流的专著;陈支平、李少明所著的《基督教与福建民间社会》(厦门:厦门大学出版社,1992年)对福建省惠安县北部50个基督徒家庭进行了调查,考察基督徒及其家庭在祭祖问题上与地方乡族社会的关系;陈支平、林国平等编著的《福建宗教史》(福州:福建教育出版社,1996年)分别对福建的道教与三一教、佛教、摩尼教与伊斯兰教、基督教以及福建宗教的社会文化特征进行详细的介绍。

福建文化最终形成的是以中原文化为基本内核,也就是以传统浓厚的血缘与氏族宗法维系的社会模式。不可否认的是,在从移民社会向定居社会转型的本土化的过程中,移民心态不断渗透成为闽文化的精神内涵之一,并在社会生活中发生普遍的影响。移民心态和外缘性是福建文化形成早期的重要特征,并持续影响着后世。正如陈广宏所说:"福建地区的文化显然可以算作是一种沿海外缘文化,它除了具备一切外缘文化的基本特点之外,诸如它的晚进,它极大的收容性,它的非自生根形态,以及随之而来的复合型、发育不充分性等,还因为整个汉文化圈重心的移入和世界大航海格局的波涉而产生更为复杂的文化个性。"①福建文化的复合性让它在面对西方文化冲击时充分显示出极强的包容性,能够囊括不同的文化因素。然而,也必须看到以中华文化为本源,以崇儒重教为导向始终是福建文化的内核,也是闽地文人根深蒂固、必须恪守的文化理念,因此与异质的冲突最为激烈的地方也在福建。这种复杂、不统一性是闽文化的矛盾所在,也是它的魅力所在。福建文化"显示出一种个性分裂的特征,开放与保守、年轻与老成、粗致与典雅、先进与落后,是如此不和谐地交织在这一复合文化体中。另一方面,长期处于汉文化圈外的事实,倒多少使这里的文化显示出它的底蕴不足,这始终是这一地区文化人的一种自卑情结,他们普遍缺乏足够的自信,去发展本地区的自我意识,而往往怀着一种文化补偿心理,刻意择借以士大夫为主体的精英文化传统的那种表现形式,结果在很大程度上内耗了市民文化所积聚的巨大活力"。②

晚明福建社会思想多元和宽容的文化氛围与该地海洋贸易发

---

① 陈广宏:《闽诗传统的生成——明代福建地域文学的一种历史省察》,上海:上海古籍出版社,2018年,第11页。
② 陈广宏:《闽诗传统的生成——明代福建地域文学的一种历史省察》,上海:上海古籍出版社,2018年,第22～23页。

展关系紧密。自唐朝起,福建人就开始与海外进行贸易,宋元时期,泉州港成为中外海上交通枢纽,被誉为世界第一大港。明朝时期福建依旧努力发展海上贸易,以补充其农耕经济发展的不足。明朝洪武元年(1368),福建行政建制设为福州、建宁、延平、邵武、兴化、泉州、漳州、汀州八府,这也是"八闽"一词的由来。洪武八年,福建共有家庭 525307 户,1738793 口人。① 明初的休养生息促使人口密度提升,可耕作土地的缺稀逐渐导致了生活资料相对紧缺,生存压力极大。《泉州府志》记载:"泉地隘而硗瘠,濒海之邑,耕四而渔六;山县田于亩者十三,田于山者十七。岁入谷少,而人浮于食。饔飧所资,上则吴浙,下则粤之潮、高。如数月海舶不至,则待哺矣。"福州更是"自有生以来,仰上地米,仰他省米,偷安度日,别无长虑。有能耕之人,无可耕之地"。这种状况造成了福建长久以来依赖外省提供粮食的情况。福建人南从广东,北从温州、泰州购买粮食,②这大大提高了运输成本,如果遇上自然灾害和由此导致的运输延迟往往会出现社会动荡的严重后果。③ 其次,山多地少的现状决定了福建主要产业是耕种经济作物和海洋产品,生产方式也从农耕转向了商业贸易。泉州府的《崇武所城志》中记载了明季闽人的贸易活动:

  此间有不渔不耕者,挟赀鬻货,西贾荆、襄,北走燕、赵,或水行广之高、琼,浙之温、台、处等郡,装载茹榔、米谷、苎麻杂

---

① 张廷玉:《明史》卷 45,北京:中华书局,1974 年,第 1122 页。
② (清)顾炎武:《天下郡国利病书》,《顾炎武全集》,第 16 册,上海:上海古籍出版社,2011 年,第 3071 页;陈仁锡:《皇明世法录》卷 75,台北:台湾学生书局,1986 年,第 6~7 页。
③ 陈仁锡:《皇明世法录》卷 75,台北:学生书局,1986 年,第 1987 页;徐晓望:《福建通史·明清》,第 4 册,福州:福建人民出版社,2006 年,第 16 页。

物。富商巨贾几遍崇中,此大买卖比前得息大不相侔。①

福建内陆州府的百姓也积极从事商贸活动,他们将闽北的木材、茶叶、纸与沿海的盐、海鲜和手工制品交换,逐渐建立起了沿海和内陆联通的商业网络。这个网络上的人不仅有农民、手工业者,更有权势的家族和精英阶层,《闽部疏》记载:

> 凡福之绸丝,漳之纱绢,泉之蓝,福延之铁,福漳之橘,福兴之荔枝,泉、漳之糖,顺昌之纸,无日不走分水岭,及浦城小关,下吴越如流水。其航大海而去者,尤不可计。②

福建的造船和航海技术的发展为海上贸易提供了技术支持。自宋朝起,福建以优越的造船技术和频繁的海外贸易,在中国海外交通中扮演着重要角色,闽人远洋至印度洋、太平洋,与外国有着广泛的交流,乃至在一段时间里垄断了亚洲地区的海上贸易,在东南亚定居的闽人不在少数。明朝福建城镇经济发展迅速,弘治时期福建城市有 171 个,晚明有 337 个,安海和月港从渔村发展成为海上商业贸易的中心,西北的建宁从南宋起,就成为三大书坊业中心之一,在明代得到极大发展。③

宋元时期相对宽松的海上贸易政策随着朱元璋明帝国的建立发生了改变,朱元璋以农民起家,通过一系列斗争而问鼎成功的人,对任何无法控制的事情都抱有一种谨慎的态度;另一方面,沿

---

① 叶春及:《惠安政书·崇武所城志》,福州:福建人民出版社,1987 年,第 42 页。

② 王世懋:《闽部疏》,《四部集要·子部·续说郛》,第 2 册,台北:新星书局,1964 年,第 1121 页。

③ 戚福康:《中国古代书坊研究》,北京:商务印书馆,2007 年,第 87、182~187 页。

海地区尚有方国珍(1319—1374)和张士诚(1321—1367)残存的军事势力,日本流浪武士和海寇亦经常骚扰海疆。这些是明政府执行海禁政策的重要原因。① 洪武四年(1371)明政府实施了一系列政策,禁止民间从事海上贸易与外国往来,海禁作为一项国策被确定下来。洪武十四年(1381),明政府"禁濒海民私通海外诸国"。三年后(1384),"派信国公汤和巡视浙闽,禁民入海捕鱼"。到了洪武二十三年(1390)十月,"诏户部严交通外番之禁。上以中国金银、铜钱、段匹、兵器等物自前代以来不许出番;今两广、浙江、福建愚民无知,往往交通外番私贸货物,故禁之。沿海军民官司纵令相交易者,悉治以罪"。洪武三十年(1397)又"申禁人民不得擅出海与外国互市"。从《明实录》上看,永乐年间到宣德八年以前明政府所颁布的海禁令并不多,都遵循洪武事例禁治。②

传统的海上贸易有官方朝贡贸易和民间私人贸易两种形式。嘉靖时期,由于中国人与葡萄牙人的紧张关系,海禁渐严。官方只允许朝贡贸易,朝贡贸易是朝贡体系的重要部分,象征着外国与中国的外交关系、对中国宗主国权力的认可和明帝国的优越性。在这个体系下的海外国家须在承认"宗主和藩属"关系的前提下展开贸易。③ 为展开朝贡贸易设立的市舶司经历了多次撤销和开放,针对的贸易对象也有限制,宁波针对日本,福州针对琉球,广州针

---

① 张廷玉:《明史》卷70,北京:中华书局,1974年,第1300页;李东华:《泉州与我国中古的海上交通》,台北:学生书局,1986年,第228页。

② 《明太祖实录》卷70,《明实录》,第3册,台北:"中央研究院"历史语言研究所,1966年,第1300页;卷159,第6册,第2460页;卷205,第7册,第3067页;卷252,第3册,第3640页。

③ 李东华:《泉州与我国中古的海上交通》,台北:学生书局,1986年,第226~227页。

对南洋。① 海禁政策收效甚微,并没有给明政府带来想象中的稳定和发展,反而促使了朝贡贸易衰弱和海上私人贸易的兴盛,政府不仅不再派遣使团远航海外招徕入贡,而且严格限海外各国的入贡次数及贡品的数量。民间私人贸易逐渐冲破海禁的束缚,带动了贸易港口的发展,展现出蓬勃的生命力,其中,福建漳州月港的走私贸易尤其兴盛。明隆庆元年(1567年),福建巡抚涂泽民上书曰"请开市舶,易私贩为公贩"。同年,隆庆帝宣布解除海禁,允许民间私人"远贩东西二洋"。② 海禁松弛的根本原因在于海上贸易带来的税收能够缓解北方边境和沿海抗倭的军饷压力,能够满足皇室维持奢靡生活的需要。③

宋元时期的福建以开放的姿态接待外国商人,外国人带着他们的货物、风俗、文化和宗教来到泉州。长期的海外贸易和文化交流使福建拥有一种异于中原地区的文化特质——自由和包容的精神。

---

① 永乐年初,两个市舶司设立,由宦官监管。因嘉靖年初,海寇来犯,福建和浙江的市舶司关闭,只留下广东市舶司。张廷玉:《明史》卷75,北京:中华书局,1974年,第1848页;卷81,第1980~1982页。在1367年、1370年、1374年、1403年和1522年,这些市舶司分别经历了重置和撤销,见李东华:《泉州与我国中古的海上交通》,台北:学生书局,1986年,第233页。

② (明)张燮:《东西洋考》,谢方校注,北京:中华书局,1981年,第131页;晁中辰:《明代海禁与海外贸易》,北京:人民出版社,2005年,第206页。

③ Chang Pin-Tsun, Maritime trade and local economy in late Ming Fukien, In: Eduard B. Vermeer (ed.), *Development and Decline of Fukien Province in the 17th and 18th Centuries* (Sinica Leidensia;22), Leiden:Brill, 1990, p.63.

第二节　崇儒重教

北宋程颢(1032—1085)和程颐(1033—1103)兄弟在一系列社会政治、经济、文化要求的刺激下,吸收了佛学思辨理论和道家宇宙生成理论的精华,创立了儒家具有形而上意义的道德哲学——理学,他们提出"万事皆出于理""有理则有气""阴阳、善恶消长"等观点,将"理"阐释为天地万物的趋势,在个人修养和治学方面,强调注重穷理,以恢复于万物一体的境界。

福建的文教肇始于唐代,宋时的福建已形成以朱熹为中心的闽学。杨时被认为是程门理学传入闽的始祖,三传而有理学集大成者朱熹,故闽地理学以杨时为祖、朱熹为宗。朱熹除了在江西、浙江、湖南等地为官游学之外,基本上都在福建活动,1192年,他在福建建阳设考亭书院,传道授业,受教者众,其门生可查者378人,其中闽人有164人。① 朱熹强化"性即是理"的核心理念,将仁、义、礼、智的道德属性转化为一种先天的存在和"天理",主张"格物致知"的治学方法,强调"知先行后"和三纲五常,认为人的价值和追求的目标就是"天理",规劝人们过一种有节制、合乎礼仪的生活,这种伦理规范满足了统治者的需要和"居敬"的修德原则。朱熹卒后,其《大学》《论语》《孟子》《中庸》被朝廷立于学宫,元仁宗皇庆年间,皇帝下诏将朱熹《四书章句集注》和程朱学者为主的五

---

① 陈广宏:《闽诗传统的生成——明代福建地域文学的一种历史省察》,上海:上海古籍出版社,2018年,第246页。

经传注作为经学考试范围以及立论依据,①朱子学成为国家意识形态的官学,其宗旨和体制影响直至明清之世。朱子学兴于闽地,传播于全国各地,又成为与政治体制相匹配的道德、教育内容,这为历代闽人重视,"盖海内皆蒙宋之化,而闽独得宋之宗",②"在此基础上建立起来的责任感和使命感,会使他们倍加捍卫所传习'正宗'思想学术的纯洁与完整,而该地区本来相对封闭的自然条件,又助成它比其他地区的传承更少发生变异。"③

即使到了王学兴起的时代,大部分福建士子依然恪守朱子之训。据《闽中理学渊源考》,明中期福州、兴化、泉州、延平、建宁、汀州、邵武、福宁等地皆有朱子学传承,其中以陈真晟(1411—1474)、周瑛(1430—1518)、蔡清(1453—1508)、张岳(1492—1553)为著。蔡清、林希元(1482—1567)、李廷机(1542—1616)、陈琛(1477—1545)在泉州府成立了研究易学的"社",注释儒家经典,进行讨论,称为"清源学派"。④ 早在宋代,泉州人著述有"412集2200多卷,至明代,有1100部,清代泉人著作800多部"。明代泉州"传习诸经,惟《易》独多"。⑤ 自成、弘以来,泉州涌现出数十种易学著作,将泉州的易学研究推到顶峰。

---

① 仁宗下诏规定的考试俱由《大学》《论语》《孟子》《中庸》出题,汉人、南人经义一道,各治一经,《诗》以朱熹为主,《尚书》以蔡沈为主,《周易》以程颐、朱熹为主,以上三经兼用古注疏。见《元史》卷81,北京:中华书局,1976年,第2019页。

② (清)李传甲修、郭文祥纂:《(康熙)福清县志》卷9,清康熙十一年刻本,第16页。

③ 陈广宏:《闽诗传统的生成——明代福建地域文学的一种历史省察》,上海:上海古籍出版社,2018年,第250页。

④ 周天庆:《论明代福建朱子学派的理学史意义》,《厦门大学学报(哲学社会科学版)》,2010年第6期,第67~74页。

⑤ 李清馥:《闽中理学渊源考》卷72,徐公喜等点校,南京:凤凰出版社,2011年,第746页。

第一章 《闽中诸公赠诗》的历史文化渊源

泉自朱子过化之后，人才蔚起。明初诸贤大都抱道守义，恬于仕进，而崇尚经说，范围礼俗，犹然清源别派遗风也。今志乘可考者，张氏廷芳首著《易说》，陈氏道曾精邃《易》学，赵氏复以礼教倡乡间，庄氏逢辰以朱学式后进，其余或隐身明志，或秉节传经，各著显晦之遭，只求立身之的，要皆根柢乎先民矩度，与遗世绝俗者异矣。迨后蔡文庄先生独倡宗风，而紫峰、净峰、次崖、紫溪诸公相踵起，绍源浚流，渐摩数世，遂成闽学一代。人文之治，回溯当时清源别派不更昌大而益光乎！语云：山川之秀，有开必先。则国初诸君子皆有启迪卫道之功，不可无述也。①

闽地以雄厚的科举实力与理学传统在国家政治生活中发挥影响力，程朱理学成为闽人尤为骄傲的传统，以程朱理学构建而成的官方意识形态，已经成为道德规范和内核，使得闽人尤为重视以道学为中心的文化传统和脉络，"它不仅是与科举制度培养、选拔政治精英直接相关的教育基础，而且是这一时期普遍认同的社会思想资源"。② 程朱理学在元朝已经成为官学，朱熹注的"四书""五经"成为科举考试的基础，在这种学风影响下，其他学说被视为异端，理论体系逐渐走向僵化。

相对理学，陆九渊（1139—1193）以"心即是理"为核心发展出心学。陆氏之后，心学流派以王阳明（1572—1629）为主，他提出"知行合一""万物一体""致良知""心外无物"和"吾心即是宇宙"等概念。他认为朱熹提倡的格物致知对个人修省没有意义，进而提

---

① 李清馥：《闽中理学渊源考》卷 72，徐公喜等点校，南京：凤凰出版社，2011 年，第 615 页。
② 陈广宏：《闽诗传统的生成——明代福建地域文学的一种历史省察》，上海：上海古籍出版社，2018 年，第 245 页。

出"诚意""正心"的修养方法。心学摒弃格物致知的治学方法,宣传精神理性的作用,以心为标准,而非以经书为标准,①相对理学主张的方法更加简单,通往圣人的路是"修炼自己的内心",由此缩短了圣人和凡人的距离。对个体而言,只要完善"心"和实现"良知",就可成为圣人。这明显借鉴了佛教的观念,客观上确认人作为主体的决定性和自由性,打破朱子理学一统天下的局面,为日益僵化的儒学注入新的空气。自明朝中叶起,王阳明心学、江门学派陈献章等相关的心学流派在士大夫圈子盛行起来,②嘉靖以后,心学进入了全盛时期。"顿悟""渐悟"的方法论始终与禅宗有千丝万缕的联系,"心外无物"命题的虚无主义的倾向和清谈思想的泛滥在晚明思想界造成严重的后果,士大夫们只谈心性,不求治国经邦之术,不寻经世致用之学,象数等自然科学传统呈现颓势,对学术界和政界影响深远。迂腐、愚昧和空虚是这个时代士大夫阶层的精神面向之一。刑部尚书何乔新(1427—1502)在《道南祠记》中感叹:

> 孔孟既殁,吾道之不传久矣,士之为学,其卑者溺于训诂,不知性命道德之微,其高者淫于佛老,而惑其元虚空寂之说,岂复知有所谓道学哉?

儒家学派本来有治经兼治象数等自然科学的传统,然而在这个清谈之风的冲击之下,心性治学为"本",而璇玑九章为"末",明中叶以后自然科学的衰敝与此多有关联。阳明心学自嘉靖初年形成完整体系后,进入了持续了半个世纪的全盛时期,在万历中期跌

---

① 刘宗贤:《试论王阳明心学的圣凡平等观》,《哲学研究》,1999年第11期,第70页。
② 张廷玉:《明史》卷282,北京:中华书局,1974年,第7222页。

第一章 《闽中诸公赠诗》的历史文化渊源

入衰落期,直至到明清更迭时期为实学思潮所战胜。

隆庆、万历以后,泉州府又有吕天池、郑孩如①、黄文炤、李衷一、何乔远等人治经、讲学,学问文章显天下,为后学楷式。当时王学对理学冲击显而易见,何乔远感叹士风不同往日,他说:

> 当嘉靖之时,晋江有蔡松庄先生讲《易》,松庄之墅弟子零从,而吾先子作庵与之相亚。当是时,王文成之学方新,学士大夫多议其简径,而闽中诸先正去考亭尤近,尊守其致知力行之说,以合于圣门博文约礼之义,不敢一毫离于细绳尺。其功甚勤,而其践履甚实。及平今日,而始讲性命以高,扣玄虚以为归,求之躬行实践之际,茫然背驰,不见其影响,而去诸先正之学远矣。②

多位来自泉州府的诗人是晚明理学代表人物,与艾儒略结交,互赠诗文,如黄文炤(1556—1651),时人称之"黄布衣",终生未仕,著有《道南一脉》《孝经》《仁诠》《太极图》《理学经纬》等,其中《道南一脉》厘清了闽地理学源流和代表人物,是较为完整收录明代闽省理学家的第一部著作;黄文炤是方志学家何乔远(1558—1631)的挚友,又是林欲楫(1576—1662)和郑之铉(1562—1630)的老师,林

---

① 郑孩如,名维岳,字申甫,别号述如,南安人。"万历丙子乡荐第二人,博学久不第,铨遂昌教谕。风学负重名,生徒执经受业,尽诚开导,脱略形迹。转五河知县,立方田法,浚淮河,督赋役平均,升曲靖府同知。以母老归养。"著有《大学存古》《中庸明宗》《论语学脉》《孟子圣谛》《四书正脉》《四书定说》《礼记解》《四书知新日录》《易经密义》《易经意言》《群书考采录》等11部。郑孩如为一代名人,其治经,"遍窥群书,尤邃于《易》,究心圣学,兼通禅理,每讲经,论辨无穷,恒借禅理以发圣学。又于天文、地理、乐律、兵刑无不究心"。

② 李清馥:《闽中理学渊源考》卷75,徐公喜等点校,南京:凤凰出版社,第781页。

欲楫本身也是著名的经学家,著有《易经勺解》《道德经注》。

何乔远、郑孩如和黄文炤等名士的态度深刻影响着闽地的文人学子。在名人效应之下,闽地诸公对传教士的认知呈正面。身为理学家的何乔远等人在接近传教士之后,发现西方文化中的一些特质与朱子理学存在着某些相通之处,这也是他们推崇西学和天学的根本原因。由此可见,闽地理学兴盛、崇儒重教的传统客观上有利于艾儒略的传教事业。

第三节　三教合一

西方学者 Criveller 说:"福建文人受到良好的教育,思想开放,对政治和心学都不满,他们在寻找一个新的方向,这可能就是艾儒略在他们之间成功的原因。"[①]福建民风自古"信鬼神,好淫祀",鬼神谱系的庞杂混乱,具有极强实用性和功利性。"大抵圣人之施教有常,而神与佛之施教不测,故愚民敬畏圣人之心每不如其敬畏神与佛,佛之教广大慈悲,神之教威灵显赫,故愚民敬畏诸佛之心每不如其敬畏诸神。"[②]明清时期福建地区各种民间宗教盛行,没有一个地方如福建这样有那么多的各类的民间信仰,据统

[①] Criveller, Gianni, *Preaching Christ in Late Ming China: The Jesuit's presentation of Christ from Matteo Ricci to Giulio Aleni* (Variétéssinologiques ~New Series 86), Taipei: Ricci Institute, 1997, p.149.

[②] 冯桂芬:《显志堂稿》卷1,清光绪二年(1876)冯氏校邠庐刻本,第29页。

计,闽地仅神衹就有119位。①

心学的禅宗化和儒释道合而为一是嘉靖、隆庆以后社会思想的特征。心学大盛之时,"三教合一"学说风靡于晚明福建士大夫间,成为颇有影响的社会风气。士大夫们既受过儒家传统教育,又掌握着佛教、道教的基本知识,认为儒、释、道三者没有冲突,甚至可以互相包容的儒学后人不在少数。福建兴化府林兆恩(1517—1598)继承和发展了历史上的三教一致说,创立儒释道合一的"三一教",在闽浙地区影响甚广。在1566年之后,"三一教"传播至福建全省,乃至邻近省份。"鲁江以南,方内方外,闻风靡至,北面师之,称三教先生……上而延、建、汀、邵,下而晋安、清漳,皆有三教堂。"②三教合一的思潮由来已久,三一教的出现是其发展的必然趋势,林兆恩的三教合一论是一种以阳明心学为基础,以儒家纲常人伦为立本,以道家的修身炼性为入门,以佛教的虚空本体为极则,以世间法于出世间法一体化为立身处世的准则,以归儒宗孔为宗旨的三教同归于心的思想体系。③它对佛道的依附和广泛借用,极大地挑战了儒家的纯正性,林兆恩和李贽被并称为"闽中二异端"。④明末清初经学家黄宗羲一针见血地指出三一教的本质:"儒为立本,道为入门,释为极则。然观其所得,结丹出神,则于道

---

① (清)陈寿祺:《福建通志》卷55,《中国省志汇编》,第9册,台北:华文书局,1968年,第26页;林国平、彭文宇:《福建民间信仰》,福州:福建人民出版社,1993年,第17~25页。

② 何乔远:《闽书》卷129,厦门大学历史系古籍整理研究室《闽书》校点组校点,第5册,福州:福建人民出版社,1995年,第855页。

③ 林国平:《林兆恩与三一教》,福州:福建人民出版社,1992年,第53页;Berling, Judith A., *The Syncretic Religion of Lin Chao-en*, New York: Columbia University Press, 1980, p.143;柳存仁, Lin Chao-en(1517—1598), The Master of the Tree Teachings, In: *T'oung Pao*, 1967(53), pp.265-266.

④ 朱彝尊:《明诗综》卷50,杨家骆编:《历代诗文总集》,第13~14册,台北:世界书局,1962年,第27页。

家之旁门,为庶几焉。兆恩本二氏之学,恐人之议其邪也,而合之于儒。卒之,驴非驴,马非马,龟兹王所谓骡,哀哉。"① 林兆恩的学说受到维护正统儒学纯正性的士大夫的批评,也受到传教士的反对。传教士严厉批评三教合一,利玛窦将之比为"一身三首"的妖怪,认为道教尚"无",佛教尚"空",儒学尚"诚""有",三者水火不可相容。② 传教士的言论契合了主张纯正儒学、去除心学流弊的福建士大夫们。

另一方面,三教合一思潮客观上有利于西学在福建的传播,为外来文化提供了一个相对宽松的文化环境。前者更像是民间信仰,具有多神、融合和多样化的特点,它们的差异和不可调和的矛盾在于民间信仰的多神论和西方宗教的一神论特质。民间信仰具有强大的功能性和功利性,而每个神灵都有独特的功能和作用,人们可以同时信奉不同神灵偶像,建造各种庙宇来祭祀他们,并且相信,信奉的神灵越多,获得的庇护越多。③ 民间信仰中的神祇没有造化万物的能力,但是他们有超自然的、能够影响世俗世界的能力,正如林兆恩在生前就被神化。人们祈祷神灵,以避祸求福,这注定了闽人很有可能将西方宗教看成他们所信仰的众位神灵中的

---

① 黄宗羲:《南雷文案》卷9,《四部丛刊初编·集部》,第50册,上海:商务印书馆,1919—1922年,第2页。

② Lancashire, Douglas 蓝克实, Edward Malatesta 马爱德, Hu Kuo-chen 胡国桢(transl.), *The True meaning of the Lord of Heaven* (*T'ien-chu Shih-i*)(Variétés sinologiques; nouvelle série; 72), Taibei: The Ricci Institute, 1985, p.405.

③ 林国平、彭文宇:《福建民间信仰》,福州:福建人民出版社,1993年,第27~29页; Yang, C.K., *Religion in Chinese Society: A Study of Contemporary Social Functions of Religion and Some of Their Historical Factors*, Los Angeles/Berkeley: University of California Press, 1967, pp.270-271.

一位。①林兆恩所在的兴化府诗人深受三一教影响,以诗人彭宪范为例。彭宪范,字正休,彭文质之子,出生年月不详,79岁去世,出身当地名门。"三代司马四世名宦坊,为彭甫、彭大治、彭文质、彭宪范、彭宪章、彭汝楠立在文峰宫前",②自其曾祖父一代起,家族有多人身居高位,多为正直有建树官员,深受爱戴。1588年,彭宪范通过乡荐被任命为交城教谕,著有《栖静馆集》③,此后任江苏省顺天府通判、贵州按察使。④彭宪范参议修订三一教文献《林子本行纪略》,撰有《玉溪林子祠记》和《瑶岛林子祠序》。⑤

第四节 "西来孔子"——艾儒略

16世纪是欧洲近代史的开端,欧洲经历着影响世界全局的变化。

16世纪是世界大变革时期,欧洲正在从中世纪过渡到现代。德国和西班牙国王查理五世在欧洲建立了统一的专制君

---

① 张先清:《试论艾儒略对福建民间信仰的态度及其影响》,《世界宗教研究》,2002年第1期,第124~125页。

② (清)廖必琦修、宋若霖纂:《(乾隆)莆田县志》卷3《建置》,民国十五年重印清光绪五年补刊本,第49页。

③ (清)廖必琦修、宋若霖纂:《(乾隆)莆田县志》卷33《艺文》,民国十五年重印清光绪五年补刊本,第13页。

④ 石有纪修、张琴纂:《(民国)莆田县志》卷23,《中国地方志集成·福建府县志辑》,第16~17册,上海:上海书店出版社,2000年,第65页;卷32,第40~41页。

⑤ 林祖韩:《三一教史》,东山祖祠印行,1999年,第87页。

主王权,使强大的西班牙争霸于欧洲;英国、法国和其他欧洲国家表现出高度发达的民族主义意识。封建主义作为一种政治制度,已经到了最后关头。国王们把所有的政治权力都抓在手中,但他们发现自己越来越依赖中产阶级的经济来源。商人力量在蓬勃发展,他们的权力、财富和影响力,在政府的保护下,开始在遥远的土地上扩张。成立于1600年的英国东印度公司开始与东印度进行贸易。两年后,荷兰人成立了一个类似的组织,1604年,法国人也成立了一家东印度公司。首先是葡萄牙人和荷兰人之间的冲突,后来是法国人和英国人之间的冲突,他们都试图在海上获得霸主地位,并垄断东方市场。①

这种变革以新航路的开辟和宗教改革运动为代表。一方面,随着新航路的开辟,欧洲开始了对外掠夺的原始资本积累过程。1511年,葡萄牙占领马六甲,在爪哇、苏门答腊等地建立了据点,1514年,葡萄牙人来到中国广东的屯门岛,经常进犯福建、广东沿海,于1553年占据了香山澳。西班牙占据了菲律宾吕宋岛。欧人来到东南亚之后,与福建和广东有频繁的贸易往来,随后逐渐控制了东南亚的商贸通路,他们为中国商人设置障碍,提高税收,在1602年至1609年期间甚至多次屠杀华侨。② 这也是当时中国人对欧洲人持有敌对态度的原因。另一方面,爆发于德国的宗教改革将欧洲分为天主教和新教两大阵营,进而引发了不同利益集团长达三十年的战争(1618—1648)。宗教改革逐渐从德国扩展到英国以及北欧地区,面对新教的冲击,天主教提出了"宗教改革运

---

① Chan, Albert, *The glory and fall of the Ming dynasty*, Norman: University of Oklahoma Press, 1982, pp.391-392.

② 廖大珂:《福建海外交通史》,福州:福建人民出版社,2002年,第254~257页;(明)张燮:《东西洋考》,谢方校注,北京:中华书局,1981年,第92页。

动",一方面力图清楚教会本身的弊端,振兴为教会培养骨干的修会组织,另一方面也加紧镇压不同信仰的人,以维护教皇的绝对权威。1534 年,西班牙人罗耀拉创立了耶稣会,于 1540 年获得教皇保罗三世的批准后,很快在意大利、西班牙、葡萄牙、比利时、奥地利等国发展起来,开始向亚洲、非洲、美洲派遣传教士。

明朝廷对外国人入境有严格的限制。庞迪我(Diego de Pantoja,1571—1618)在致古斯曼的信中对此有着深入的体会:

> 外国人入境异常艰难,受到严厉的禁止。在基督教神甫们进入中国的 20 年间,他们的人数从未超过 5 或 6 人。他们的立足与坚持下来都十分困难……他们只能秘密地偷渡。①

根据明朝的惯例和法律,可以进入中国的人士仅限于外国使节、外国使节随行的商人以及倾慕中国文化并具有居留许可的人。② 利玛窦和罗明坚展示了他们对中华文化和习俗的仰慕,并通过三棱镜、印刷精美的书籍、以透视法制作的绘画和地图博取了中国官员的好感,终于在 1583 年获得在广东肇庆居住的许可,甚至在那里建立了第一所教堂。传教伊始,他们以佛教徒的样子装扮自己,以此希望获得与在日本一样的成功。这个尝试后来证明是失败的,利玛窦发现,佛教徒在中国社会,尤其是上层官员阶层之间并不是最受重视的,被尊敬的是那些参加科举考试取得功名的儒生。③ 1591 年,在听从中国好友的建议之后,利玛窦脱去僧服,穿上儒生的衣服,学习儒学经典,这一方法和策略,后来被明末

---

① 张铠:《庞迪我与中国》,郑州:大象出版社,2009 年,第 34 页。
② 裴化行:《天主教十六世纪在华传教志》,萧浚华译,上海:商务印书馆,1936 年,第 242 页。
③ 刘俊余、王玉川译:《利玛窦全集 I:利玛窦中国传教史》,台北:辅仁大学出版社,1986 年,第 233 页。

清初的传教士们所沿用,成为"利玛窦规矩",顺利拉开了晚明中西文化交流的帷幕。①

晚明福建在中西交流史上的地位十分重要,除了突出的海外经济贸易地位,福建也是西方文化传播的重要阵地。1616年,因南京教案避难来闽的罗如望是第一个入闽的耶稣会士,而天主传教事业真正的开创者是意大利传教士艾儒略。

1582年,艾儒略出生于意大利布雷西亚城(Brescia)的尼诺镇(Leno),1600年进入耶稣会,1607年被派遣到东方,1610年到达澳门。② 在进入福建之前,他已经在多个地区活动,行踪遍及肇庆、南京、江苏、河南、陕西、山西等地。长久以来,艾儒略就有传教福建的愿望。福建作为广东的邻省,是一个理想之地,因为这里"科学,人文昌盛,此外,这里的人与日本、马尼拉、马来西亚、苏门答腊和东方的其他国家都有来往:他们较为容易接受外国人",③但"居民风俗放逸,山道崎岖,语言难晓,因是未果"。④ 在艾儒略前往福建的时候,南京教案余波未平。⑤ 1625年,艾儒略在杭州杨

---

① Standaert, Nicolas (ed.), *Handbook of Christianity in China*, Volume one, 638~1800, Leiden/Boston/Köln:Brill, 2001, p.681.

② 林金水、谢必震:《福建对外文化交流史》(福州:福建教育出版社,1997年)中说他是1609年被派往东方传教。

③ Zürcher, Erik, The Jesuit Mission in Fujian in Late Ming Times: Levels of Response, In: Eduard B. Vermeer(ed.), *Centuries* (Sinica Leidensia; 22), Leiden:Brill, 1990, p.427.

④ 费赖之:《在华耶稣会士列传及书目》,冯承钧译,北京:中华书局,1995年,第38页。

⑤ Menegon, Eugenio, Jesuits, Franciscans and Dominicans in Fujian: The Anti-Christian Incidents of 1637—1638, In: Tiziana Lippiello, Roman Malek(ed.), "*Scholar from the West*": *Giulio Aleni S.J.*(1582—1649) *and the Dialogue between Christianity and China* (Monumenta Serica Monograph Series;42), Nettetal:Steyler Verlag, 1997, pp.220-221.

廷筠的家中遇见了致仕归里的原相国叶向高,两人甚为投机,叶向高邀请艾儒略入闽传教,1625年1月18日,到达福州。在他帮助下,艾儒略结识了福建许多名流。1627年6月17日至6月29日,艾儒略受邀到叶向高的福州府邸芙蓉园论学,参加论学的还有时任广西右参议、为福建诗坛执牛耳的曹学佺,各地"士绅学子,前来问谈",史称"三山论学"。① 在交谈辩论中,"艾公据理辟驳名言至理,娓娓动听。相国与在座诸人,莫不击节称赏",此次的谈话记录被整理成文,即《三山论学记》,并于当年刊刻。三山论学之后,艾氏的声望进一步提高。费赖之说:"儒略既至,彼乃介绍之于福州高官学者,誉其学识教理皆优,加之阁老叶向高为之吹拂,儒略不久遂传教城中,第一次与士大夫辩论后,受洗者二十五人,中有秀才数人。"反教人士黄问道称:"客有自西洋来者,其人碧眼虬髯,艾其名,盖聪明智巧人也。"②

在艾儒略身边还有三个重要的传教士。耶稣会士卢安德(Andrzej Rudomina,1594—1632),字盘石,立陶宛人。1618年进入耶稣会,在罗马完成哲学和神学训练后,被派往中国,在旅途中他染上了肺病,健康受到极大损害。1626年到达澳门之后,他被立即派遣去气候温暖的福建以协助到达当地不久的艾儒略。③ 由于健康的原因,卢安德大部分时间居住在福州,缺少学习汉语的机会,只能由艾儒略抽空教他汉语;直到1630年,他才能够用汉语表

---

① 林金水:《艾儒略与叶向高三山论学及其时地考》,《宗教学研究》,2015年第1期,第196页。

② 黄问道:《辟邪解》,夏瑰琦主编:《圣朝破邪集》第5卷,香港:道神学院,1996年,第266页。

③ 根据杜鼎克的研究,卢安德1628年底才动身前往福州。见Dudink, Adrian Cornelis, The Chinese Books, sent by Andrzej Rudomina S.J., in the Japonica-Sinica Collection of the Roman Archives of the Jesuits(卢安德寄往罗马耶稣会档案馆的中文书籍),In: *Monumenta Serica* 60, 2012, pp.291-307.

达,能与教徒就神学、伦理学、科学等话题展开讨论。1632年9月5日,卢安德病逝于福州。① 传教士林本笃(Bento de Mattos,1600—1651),字存元,葡萄牙人。1615年加入耶稣会,1627年他被派往越南,1632年4月到达福州。与卢安德一样,他的大部分时间都居住在福州,在掌握汉语、儒家文化方面还存在问题,与教徒讨论关于神学的话题时,通常采用纯学院派术语。1635年,林存元被派往海南传教,并获得成功。他同时也在澳门、交趾等地传教,直到1651年在海南附近被海盗淹死,悲剧性地结束了生命。②第三位是葡萄牙籍传教士瞿西满(Simān da Cunha,1589—1660),字弗谧,1606年加入耶稣会。1618年,他从里斯本出发前往东方,1624年到达杭州,1635年他被派往福建接任林存元的工作。后在建宁传教并负责当地的教会工作。清军到达福建之后,他获得在延平重建教堂的许可。1657年至1659年担任耶稣会中华会省副省长。在《口铎日抄》中,他被描绘成一个过客,随后在澳门、北京传教,1660年卒于澳门。③ 相比精通汉语的艾儒略,这三位传教士在语言方面的能力有限,在文人中的影响力远远不及艾儒略。④

当艾儒略到达一个城市,他首先拜访当地官员以寻求保护,进而与对西士有好感的家庭交往。在他看来,家族族长一旦皈依受洗,必将对整个家庭产生重大的影响。受洗的大部分教徒是底层

---

① Zürcher, Erik, *Li Jiubiao's Diary of Oral Admonitions—A Late Ming Christian Journal*, Vol.1, Nettetal：Steyler, 2008, pp.74-75.

② Zürcher, Erik, *Li Jiubiao's Diary of Oral Admonitions—A Late Ming Christian Journal*, Vol.1, Nettetal：Steyler, 2008, p.76.

③ Zürcher, Erik, *Li Jiubiao's Diary of Oral Admonitions—A Late Ming Christian Journal*, Vol.1, Nettetal：Steyler, 2008, p.77.

④ Zürcher, Erik, *Li Jiubiao's Diary of Oral Admonitions—A Late Ming Christian Journal*, Vol.1, Nettetal：Steyler, 2008, pp.74-77；林金水、谢必震整理了在福建传教的耶稣会传教士的名录,见《福建对外文化交流史》,福州：福建教育出版社,1997年,第214~215页。

第一章 《闽中诸公赠诗》的历史文化渊源

文人,他们在艾儒略的传教事业中发挥了重大的作用。艾儒略经常访问地方教堂,甚至在武夷山山区的教堂待上几天,或者几个月。① 同时,艾儒略通过出版书籍和赠送书籍来传播他的学说,在他带领下,福州天主堂成为宗教书籍出版中心,在此出版或再版的著作有十五本之多。② 段衮在《重刻〈三山论学序〉》中对此颇为赞叹:

> 其大著书功者何?曰:艾先生学澈天人,不务荣显,铲名灭迹,向氛烟毒雾中,行九万里为天主铎教中华,其至德精修自尔感人。第中华幅员万里,先生落落晨星,屦迹不尽到,謦欬不尽闻。惟书可以大阐天主慈旨,晓遍蒙铎。若处处有艾先生,人人晤艾先生,且若时时留艾先生也。故著书功大也。其大刻书功者何?曰:艾先生持诫精严,一介不取,年饥用费而加倍,额粮应至而愆期,保赤济饥,宁滋减口。著书虽易,刻书实难。非资二三信友、仔肩、梓工,虽有绝妙之书,超性之理,破千古之差谬,振举古之沉迷,而韫匵之藏,终无由传所欲传。使沛然洋溢,若斯之广且速也,故刻书功亦大也。③

艾儒略的成功不仅应该归功于高级官员的支持和教徒的贡献,更应归功于他的学识和奉献精神。李嗣玄在《西海艾先生行略》中提道:

> 先习中华语音文字,仅二三年,而中华典籍,如经史子集,

---

① 费赖之:《在华耶稣会士列传及书目》,冯承钧译,北京:中华书局,1995年,第136页。
② 费赖之:《在华耶稣会士列传及书目》,冯承钧译,北京:中华书局,1995年,第134页。
③ 段衮:《重刻三山论学序》,吴相湘主编:《天主教东传文献续编》(《中国史学丛书》,第40册),第1册,台北:学生书局,1966年,第427~428页。

三教九流诸书,靡不洞悉,其资颖超绝乃尔。盖大旨既得,然后可以别群非,而统归一是,深痛吾中华人士沉溺佛魔陷阱中,不惜敝舌,呕心以祛其蔽锢,孑然孤旅,挺而与燎原倒海之群喙角,即殒身不恤。①

艾儒略取得了和利玛窦一样高的声望,在福建被称为"西来孔子",②同时,也引发了反教派的强烈不满和抵制。1637年,福建教案爆发,福建巡海道施邦曜在福州城内张贴禁教通告,随后福建提刑察司徐世荫和福州知府吴起龙在省城张榜禁教,指名驱逐艾儒略和阳玛诺(Emmanuel Diaz,1574—1659),多所教堂遭到查封,艾儒略在张瑞图、曾樱(时任观察使)和蒋德璟的保护下,先后躲避于泉州和兴化。这期间,大部分教堂被移作他用,书籍出版停顿。③ 1639年,禁令稍弛,传教活动才得以继续,同年农历七月十四日,艾儒略才重新在福州教堂做公开弥撒。1641年,艾儒略任耶稣会中国传教区南方会长,分管南京、江西、湖广、浙江、四川等地教务,1648年出任区会长,领导全国教务。

明朝灭亡之后,南明隆武帝在福建福州登基(1645),他给予耶稣会的传教事业极大的支持和保护,赐之匾额,下旨扩建福州天主堂。④

---

① (明)李嗣玄:《西海艾先生行略》,钟鸣旦、杜鼎克主编:《耶稣会罗马档案馆明清天主教文献》,第12册,台北:利氏学社,2002年,第248页。

② (明)张赓、韩霖:《耶稣会西来诸位先生姓氏》,吴相湘主编:《天主教东传文献三编》(《中国史学丛书续编》,第1册),台北:学生书局,1984年,第311页。

③ 费赖之:《在华耶稣会士列传及书目》,冯承钧译,北京:中华书局,1995年,第136页。

④ Zürcher, Erik, *Li Jiubiao's Diary of Oral Admonitions—A Late Ming Christian Journal*, Vol.1, Nettetal: Steyler, 2008, pp.67-68. 李嗣玄:《西海艾先生行略》,钟鸣旦、杜鼎克主编:《耶稣会罗马档案馆明清天主教文献》,第12册,台北:利氏学社,2002年,第256页。

第一章 《闽中诸公赠诗》的历史文化渊源

一日,上(隆武帝)睹之,嫌其湫隘,谕令改建,谓规制未壮,不足为上帝歆格地。乃式廊而轮奂之,树坊于门曰:"敕建天主堂",而锡(赐)区于堂目:"上帝临汝"。①

隆武二年(1646年),清兵入闽,占领福州,隆武政权覆灭,教徒李九标死于满清福清海口屠杀,②艾儒略则开始他长达3年的流亡生涯。1647年,他隐匿于延平城以避祸。在衣食不周的时候,他勤于著作,传播教义。1649年6月10日,艾儒略因病逝世于延平,后葬于福州十字山。③

在一个提倡通过学习书本而获得丰富知识,又具有较高道德要求的国度里,将中国儒家关于理想社会的信念同西方的观念相互融合,寻找共同点,是最聪明的做法。因此,边缘化的外来宗教为了防止自己被贴上异教的标签,都选择站在儒家立场。换言之,适应政策不仅是耶稣会的一种选择,很大程度上说,也是耶稣会士面临的传教压力导致的必然结果。在晚明,中国文化始终占据着主导地位。④ 他们的策略和方法正是出于这样的认识,而结果如何又是另一回事了。

当艾儒略成功进入中国内地时,耶稣会已经凭借适应政策在

---

① 李关玄:《大西思及艾先生行述》,巴黎国家图书馆,中文编号1017。

② Zürcher, Erik, *Li Jiubiao's Diary of Oral Admonitions—A Late Ming Christian Journal*, Vol.1, Nettetal: Steyler, 2008, p.18.

③ 费赖之:《在华耶稣会士列传及书目》,冯承钧译,北京:中华书局,1995年,第38页;Criveller, Gianni, *Preaching Christ in Late Ming China: The Jesuit's presentation of Christ from Matteo Ricci to Giulio Aleni* (Variétéssinologiques-New Series 86), Taipei: Ricci Institute, 1997, pp.144-166;沈也地:《浅谈艾儒略(Julios Aleni)对中西文化交流的贡献》,《中外关系史论丛——多元宗教文化视野下的中外关系史》,2010年第19期,第94页。

④ 钟鸣旦:《耶稣会进入中国的历史》,莫为译,《上海文化》,2019年第1期,第94～95页。

众多传教修会中处于垄断地位。① 据统计,在 1710 年,在华传教士当中,共有 59 名耶稣会士,20 名方济各会教士,18 名多明我会修士,15 名主要来自法国海外传教团的世俗传教士,以及 6 名奥斯定修会会员。从驻地和教堂上看,在全国 110 多所驻地和 250 多个教堂中,耶稣会就有 70 处传教驻地和 203 所教堂。② 相对于利玛窦的"从上至下"的传教策略,艾儒略把注意力放在了社会底层民众。③ 如果说利玛窦周转中国十几年,为后继的传教士们"打开了一扇大门",是立足于宫廷,求得传教的合法化,他即使在地方活动,也只是把它作为前往宫廷的跳板,那么艾儒略便是根基于福建,努力使平民百姓"福音化",与他有过交流的被记录下来的有超过 200 个中国人。④

---

① 西班牙籍耶稣会传教士沙勿略(Franz Xaver,1506—1552)在日本传教的时候发现,中国是对日本影响巨大的国家。奥古斯丁教团、方济各会和多明我会分别在 1565、1579 和 1587 年到达马尼拉。耶稣会在 1581 年才到达菲律宾首都。至少有 25 个耶稣会士,22 个方济各会士,2 个奥古斯丁会士和 1 个多明我会会士曾经尝试进入中国传教,但都以失败告终。传教士的名字、到达日期和其他相关信息见 Sebes, Joseph: The Precursors of Ricci, In: Charles E Ronan, Bonnie B. C OH (ed.), *East meets west: the Jesuits in China, 1582—1773*, Chicago: Loyola University Press, 1982, pp.19-61.

② 胡建华:《百年禁教始末——清末朝对天主教的优容与厉禁》,北京:中共中央党校出版社,2014 年,第 60 页。

③ 艾儒略的福建传教方法被称为"本地化",见钟鸣旦的相关论述:《中西文化交流的研究与本位化概念》,《辅仁大学神学论集》,1991 年第 88 期,第 291~307 页;钟鸣旦:《本地化:谈福音与文化》,陈宽薇译,台北:光启出版社,1993 年,第 32 页。

④ 林金水:《艾儒略与〈闽中诸公赠诗〉研究》,《清华学报》,2014 年总第 44 卷第 1 期,第 66 页。Dudink, Adrian Cornelis, Giulio Aleni and Li Jiubiao, In: Tiziana Lippiello, Roman Malek (ed.), *Scholar from the West: Giulio Aleni S.J. (1582—1649) and the Dialogue between Christianity and China* (Monumenta Serica Monograph Series; 42), Nettetal: Steyler Verlag, 1997, p.129.

第二章 诗人群体

在晚明的中西交流过程中，闽籍士人见证并参与了这段历史，他们深受儒学浸润，又带有道家老庄清净淡泊旷达和禅宗超脱俗世的思想，同时饱含时代危机、民族危机和文化危机下的紧迫感和不安全感。他们的诗作中既包含丰富的西方文化和域外风俗信息，又充分表达了诗人的个人情结和感悟，对晚明福建士人群体研究具有重要价值。本章将通过史料的遴选与考证，从诗人分布、社会阶层、影响力和宗教信仰等方面展开，理顺诗人与诗人、诗人与传教士之间的往来关系，探讨诗人人格、性情和天学诗创作的心理动因，考察创作群体在晚明闽地诗坛的影响，以期还原整个诗人群体的整体风貌。

关于诗人群体研究，采用的资料以《明实录》《明史》《闽中理学渊源考》《福建通志》《光绪泉州府志》《福州府志》《兴化府志》《漳州府志》等地方志和史料为主，这些史料中人物传记部分记录了大量人物言行、生平。关于诗人与传教士的往来情况的考证，主要依据教内典籍和明清天主教文献，包括《耶稣会罗马档案馆明清天主教文献》《徐家汇藏书楼明清天主教文献续编》《法国国家图书馆明清天主教文献》中由中国士人以及传教士所撰写的文章、诗歌等，当中既有护教人士的热情赞赏之作，也有反教派的驳斥之文。

闽籍诗人接触最多、了解最多的就是利玛窦和艾儒略，关于他们的研究成果汗牛充栋。关于与传教士交游的中国士人已有学者系统研究,林金水的《利玛窦交游人物表》《艾儒略与福建士大夫交流表》《利玛窦与福建士大夫》详细考证了部分诗人籍贯、官职,与传教士往来诗文情况,略述重要的官员、乡绅的生平。他将与艾儒略交游的两百多名中国人分为五种类型:第一,当权官员和告老还乡的官员;第二,闽省官员和致仕归里的乡贤;第三,府县儒学教官;第四,生员一类;第五,地方绅士。前二类士人有权、有势、有影响力,是艾氏在福建的保护伞,如叶向高、张瑞图、林欲楫和张维枢。第三类是从事儒学教育的低级官员,权力十分有限。第四类是正在求仕途的学子,他们当中有的可能中举进入仕途,有的可能名落孙山,无所成就,因此他们的作用是不确定的。第五类是在各地有影响力的人士,对基督教能否在该地立足起到关键的作用。后三类是艾儒略在闽活动的社会基层力量,也是艾氏交游和依靠的主要对象。①

台湾学者潘凤娟将艾儒略的传教活动分为四个阶段:第一,1613年至1624年;第二,1625年至1637年;第三,1637年至1639年;第四,1640年至1649年。又将这些与艾儒略往来的人士分为奉教人士、温和人士和反教人士三类。除了已确定教徒身份的诗人和周之夔之外,她将《赠诗》中的其他诗人都视为温和人士。这些人通过叶向高的关系结识艾儒略,大部分的赠诗时间是在福州论学之后。②

许理和按照社会阶层将与传教士交游的中国人划分为三个群体:第一,皇室成员,耶稣会凭借其天文学知识在京城取得了成功,

---

① 林金水、谢必震编:《福建对外文化交流史》,福州:福建教育出版社,1997年,第234~235页。
② 潘凤娟:《西来孔子艾儒略——更新变化的宗教会遇》,天津:天津教育出版社,2013年,第24、63页。

也在南明政权中扮演了重要角色。第二,高级官员群体,这个群体给予耶稣会传教士巨大的支持,尽管当中的教徒人数不多。传教士通常与到各地任职的官员随行,利用官员的影响力在当地建立自己的社交网络。第三,底层文人群体,这包括当地的诗文社成员和退休官员。① 福建底层文人群体与传教士的互动十分活跃,他们的名字和活动常见于教内文献,不管是支持者还是反对者,都有许多文章存留于世。许理和认为,绝大多数教徒都是底层文人,他们积极参与传教士所主持的礼拜仪式,这些礼拜仪式虽然已经为了适应中国人的方式进行了调整,但是看起来依旧是"外国的",这必然导致了对"野蛮人"的偏见,由此引起了中国人的仇外情绪和各种令人不安的谣言的产生和流传。这些底层文人所撰写的文章,既有关于西学、天学的"学术性"内容,也包含了由传教士所引起的关于民间流行祛邪术和治疗行为的讨论,他们展现了对西方文化的完全接受或者完全否定的态度。最能反映这种态度的例子就是由教徒编的《口铎日抄》《励修一鉴》和反教文献《圣朝破邪集》。② 这些底层文人在中国基督教史和福建基督教史上意义非凡,但是地方志上却少有关于他们的记载。

---

① Zürcher, Erik, The Jesuit Mission in Fujian in Late Ming Times: Levels of Response, In: Eduard B. Vermeer(ed.), *Centuries* (Sinica Leidensia; 22), Leiden: Brill, 1990, pp.421-422.

② Zürcher, Erik, The Jesuit Mission in Fujian in Late Ming Times: Levels of Response, In: Eduard B. Vermeer(ed.), *Centuries* (Sinica Leidensia; 22), Leiden: Brill, 1990, pp.430, 419.

第一节 科举、入仕——社会精英

《闽中诸公赠诗》的 71 名诗人有一部分是士大夫。所谓的士大夫,是指文人官员,是知识分子和官僚的混合体,属于中国社会的精英人士。① 他们是艾儒略传教福建初期的有力支撑。叶向高不仅与利玛窦有来往,且延请艾儒略入闽传教,为艾氏的《职方外纪》作序;何乔远为艾儒略的《西学凡》作序;张维枢为利玛窦立传,著有《大西西泰利子传》,为艾儒略的《万物真原》和《三山论学记》作序;黄鸣乔作《天学传概》,追溯天学在中国的历史,并论证传教的合理性。他们作诗赠送给艾儒略的时候,多是在躲避阉党迫害或退休返乡期间创作的,与个人境遇和时局变化密切联系。② 这些诗人有许多相似性:有的是对国家政治有影响力的官员,如叶向高、张瑞图是内阁成员;周之夔、林叔学和池显芳是东林党和复社成员;周廷龙在南明隆武朝廷任职;林维造在康熙朝任巩昌知县,

---

① 关于士大夫一词的定义,可见展龙:《元明之际士大夫政治生态研究》,北京:人民出版社,2013 年,第 6~20 页。

② 按照杜鼎克的说法,叶向高在 1624 年 12 月之后,何乔远在 1624 年中到 1629 年 10 月之间,张维枢在 1625 年 7 月之后,曾楚卿在 1627 年至 1628 年之间,庄际昌在 1626 年至 1627 年之间,而张瑞图是 1626 年春天还乡在家。这与他们告老还乡的时间一致。Dudink, Adrian Cornelis: Giulio Aleni and Li Jiubiao, In: Tiziana Lippiello, Roman Malek (ed.), "*Scholar from the West*": *Giulio Aleni S.J. (1582—1649) and the Dialogue between Christianity and China* (Monumenta Serica Monograph Series;42), Nettetal: Steyler Verlag, 1997, p.133.

后在起义中被杀,清政府为其立祠。① 有的出身于书香门第,来自有名望的家族,他们才华横溢,留有大量诗文著作,如何乔远就是明代著名方志学家,庄际昌是整个明代唯一在殿试、乡试、会试中都取得第一名的人。还有一部分诗人是乡绅名士,他们在地方上颇有影响,拥有广阔的人际网络,是传教士在地方上顺利传教的基本保障;还有部分诗人是底层的文人群体,可以通过地方选举志确认其贡生、生员或训导的身份;诗人中有 7 位是教徒,然而绝大部分诗人在地方志和文献史料中没有任何记载。可以明确身份的诗人们的数量不及总数的三分之一。绝大部分赠诗者在地方志、文献中均无记录,印证了艾儒略传教后期的重心从士大夫转移到底层文人的情况。如果一个诗人只是短暂地成为朝廷官员,就将他归为上层人士就略为不妥,不同的时空条件下,一个人可能具有不同的身份,在官可称为"官僚",赋闲归家又可以称为"绅士",而诗集中诗人人生经历的复杂和阶层的流动性,更使得他们的身份具有多样性。因此,对特定人群的分类,应当考虑其内在的社会群体意识,这种意识必定是这个群体所共有的理想和志趣、普遍的素养和道德修行,以及当中具有明显的、可以甄别的特点。

相同的地域文化氛围,可以成为探究《闽中诸公赠诗》诗人群体的特征的线索。首先,就诗人分布情况做一梳理:

福州府 23 人:叶向高、郑玉京、王一琦、薛凤苞、林一儁、林伯

---

① Dudink, Adrian Cornelis, Giulio Aleni and Li Jiubiao, In: Tiziana Lippiello, Roman Malek (ed.), "*Scholar from the West*": *Giulio Aleni S. J. (1582—1649) and the Dialogue between Christianity and China*(Monumenta Serica Monograph Series;42),Nettetal:Steyler Verlag,1997,p.173;(清)怀荫布修,郭赓武、黄任纂:《(乾隆)泉州府志》卷 54《文苑》,《中国地方志集成·福建府县志辑》,第 22~24 册,上海:上海书店出版社,2000 年,第 83b~84b 页;陈寿祺:《福建通志》卷 204《明人物列传·泉州府》,《中国省志汇编》,第 9 册,台北:华文书局,1968 年,第 51a~51b 页。

春、周之夔、徐熥、林叔学、陈宏已、陈圳、薛瑞光、薛馨、李师侗、陈燿、薛一唯、林登瀛、王标、王槺、林宗彝、陈鸿、陈衍、林珣。

泉州府23人,其中温陵有:张瑞图、何乔远、张维枢、林欲楫、庄际昌、周廷鑨、李文宠、苏负英、郑之铉、郭焻、黄鸣晋;晋江县有蔡国铤、林维造、李世英、许日升;桃源县有郑璟、方尚来、潘师孔;同安县的黄文炤、池显芳、黄六龙;清源谢懋明;龙浔林焌。

兴化府16人:曾楚卿、黄鸣乔、彭宪范、柯昶、徐景濂、柯宪世、林光元、陈玄藻、张开芳、朱之元、林世芳、林绍祖、翁际盛、郑凤来、林传裘、林洞。

漳州3人:陈天定、柯而铉、刘履丁。

建宁2人:董邦廪、邓材。

邵武1人:吴维新。

寓闽3人:贾允元、吴士伟、金嘉会。

通过地方志和相关史料爬梳可以发现,71位诗人主要来自福州府、泉州府、兴化府,这三个地区是艾儒略传教的主要区域,教徒也多出自这三处。仅1634年一年,泉州和兴化府就有257人受洗入教。① 入仕的诗人有20人,分布是福州2人,泉州9人,兴化7人,漳州1人,寓闽(无锡)1人。科举、荐举和吏员为明代选拔官员的三个主要途径,史称"三途并用"。② 所谓荐举,即天资聪慧或具有某些才能的人可以不通过考试,由官员举荐入仕为官,此外,普通吏员可以根据实际需要被提拔任命。大部分入仕诗人通过科

---

① 费赖之:《在华耶稣会士列传及书目》,冯承钧译,北京:中华书局,1995年,第135页。

② (明)张廷玉:《明史》卷69,北京:中华书局,1974年,第1675~1676页;陶希圣、沈任远:《明清政治制度》,台北:商务印书馆,1977年,第153页;张德信:《明代铨选制度述论》,《史林》,1988年第2期,第40~41页;王兴亚:《明代选官制度述略》,《黄淮学刊(社会科学版)》,1990年第4期,第59~68页。

举考试进入官场。兴化府彭宪范和漳州府刘履丁二人分别于1588年和1638年通过举荐成为官员。①

明代福建进士数量相比宋元时期大幅提高,与浙江、江西并列全国第二名。明初大部分进士来自福州府、建宁府和兴化府,明中后期,沿海的兴化府、泉州府和漳州府举业兴盛,才俊汇集,是举人高度集中的地区。② 这得益于沿海较为发达的经济、文化和教育。在《利玛窦中国札记》中对福建科举兴盛也有记载:

> 中国士大夫的第二种学位是举人(Kiuyin),可以和我们的硕士相比。这种学位在各大省份以很庄重的仪式授予,但只是每三年在8月举行一次。并不是所有希望得到这种学位的人都能得到。只有第一流的人能被选中,他们的数目取决于该省的地位和名声。在南京和北京两区,有一百五十名学士应召赴硕士考试。浙江、江西、福建各为九十五人,其他各省更少一些,这要视该省的地位和以前的已经中举的人数而定。③

基于地域关系,通过家庭、朋友、同僚、上下级建立起来传统的社会的关系网在传教过程中起着重要作用,尤其是科举考试建立

---

① 石有纪修、张琴纂:《(民国)莆田县志》卷23,《中国地方志集成·福建府县志辑》,第16～17册,上海:上海书店出版社,2000年,第65页;卷32,第41页。(清)金鉷修、钱元昌纂:《广西通志》卷55,第25页;卷68,第30页。《(文渊阁)钦定四库全书/史部/地理类》,Digital Heritage Publishing Limited.http://www.sikuquanshu.com.(清)沈定均修,吴联薰纂:《光绪漳州府志》卷18,《中国地方志集成·福建府县志辑》,第29册,上海:上海书店出版社,2000年,第49页。

② 徐晓望:《福建通史·明清》,第4册,福州:福建人民出版社,2006年,第596～599页。

③ [意]利玛窦、金尼阁:《利玛窦中国札记》,何高济等译,北京:中华书局,1983年,第37页。

起来的关系具有长期的有效性,师生之间,或者是同门之间的互相影响的力量不可忽视,这是上层士人之间的紧密纽带,黄鸣乔、柯昶和徐景濂参是万历三十一年乡试(1603)的同年考生,这一年恰好是李之藻任考官;①黄鸣乔、柯昶和徐光启又同是1604年进士;徐景濂和曾楚卿参加了1613年的殿试,徐光启为考官之一;张维枢和李之藻同是1598年进士;贾允元和陈玄藻是1610年的进士;张瑞图和郭焌的父亲郭儒初同为1607年的进士。明代文人"在入仕之前,凭借文社'声气'以甄别流品;入仕以后,则以私交、情面,形成一个错综复杂的关系网络。概括言之,诸如地缘、姻缘、师生、同年、文社声气等,大抵构成了明代士大夫关系的主要网络"。②中国士人的社交网络是传教士顺利地传播西学和天学的重要途径,正如反教派所担忧的:"如此夫一人能鼓数十人之信徒。数十人便能鼓数百人,既能鼓惑数百十人,即能鼓惑千万人。纵其教者人人皆信若斯,使之赴汤蹈火亦所不辞,又何事不可为哉?"③

---

① 吴巍巍、林金水:《家族·科举·诗社——明末莆田奉教士大夫黄鸣乔研究》,《世界宗教研究》,2017年第5期,第166页;1603年8月(万历三十一年)李之藻担任福建癸卯乡试考官,参加该年乡试的福建举人,后来都成了李之藻的"门生",包括林欲楫、黄鸣乔、张瑞图。李之藻莆田"门生",还有徐景濂和柯昶。据西文文献记载,天启六年(1626),李之藻曾写信给福建、尤其莆田的四"门生",推荐艾儒略。他们后来成了艾儒略在闽传教得力的保护伞。究其原因,表面上固然与叶向高、张瑞图两位阁老的影响不无关系,但对莆田李之藻的"门生"而言,更深层次的原因是早在二十多年,李之藻利用他当考官的机会,通过出试题向士子灌输了利玛窦传入的西学与天学。台湾"清华大学"徐光台教授在《历史研究》撰文认为,这一年乡试的策问题"天文"是出于李之藻。李之藻"似受利玛窦西学影响",同时也"对与试士子黄鸣乔等人有影响"。

② 陈宝良:《明代士大夫的精神世界》,北京:北京师范大学出版社,2017年,第77页。

③ 《福建巡海道告示》,夏瑰琦主编:《圣朝破邪集》,香港:道神学院,1996年,第129页。

事实上,传教士对将士大夫们归化为教徒抱的希望不大。1636年,在全国38300个教徒中有14个高级官员,10个进士,11个举人,291个生员、秀才,超过140个是皇室成员和超过40个宦官,以及一些宫女。社会精英仅占教徒人数的1.33%。① 利玛窦早就察觉到,尽管士大夫表现出对"真相"以及传播、呈现"真相"的圣人的尊敬,也乐意见到其传播,但他们很难被宗教所说服。士大夫阶层对传教士的推崇不如说是对"真相"的热情和对圣人尊崇的传统心理模式;从根本上,精英阶层尊重儒家所倡导的五伦纲常,以天下秩序太平、国家经济富足、家庭家族安全、个体修为为准则,认为天学是一门可以补足王化的学问,同时否认儒学是一个宗教;士大夫阶层入教的人数很少,尽管他们是传教士的支持者、同情者、观察者。② 在他们的支持下,教徒数量增长很快,其亲眷与传教士也往来密切,如叶向高的孙子叶益蕃还资助艾儒略在福州建立教堂。③

虽然晚明福建科举鼎盛,但是大部分士大夫并不显赫,《明

---

① Standaert, Nicolas (ed.), *Handbook of Christianity in China*, Volume one, 638—1800, Leiden/Boston/Köln: Brill, 2001, pp.387-388.

② Gallagher, Louis J. S. J. (transl.), *China in the Sixteenth Century: The Journals of Matthew Ricci: 1583—1610*, New York: Random House, 1953, pp.98, 201.

③ Zürcher, Erik, Giulio Aleni's Chinese Biography, In: Tiziana Lippiello, Roman Malek (ed.), *"Scholar from the West": Giulio Aleni S.J. (1582—1649) and the Dialogue between Christianity and China* (Monumenta Serica Monograph Series; 42), Nettetal: Steyler Verlag, 1997, p.89; 叶益蕃写了一篇《三山仁会约》,收录在《天学集解》中,见 Dudink, Adrian Cornelis, Giulio Aleni and Li Jiubiao, In: Tiziana Lippiello, Roman Malek (ed.), *"Scholar from the West": Giulio Aleni S.J. (1582—1649) and the Dialogue between Christianity and China* (Monumenta Serica Monograph Series; 42), Nettetal: Steyler Verlag, 1997, p.138.

史·李廷机传》记载:"闽人入阁,自杨荣、陈山后,以语言难晓,垂二百年无人,廷机始与叶向高并命。"除了"语言难晓",政局不安也是官员仕途阻塞的重要原因。明代黄仲昭回顾宋代科举仕途时谈道:

> 吾莆科第,景昉自唐之贞元,迄于五代,仅十余人而已;宋三百年,举进士者近九百,其间魁天下者五人,登宰辅者六人,其盛极矣。然此未足深美者。仲昭独慕其时行,夫巨人相继出:而为宰辅,则相业光明,宗社嘉赖;为谏官,则议论忠谠,夷夏知名;或侍经筵,则尽启沃之职;司民社,则效抚宇之劳;临大节,则踏鼎镬而不顾;决大议,则触权奸而不恤;有倡关洛之学而丕变士风者;有由考亭之绪而深入理奥者。虽所造不同,所就亦异,而其纯正笃实之学,宗伟光大之行者,皆卓乎其不可及也。当时称吾莆之盛,有曰:地不大于曹滕,俗已几于邹鲁。其谓是欤!①

黄仲昭言语间对宋代士人仕途崇正之风羡慕不已,可以瞥见晚明缺少宽松清明的政治环境,士人无法通过仕途实现政治、社会理想,就有了学而无法致用的感伤,在无法实现治国平天下理想的时候,他们更加追怀上古圣贤治世时代,陈仪在《〈性学粗述〉序》中说:"余乡中先达复有延之入闽者,而叶相国、翁宗伯、陈司徒诸老皆喜其学之有合于圣贤,为序其著述诸书。"②这些士人为西人著

---

① 蒋维锬:《莆田儒文化述略》,福建省炎黄文化研究所:《闽文化源流与近代福建文化变迁》,福州:海峡文艺出版社,1999年,第152~153页。

② 陈仪:《〈性学粗述序〉》,收入艾儒略《性学粗述》(钟鸣旦、杜鼎克主编:《耶稣会罗马档案馆明清天主教文献》,第6册,台北:利氏学社,第6a~6b页)。陈仪,字用吉,福建闽县人,万历三十八年(1610)进士,官至云南布政使。陈拓:《文献层累与形象塑造——晚明首辅叶向高与天主教》,《新史学》,2018年第2期,第119~164页。

作作序的初衷正是缘于"其学之有合于圣贤"。

从科举步入仕途,是学以致用的最基本途径。传统的中国文人对现实政治的关切与"学而优则仕"的政治理想紧密联系在一起,他们以天下为己任,渴望以己之力辅君匡济,以实现自我价值。他们代表着传统文化,也符合官方意识形态,更易成为地方道德、政治楷模,他们的榜样作用和影响力对整个国家、地区的发展起着导向作用。这20位诗人来自精英阶层,在国家政治、社会和地方文化建设中有着至关重要的作用,对地域文学的影响不可忽视。作为地方文化活动和主导者,他们身上发生的任何思想变动,都会影响地方上的文艺活动和互动格局,这时候,他们的赠诗便更显出其意义。"就中国文学自身发展而言,随着传统社会在社会结构上发生某种变易,如城市经济的增长对农业的侵蚀,出现'国家'与'社会'之间错综复杂的互动格局,地方文艺才因而骤盛并显得重要起来。"[①]当这些能够自由地转换于山林和庙堂之间的精英们无意间投身诗歌创作时,他们的精神内蕴与文化定位便会呈现于诗中,无形中实现了国家时代精神的表述,进而对民间的文学创作产生着重要的影响。晚明闽地文人纷纷赠诗传教士的群体性行为,既是带有竞技性的个人诗艺展示,也是晚明文学主体下移中诗社活动的一个重要内容。

下表列出20位诗人的姓名,字、号,取得进士身份的年份和最高的官职。

[①] 陈广宏:《闽诗传统的生成——明代福建地域文学的一种历史省察》,上海:上海古籍出版社,2018年,第10页。

表 2 《赠诗》涉及的入仕诗人身份统计表

序号	姓名	字(号)	州府	取得进士年份	最高官职	资料来源
1	叶向高	进卿	福州	1583	内阁首辅，礼部尚书	《明史》卷 240,第 6231～6238 页;《福建通志》卷 198,第 36a～41a 页
2	张瑞图	无书	泉州	1607	内阁成员，礼部尚书	《(乾隆)泉州府志》卷 54,第 67b～68a 页
3	何乔远	穉孝	泉州	1586	南京工部侍郎	《福建通志》卷 204,第 32b～35b 页;《(乾隆)泉州府志》卷 44,第 17a～24b 页
4	张维枢	子环	泉州	1598	工部侍郎	《(乾隆)泉州府志》卷 44,第 63b～64b 页
5	林欲楫	仕济（号平庵）	泉州	1607	礼部尚书	《(乾隆)泉州府志》卷 44,第 73b～74b 页;《福建通志》卷 204,第 45a～46b 页
6	曾楚卿	元赞	兴化	1613	礼部尚书	《(民国)莆田县志》卷 26,第 49b～50b 页;《福建通志》卷 200,第 43b～44a 页
7	黄鸣乔	启融（号友寰）	兴化	1604	袁州知府	《(民国)莆田县志》卷 32,第 47b～48b 页;《福建通志》卷 200,第 41b 页
8	庄际昌	景说（号羹若）	泉州	1619	左春坊庶子、翰林院侍读	《福建通志》卷 205,第 46a～47b 页;《(乾隆)泉州府志》卷 44,第 77a～79a 页
9	彭宪范		兴化	1588	贵州按察使	《(民国)莆田县志》卷 23,第 65b 页;卷 32,第 41a 页
10	柯昶	季和	兴化	1604	御史	《(民国)莆田县志》卷 26,第 61b～62a 页;《乾隆福建通志》卷 44,第 46 页
11	徐景濂	尧宾	兴化	1613	太仆少卿	《(民国)莆田县志》卷 23,第 105a 页;《福建通志》卷 152,第 57b 页

续表

序号	姓名	字(号)	州府	取得进士年份	最高官职	资料来源
12	陈玄藻	汝鉴尔鉴	兴化	1610	广东按察使	《(民国)莆田县志》卷32,第68b页;卷26,第20a~21a页
13	周之夔	章甫	福州	1631	苏州推官	《明史》卷288,第7040页
14	陈天定	视皇	漳州	1625	吏部主事	《(光绪)漳州府志》卷30,第7b~8a页;卷41,第9a页。《福建通志》卷206,第18a~18b页
15	周廷鑨	符立(号芮公)	泉州	1625	礼部验封司主事	《(乾隆)泉州府志》卷54,第83b~84b页;《福建通志》卷204,第51a~51b页
29	林维造	用章	泉州	顺治年初	巩昌知府	《(乾隆)泉州府志》卷57,第72a页
53	郑之铉	大白(号道圭)	泉州	1622	右春坊右赞善	《(乾隆)泉州府志》卷54,第80a~80b页
54	贾允元	善长(号方荛)	无锡	1610	仪制司主事	《建宁通志》卷123,第29b页;卷130,第5b页。《礼部志稿》卷42,第63a页;卷43,第9a页。《浙江通志》卷118,第12b页
58	郑凤来	舜仪	兴化	1624	吏部郎中	《(民国)莆田县志》卷23,第109b页
60	郭焜	元生	泉州	康熙年间明经科	茂名知县	《(乾隆)泉州府志》卷53,第28a页

注:表中阿拉伯数字表示诗人在诗集中的排序。

第二节 诗社兴起——市民阶层

"社"一词可追溯至周朝,《国语·鲁语上》中记载"共工氏之伯九有也,其子曰后土,能平九土,故祀以为社",这里的"社"可以理解为土地神,后又指祭祀时为土地神设立的木制牌位。汉代以后,"社"的概念得到了衍生,既可表示集体性组织、团体,如《元史·食货志一》载:"县邑所属村疃,凡五十家立一社,择高年晓事者一人为之长",也可以指具有共同爱好兴趣等共同属性的人的集合体。东晋元兴元年,僧人慧远(334—416)与慧永、刘遗民、雷次宗等人在庐山白莲池结社,是以"社"命名的结社之肇始。① 中唐之后,文人结社日益见多,呈现出自行组织、有相对固定成员和活动地点,举行定期或不定期的活动的特点。明代文人结社达到极盛,在数量和形式上较前代都有所进展,"个案达到680多例,单隆庆、万历时期的社团或社集就有220多例,天启、崇祯时期短短二十几年间则有近200例"。② 除了诗文社,也出现了以政治为导向

---

① 谢国桢:《明清之际党社运动考》,台北:商务印书馆,1978年,第8页。
② 何宗美:《明代文人结社现象批判之辨析》,《文艺研究》,2010年第5期,第70页。

的党社活动。① 明代结社"不仅关乎明代文学流派、文学思想以及整个明代文学史演变之大势,关乎明代思想、学术、科举、文化、艺术等众多领域的兴衰发展,而且关乎近三百年间士人阶层在特定的历史时空和社会背景下的生存方式和精神世界"。② 与传教士结交友好的士大夫们,有许多是诗文社领袖,而赠诗很可能是以诗社活动为载体,由此,诗社成为观察《赠诗》的另一个视角。所谓"诗文社"是指以赋诗为主要活动方式的结社,亦称诗社、吟社、吟会等。赋诗结社有两种情形:一是纯粹作诗的结社,一是在风流宴

---

① 明代党社的研究可追溯至20世纪30年代,以谢国桢《明清之际党社运动考》为代表,该书对闽中诸社稍有论述。何宗美的《明末清初文人结社研究》《明末清初文人结社研究续编》,(日本)小野和子的《明季党社考》分别对东林党、复社、几社及浙中、东北诸社做了详尽的考究。谢国桢对党社进行定义,"一般士大夫阶级活跃的运动就是党,一般读书青年人活跃的运动就是社",具体而言,"党"是以某种政治利益为目的的联盟,如东林党,阉党和依附于阉党的昆、浙、宣三党等。不以政治利益为纽带联系的组织称为"会"或者"社",如壶山文会、三山九老会、真率会等。见谢国桢:《明清之际党社运动考》,上海:上海书店出版社,2004年,第1页。晚明党社运动可以分为三个阶段,万历初以文学为主要宗旨的文人结社,崇祯年间诗文社转向了政治活动,弘光年间(1645)变成了以社会活动(革命)为目的。除了东林党,还有几个比较有名的党派,以沈一贯为首的浙党,以亓诗教为首的山东齐党,以官应震和吴亮嗣为中心的楚党,后者成员来自于湖广地区,他们制定纲领,根据时局变化和风向改变立场。籍贯在以政治为纲领的结社中起了关键作用。见谢国桢:《明清之际党社运动考》,上海:上海书店出版社,2004年,第12页。陈宝良在《中国的社与会》(北京:中国人民大学出版社,2011年,第155页)中将党社细分为三种类型:"一是消闲与功利并存的文人雅聚——诗文社,二是学术与政治相连的讲学会,三是消闲恬适与粉饰太平的怡老游戏之会","各种会社组织的功能,如消闲、功利、学术、政治,难以严格划分彼此的疆界,互相转变和兼融也时有发生。再者,一些志趣相投的士绅的交游也未必会形成严格的组织。"

② 何宗美:《明代文人结社与文学流派研究》,北京:人民出版社,2016年,第323页。

集、优游山水中兼为作诗的结社,后者是赋诗类结社的主体。①

　　福建诗社集中在文教、科甲兴盛的沿海州府,即福州、漳州、兴化、泉州,这里文人集中,思想文化活动丰富、自由,结社唱和十分盛行。成、弘以来,社会变动,市民阶层突起,带领了文学创作和审美趣味在这个阶层的发展,在诗社中,山人、布衣人数很多。万历后的福建诗坛以诗社活动频繁为主要特征,这是在社会经济、文教发展,尤其是书坊业兴盛的支撑下形成的民间文学发展,文学创作者不再集中于精英阶层,而是向市民阶层转移,是文学通俗化的表现。诗文作为教化和文明的象征,曾经是精英阶层的文化特权,但是宋元以来长江流域和南方省份的商业经济发展改变了这种局面。在城市商人和手工业者为主体的市民阶层逐渐壮大,他们拥有了参与文化活动的条件和意愿,在文学方面表现为通俗文学的蓬勃发展和民间自发结成的各种诗文社的兴起,"乡贤竞尚风雅,结诗社"为常态。②

　　诗社的主体是市民阶层中的文人群体,他们通常是获得中低级功名的子弟,晚明科举发达,据统计,举人已达总人口的 0.03％～0.05％,③许多人却未能走入仕途,他们有从事诗文创作的能力和兴趣,诗文不仅是日常之需和交际方式,更是表现、证明自我的途径。文人们"风流自赏,重在文艺切磋而不重在学术研究"的生活态度和弥漫的"空疏不学"的治学态度和学术风气,也是明代文人

---

① 李玉栓:《明代文人结社考》,北京:中华书局,2013 年,第 6 页。
② 朱维干:《莆田县简志》,北京:方志出版社,2005 年,第 128 页。
③ 多洛肯:《明代福建进士研究》,上海:上海辞书出版社,2004 年,第 66、72、75 页。

结社发达的重要原因。①

　　士人精英们对诗社的投入和参与是诗社繁荣的重要因素。晚明政局不稳,统治者长期怠政,官员正常的升迁途径阻塞,官员私下结党,派系斗争频繁,又有宦官集团作祟,许多正直官员被罢黜、削夺、下狱乃至杀戮。在这种高压混乱的政治环境下,官员们想要有所作为十分困难。出于对时局的失望和躲避斗争,许多人致仕归里,与友人和同好结诗文社,作为排遣失意的一种方式。意气相倾,切磋文字,高洁其志,究心艺文成为他们聚合的基础。由此,民间文人结社中往往见到著名学者和官员的身影。他们或曾经身居要职,或是当地文魁、士林领袖,如福州曹学佺、徐氏兄弟、谢肇淛,兴化府黄鸣乔。曹学佺是福建诗人之首,"万历中,闽中文风颇盛,自学佺倡之",②他一人所创之诗社就有凌霄台大社、石仓社、芝山诗社、

---

① 郭绍虞:《中国文学批评史》,上海:上海古籍出版社,1979年,第452页。陈广宏:《闽诗传统的生成——明代福建地域文学的一种历史省察》,上海:上海古籍出版社,2018年,第317页。郭绍虞认为明代文人集社发达的原因与他们的生活态度有关,郭绍虞将明代文人集团发达的原因首先归诸"明代文人的生活态度"。

② 张廷玉:《明史》卷288,北京:中华书局,1974年,第7401页。谢肇淛的生平见《明史》卷286,第7357页。谢肇淛(1567—1624),字在杭,号武林、小草斋主人,晚号山水劳人。幼即好观史书,善属文。万历十六年(1588)乡试中式。万历二十年(1592)中进士,授湖州推官,移东昌。万历三十七年(1609)迁南刑部主事调兵部郎中,转工部电田员外郎。出为云南参政,耀广西按察使。天启元年(1621)任广西右布政使,卒于官。著有《五杂俎》《座史》《文海披沙》《小草斋集》《小草斋续集》《小草斋诗话》等。1606年十月至1609年,1611年至1612年,1616年夏至冬期间,他先后在家缔结红云社、招集泊台社,与社友时酒酬作,与徐𤊹等纵览闽地山水名胜。陈广宏:《闽诗传统的生成——明代福建地域文学的一种历史省察》,上海:上海古籍出版社,2018年,第412~417页。

霞中社、金陵社、石君社、西峰社、浮山堂社、洪江社、阆风楼社。①他们成为诗文社的轴心人物,其主持的诗社影响力更大,围绕他们聚集着许多文人,其中就有陈宏己、陈衎、陈鸿、柯宪世、陈玄藻。

诗社"月必一会,或赋诗琴奕,或清淡雅歌以为乐"。②许多诗社都留有社名、社址、社员、主社者或社约。③可以推测,诗人们或活跃于当地诗社,或是与诗社成员结识,他们有机会集会作诗,相互援引交流。作为诗社领袖的朋友,艾儒略也很容易结识诗社的其他成员,这对他提高在当地的声望和影响力十分有利。文人在宴请宾客时,席间酬唱乃是传统,莆阳鸣乔诗作中就有"舫传月下姿如鹤,尘拂花边屑是琼,何幸得频承绪论,知君愿作圣人氓"诗句,描述了宴请传教士的场面。中国文人教徒之间也称"社兄弟",信徒李嗣玄在《励修一鉴》的序言的落款是"绥安社弟李嗣玄"。该书的另一赠序者教徒陈衷丹亦在落款中写道:"乙酉仲秋仙豁社弟陈衷丹"。写诗赠予传教士的诗人之间互称"社兄弟"。不仅护教派有结社赠诗,反教派也多有结社,以破邪为己任的士大夫文人之间也常互称"社兄弟",如反教人士曾时在《不忍不言序》中称黄贞为"社兄",见"霞漳黄天香社兄"其落款:"崇祯乙亥长至夜三山社

---

① 陈庆元:《福建文学发展史》,福州:福建人民出版社,1996年,第276~279页。李玉栓:《明代福建文人结社考述》,《莆田学院学报》,2011年第1期,第72~78页;徐𤊹的《红云会约》和《红云续约》见(明)王世懋:《闽部疏》,《四部集要·子部·续说郛》,台北:新星书局,第2册,1964年,第1320~1322页。陈超的《曹学佺研究》(长春:吉林人民出版社,2007年)一书对明代的闽中诗派进行了梳理,并对闽诗人曹学佺的社事活动及晚明结社的类型特点、对文学的影响做了详析。

② (清)廖必琦修、宋若霖纂:《(乾隆)莆田县志》卷35《杂事·诗话》,民国十五年重印清光绪五年补刊本,第24页。

③ 何宗美:《明末清初文人结社研究》,天津:南开大学出版社,2003年,第6页。关于福建诗社见谢国桢:《明清之际党社运动考》,台北:商务印书馆,1978年,第236~238页。

弟曾时熏沐拜题"。

西方文化一进入中国便开始与中国传统文化相结合的历程，当艾儒略获得精英阶层的支持后，便借助社团的凝聚力和社员相互之间的影响力传教，仿结社之例在八闽各地建立教会组织。据《口铎日抄》所载，艾儒略活动于泉州府、福州府和兴化府，各地的教徒都积极响应，建立了大量以"会"为名的教会团体，如福州"仁会"，艾儒略指导创设的"善终会"（1630）、李九标等教徒创建的福清"贞会"（1632），泉州的"主保会"（1636），泉州、福清的"圣母会"（1636）等。其中福州仁会为叶向高的长孙叶益蕃（1595—?）所创设。① 这些会社带有浓厚的宗教背景，不管从名称还是聚会所执行的内容来看都具有明显的宗教性质。晚明福建的文化生态是传教士面临的最好的机遇。

《口铎日抄》该书序言记："凡文中出具姓氏与名字的皆为教徒"，由此可以确定林一儁、林光元、林绍祖、王一锜的教徒身份，根据其他教内文献可以确定谢懋明、潘师孔和苏负英是教徒。

大部分教徒在登科名录和地方志史料并无记录，从他们的诗文可以推测，他们应该受过儒家教育，又熟悉佛教和道教的基本知识，但却未能成功求得功名。福建人口自明初以来不断增长，而举人、进士的名额并未相应增加，因此考取功名的机会自然越来越少，商品经济发达，社会风气变迁，通过登第实现立功立德并非唯一道路，文人们不再执着于传统耕读观念，有的弃儒从商，有的归隐著述，投入自身志趣与更"人性化"的生活。

诗集的编辑者可能是来自泉州府的教徒们，如林绍祖、谢懋

---

① 叶益蕃为叶向高长孙，字君锡，叶向高虽未入教，叶益蕃却是一名虔诚的天主徒，曾助艾儒略修福州天主堂三山堂，功绩卓绝。受当时结社之风的影响创设的仁会，得到艾儒略等耶稣会士的肯定和支持，《天学集解》收录了叶益蕃在福州创设仁会的记录。见汤开建、张中鹏：《晚明仁会考》，《世界宗教研究》，2010年第6期，第106~118页。

明、潘师孔和苏负英。他们的赠诗也收入其中。在艾儒略的泉州籍教徒中,张赓最为重要,①他在1622年受洗成为教徒,1629年弃官。他不仅帮助艾儒略建立泉州教堂,而且参与修改、校对宗教书籍,②也是第一个报告泉州发现十字架的人,他也很可能参与了《赠诗》的编纂。泉州府的天主教团体有圣母会、主保会、贞会,福州有善终会。成员在书信往来和著作中称对方"社兄""社弟"。这些团体成为传教士在地方上的主力。可以推测,这些团体参与了当地教堂和礼拜堂的维护,集会和出版事业。③

编辑不同地区的诗人的诗歌必须依靠当地的人际网络,如师生之间,上下级之间,家庭成员之间。此外,编辑者应当对诗歌有基本的鉴赏能力,同时与文人圈子交往密切,对传教事业有较大的热情。

第三节　诗人生平

一、叶向高

叶向高,字进卿,号台山,福州府福清人,其父叶朝荣曾任广西

---

① 林金水、吴怀民:《艾儒略在泉州的交游与传教活动》,《海交史研究》,1994年第1期,第66页。

② 张赓的生平见《中国天主教人物传》,第1册,北京:中华书局,1988年,第262~263页;邱诗雯:《张赓简谱》,《中国文哲研究通讯》,2012年第1期,第125~140页。

③ Zürcher, Erik, The Jesuit Mission in Fujian in Late Ming Times: Levels of Response, In: Eduard B. Vermeer (ed.), *Centuries* (Sinica Leidensia; 22), Leiden: Brill, 1990, pp.441-442.

养利知州。史料记载,1559年,叶向高的母亲在躲避海寇的逃难途中生下了叶向高。1579年,叶向高考取进士后,进入翰林院,后任职于陪都南京,为国子监司业。1598年,任左庶子,后任南京礼部和吏部右侍郎。在他的职业生涯中,他多次控诉腐败官员对矿业税费过度征收,并对其不良后果进行谏言,建议皇帝惩治腐败税务官员。立储君过程中,皇长子朱常洛(1582—1620)不受重视,万历皇帝中意福王朱常洵(1586—1641),欲立其为太子。叶向高上言劝谏万历,以支持朱常洛,这激怒了时任内阁首辅沈一贯,叶向高由此仕途受挫,数年未得晋升,任右侍郎之位长达九年。①

万历三十五年(1607年)5月,叶向高擢礼部尚书兼东阁大学士,与王锡爵(1534—1614)、于慎行(1545—1608)、李廷机(1546—1616)同入内阁。② 1607年11月,叶向高入朝。当时,于慎行已经去世,王锡爵坚持不出,一年后,内阁首辅朱赓(1535—1608)去世,次辅李廷机因党争也闭门不出。由此,叶向高独相,成为当时最有权势的官员。③ 其时,万历皇帝已久疏于政事,无心于朝政,与官员们疏于联系。④ 宦官和朝廷官员之间的斗争,运作失常的机构部门,北方边境的军事危险和皇帝的不作为,使明帝国危机重重。叶向高上疏,指出万历皇帝的错误,力求皇帝选拔、任命新的官员,减轻赋税:

---

① Goodrich, L. Carrington, Fang Chaoying, *Dictionary of Ming Biography* 1368—1644(《明代名人传》),Vol.2, New York/London: Columbia University Press, 1976, pp.1567—1570.

② (清)怀荫布修,郭赓武、黄任纂:《(乾隆)泉州府志》卷44,《中国地方志集成·福建府县志辑》第22~24册,上海:上海书店出版社,2000年,第1~5页。

③ 张廷玉:《明史》卷240,北京:中华书局,1974年,第6232页。

④ 张廷玉:《明史》卷240,北京:中华书局,1974年,第6252页;陶希圣、沈任远:《明清政治制度》,台北:商务印书馆,1977年,第32页。

> 今天下必乱必危之道,盖由数端,而灾伤寇盗物怪人妖不与焉。廊庙空虚,一也。上下否隔,二也。士大夫好胜喜争,三也。多藏厚积,必有悖出之衅,四也。风声气习日趋日下,莫可挽回,五也。非陛下奋然振作,简任老成,布列朝署,取积年废弛政事一举新之,恐宗社之忧,不在敌国外患,而即在庙堂之上也。①

叶向高调停东林党人与其他党派之间的纷争,世人称之"有裁断,善处大事"。然而,其言多被无视。出于对时局的失望,他多次请辞,直到1614年9月才得到准允。1620年,明光宗即位,召叶向高入朝。多次请辞无果后,叶向高于1621年还朝,再任内阁首辅,时值天启朝(1620—1627)。天启皇帝长于宫人之手,唯信任宦官,把精力和时间都投入木工中去。皇帝的权力逐渐落入宦官魏忠贤(1568—1627)手中,②宦官干涉朝政,排除异己,出于私利残害大臣,加剧了宦官集团与文官们之间的紧张冲突。对此,叶向高一方面批判宦官干预政事,尝试缓解宦官与大臣之间的斗争;另一方面,他保护正直官员免受宦官迫害。由于许多官员是东林党人,叶向高被阉党认为是东林党之首。叶向高无法改变现状,也未能成功束缚宦官的权力,他的建议一再被皇帝所忽视。在上了20多道辞呈之后,于1624年获得准许,告老还乡。③

从1607年至1614年,及1621年至1624年两个时期,叶向高是帝国官僚体制中权力最大的人,在官僚中享有较高的声望。叶向高告归之后,其继任者韩爌(1564—1644)和朱国祯(1557—1632)任职不久皆罢,"居政府者皆小人,清流无所依倚",正直官员

---

① 张廷玉:《明史》卷240,北京:中华书局,1974年,第6233~6234页。
② 张廷玉:《明史》卷240,北京:中华书局,1974年,第6236页。
③ 张廷玉:《明史》卷240,北京:中华书局,1974年,第6238页。

失去保护,不断遭受迫害。① 在他隐退家乡的时期,乃至他死后的一段时间里,叶向高仍然有较大的影响力,他也是晚明耶稣会传教中国史上不可忽视的重要角色。

从1595年至1599年期间,叶向高正在南京任礼部右侍郎,经瞿汝夔(1549—1612)和王弘诲(1542—1617)的引荐,在与南京逗留的利玛窦结识,后又邀请利氏两次到他北京的家中做客。叶向高的关注多集中在科技与伦理方面,对利玛窦口译、徐光启笔受的《几何原本》十分赞赏,这也成为叶向高帮助庞迪我在北京为利玛窦争取墓地的原因之一。② 叶向高对西学的赞许影响了周围的人,他的孙子叶益蕃后来参校艾儒略口述、瞿式谷笔受的《几何要法》。1625年,叶向高从北京回乡,杭州是他返程驿站,在此遇到了艾儒略,还与艾儒略成了好朋友。艾儒略向他布道,这位大学士表示出很大的兴趣,还承诺他将协助艾儒略。③ 在叶向高的邀请下,艾儒略入闽传教。

叶向高著述颇丰,留有《苍霞草》20卷、《苍霞余草》14卷、《苍霞诗草》8卷、《纶扉奏草》30卷、《蘧编》20卷等,他的著述从侧面反映了这一段历史中明王朝衰败的重要事件,内容涉及当时政治、

---

① 张廷玉:《明史》卷240,北京:中华书局,1974年,第6238、6235、6150、295页;Chan, Albert: *The glory and fall of the Ming dynasty*, Norman: University of Oklahoma Press, 1982, pp.293-294.

② 艾儒略:《大西西泰利先生行迹》,钟鸣旦、杜鼎克:《耶稣会罗马档案馆明清天主教文献》,第12册,台北:利氏学社,2002年,第221~222页;Gallagher, Louis J.S.J. (transl.), *China in the Sixteenth Century: The Journals of Matthew Ricci: 1583—1610*, New York: Random House, 1953, pp.321, 571-576;林金水:《利玛窦与福建士大夫》,《文史知识》,1995年第4期,第45页。

③ 林金水:《叶向高致仕与艾儒略入闽之研究》,《福建师范大学学报(哲学社会科学版)》,2015年第2期,第115~124页。邓恩:《从利玛窦到汤若望》,余三乐等译,上海:上海古籍出版社,2003年,第173页。

社会、经济等多方面,如矿税、民变、东林党事、皇帝怠政、与邻国和少数民族的往来情况。其政论文章行文风格自然流畅务实,言辞恳切,重视文法和文采,体现其儒家治国理想,可见其注重道德感化和伦理教化;《苍霞诗草》中收录了万历年间诗作,内容多为赠答、应和诗,有少量游历和抒情诗作。除了赠诗,叶向高撰写的相关的文章《西学十诫初解序》《职方外纪序》,都收入在《苍霞余草》中。虽然他对西学未及深入,但评价甚高,认为它"如日月中天,照人心目。第当人沉溺旧闻,学者竞好新异,无怪乎歧路而驰也。先生所论,如披重雾而睹青天,洞乎无疑矣。示我圣经,以便佩服"。① 叶向高对西士的友好态度和他本人的政治影响力,让艾儒略顺利在福建官员中获得帮助。②

二、张瑞图

张瑞图(1570—1641),字长公、无画,号二水,泉州府晋江人,是晚明四大书法家之一,其"画山水苍劲有骨"③,著有《白毫庵内篇》《白毫庵外篇》。年少时,因擅长书法,闻名于乡里。万历三十五年(1607年)中进士一甲第三名,入翰林院任职,之后被任命为詹事府少詹事。1626年,为中级殿大学士,以礼部尚书身份进入内阁。

---

① 艾儒略:《三山论学记》,吴相湘主编:《天主教东传文献续编》(《中国史学丛书》,第40册),第1册,台北:学生书局,1966年,第493页。
② (明)张廷玉:《明史》卷240,北京:中华书局,1974年,第6231~6238页;陈寿祺:《福建通志》卷198,《中国省志汇编》,第9册,台北:华文书局,1968年,第36a~41a页。
③ (明)张廷玉:《明史》卷288,北京:中华书局,1974年,第7396页。

当时,魏忠贤当权,张瑞图因"善写为珰所爱"。① 1626年九月,魏忠贤生祠在杭州西湖建成,皇帝亲自题匾"普德",碑文由首辅施凤来撰写,次辅张瑞图书丹。② 1627年,崇祯帝登基后,扫除阉党势力。张瑞图和其他内阁成员被弹劾,他们的辞呈开始未被准许。1629年,张瑞图因"交结近侍""颂美"等罪名被列入"逆案"第六等,被捕下狱,"论徒三年,纳赎为民",次年被贬为布衣,遣回乡,直至去世。史书对其评价多为负面,《明史》中记载:

> 施凤来,平湖人。张瑞图,晋江人。皆万历三十五年进士。凤来殿试第二,瑞图第三,同授编修,同积官少詹事兼礼部侍郎,同以礼部尚书入阁。凤来素无节概,以和柔媚于世。瑞图会试策言:"古之用人者,初不设君子小人之名,分别起于仲尼。"其悖妄如此。忠贤生祠碑文,多其手书。庄烈帝即位,山阴监生胡焕猷劾立极、凤来、瑞图、国㰚等,"身居揆席,漫无主持。甚至顾命之重臣,毙于诏狱;五等之爵,尚公之尊,加于阉寺;而生祠碑颂,靡所不至。律以逢奸之罪,夫复何辞?"帝为除焕猷名,下吏。立极等内不自安,各上疏求罢,帝犹优诏报之。十一月,立极乞休去,来宗道、杨景辰并入阁,凤来为首辅。御史罗元宾复疏纠,凤来、瑞图俱告归。③

张瑞图过世六年后,南明王朝隆武二年,隆武皇帝朱聿键下令为他平反,特赠予张瑞图"文隐"谥号,以大学士、太傅的身份重新

---

① (明)文秉:《先拨志史》,中国历史研究所编,上海:上海书店出版社,1982年,第217~254页。

② 张小兰:《略论张瑞图并非阉党》,《福建史志》,2017年第3期,第43页。

③ 张廷玉:《明史》卷306,北京:中华书局,1974年,第7846~7847页。

赐葬。

时任南明隆武朝廷吏部尚书的林欲楫在《明大学士张瑞图暨夫人王氏墓志铭》中记录了张瑞图一些为人所不知的事情，以求为张瑞图平反，为其摆脱阉党的罪名。天启五年（1625年），懿安皇后病重，魏忠贤指使府丞刘志选逼害懿安皇后之父张国纪等戚臣，张瑞图出面阻止，戚臣得以保全。天启六年（1626），魏忠贤想在文庙附建自己生祠，张瑞图不敢公开反对，仍诙谐晓譬曰："魏公像坐耶？立耶？立像则不庄，坐则至尊幸学，降辂步行经祠前，恐魏公猝立不起也。"事遂辍。同年，官员方震孺、李承恩、惠世扬被捕下诏狱，原拟冬至日处决，张瑞图又劝说魏忠贤，并上疏提请缓刑，终使熹宗降旨停刑，几位大臣性命得以保全。①张瑞图于乱局中尽力保护正直官员，源自君臣之义，尽力抵制魏珰的倒行逆施。

> 于时，奸珰魏忠贤衔宪窃命，杨、左诸贤争之不胜，固已碎首喋血，星飞日薄矣。公自念言：今日政府譬承家之主伯、操舟之长年也。怒涛惊浪之中，有正柁法，无荡舟法；则当仆隶恣横之时，有匡正法，亦无决弃法。于是内持刚决，外示和易，其阴剂消长，默施救者，已非瞻风望指者所能窥测。……补救

---

① "《明大学士张瑞图暨夫人王氏墓志铭》刻于隆武二年（清顺治三年，1648年），1956年出土于青阳下行山，现存其后裔家。黑叶岩质，高95厘米、宽60厘米、厚5厘米，碑面竖列3方框，各长56厘米、高28厘米。上框刻碑题5行，碑文36行，碑题篆书竖排，字径2厘米×1.5厘米；碑文楷书竖排，字径1厘米，中下两框各刻碑文45行。明吏部尚书文渊阁大学士林欲楫撰文，南京通政使司通政使周维京篆额，吏部笺选司主事杨玄锡书丹，系南明隆武帝为张瑞图平反，赐祭葬时所刻。碑文对张瑞图生平记述详尽，评价公允。"范清靖：《晋江碑刻选》（晋江文化丛书，2），厦门：厦门大学出版社，2002年，第305页。粘良图、陈聪艺编注：《晋江碑刻集》，晋江政协文史资料委员会编，北京：九州出版社，2012年，第297~311页。

一分即是一分相业。①

张瑞图被崇祯皇帝钦定为阉党,后代修史者相因相循,张瑞图为阉党的观点得以承袭,有学者认为这个结论值得怀疑,在明末污浊的政治环境中,遭到诬陷的人不在少数,张瑞图的至交丁启浚、庄际昌、李伯元、林欲楫等皆为反阉志士,亦可佐证张瑞图不可能是阉党。②

三、何乔远

何乔远(1558—1632),字穉孝(稚孝)、匪莪,方志学家、理学家。晚年隐居于泉州北门外镜山,又称为"镜山先生"。其父何炯是著名学者和教育家,任邵武府安福训导,编有泉州方志《清源文献》;③其兄何乔迁,乡试之后任建阳训导,编纂有《潭阳文献》。④何乔远年少时从父习文,年十四、十五即攻古文词,有志于圣贤之

---

① 范清靖:《晋江碑刻选》(晋江文化丛书:2),厦门:厦门大学出版社,2002年,第289~299页。

② 张小兰:《略论张瑞图并非阉党》,《福建史志》,2017年第3期,第43页。

③ 李清馥:《闽中理学渊源考》卷75,徐公喜等点校,南京:凤凰出版社,2011年,第777页:父何炯,字思默,号怍庵,"专精《易》学,治宋儒书有名,诸生褒然为后辈师表,士从游者以数百人。嘉靖中,应贡试内廷,世宗亲擢第一,授安福训导。立教必本忠孝,择周、程、张、朱遗言之切于读书者,刻之学舍,以教生徒。从其邑先生邹文庄守,益讲德论业,举祀乡贤,申奖节孝,事皆阐实德。虽贵势,不少徇,所赏识士如傅应桢、刘台皆以气节显。迁靖江教谕。其教一如安邑,士莫不仰其方严朴直,以古君子尊之"。

④ (清)怀荫布修,郭赓武、黄任纂:《(乾隆)泉州府志》卷54,《中国地方志集成·福建府县志辑》,第22~24册,上海:上海书店出版社,2000年,第58b页。

学。万历四年(1576),他与兄乔迁同登乡榜举人,次年成婚。此后十年间,主要在家乡结社赋诗,与杨道宾、庄履明、李世祯及山人黄克晦,有"温陵五子"之称。①

万历十四年(1586),何乔远中进士,先后授刑部云南司主事、礼部精膳司员外郎、仪制司郎中等职。身为朝臣,何乔远遇事直言,直指时弊,对国家政事多有独到见解,如谏言开海禁、招抚山东贼寇、覆清冗役、考仓期、核漕船经费等事。② 明万历年间,围绕太子之位的争国本一事,朝中上下争论激烈。皇后没有子嗣,皇长子常洛为妃子王恭妃所生,神宗欲立自己宠爱的郑妃所生的皇三子常洵为太子,受到朝臣反对,神宗因此迁延册立太子,乃至皇长子12岁还未被册立。在朝臣劝谏之下,神宗勉强应允于万历二十年册立太子,然而,此时"神宗传谕礼部将三皇子并封,以待将来有嫡立嫡、无嫡立长",史称"三王并封"。③ 这个做法实为变相拖延册立太子,自然遭受群臣反对,何乔远就是其中一个,他上疏力谏,有"恭绎祖训,震器不可以久虚,国本不可以徐定","以祖训无待嫡之条,请行册立"等语④,言辞恳切直率,其后三王并封一事不行。万历二十年(1592)五月,何乔远居礼部侍郎时,适日本丰臣秀吉(1537—1598)进兵朝鲜,明廷多次派兵征讨,不克。兵部尚书石星(?—1599)力主定封议贡。乔远力陈封贡之害,以明抗倭故事劝

---

① (清)怀荫布修,郭赓武、黄任纂:《(乾隆)泉州府志》卷44,《中国地方志集成·福建府县志辑》,第22~24册,上海:上海书店出版社,2000年,第18a页。

② (明)何乔远:《镜山全集》,第2册,陈节、张家壮点校,福州:福建人民出版社,2015年,第632~676页。

③ (明)李清馥:《闽中理学渊源考》卷75,徐公喜等点校,南京:凤凰出版社,2011年,第782页。

④ (清)怀荫布修,郭赓武、黄任纂:《(乾隆)泉州府志》卷44,《中国地方志集成·福建府县志辑》,第22~24册,上海:上海书店出版社,2000年,第430页。

说皇帝,因兵部尚书石星坚持己说,帝虽心动,疏竟不行。其后封贡事败,用兵数年始解,石星毙狱,人愈服乔远之胆识与先见。①何乔远行事刚正不阿,以国家法度和礼制为重,不计个人毁誉,屡批逆鳞,为权势中贵所恨,其仕途必然颠簸不畅。

万历二十四年(1596),礼部制作宗室封册本,主事洪文衡上牍时,误遗何乔远之名。此事被朝中权贵抓住不放,吹求指摘,最终何乔远谪广西布政司经历。至广西后,他毫无贬谪之愤懑,慷慨如前。次年,其妻病逝,告假而归。此后二十七年,何乔远"归葺休山下,结束冠盖,不问户外事","日与缙绅游士倡酬论学,讲德考业,求书问字,益屡满"。②

天启元年(1621),起何乔远为光禄少卿,天启二年,进左通政,天启三年,擢通政使,然期间积劳成疾,多次上乞休疏,天启四年,晋户部右侍郎以归。③ 崇祯二年(1629),起南京工部右侍郎,何乔远本意上疏推辞,适时满洲骚扰内地,"三辅震动,道路梗涩,疏格不果上"④,国家危难之际,何乔远闻警赴任,途中还就开"镇江之练湖以通运道"上疏。到任工部后,他言人所不肯言,廉洁奉公,不求私利,后因病,多次奏疏乞归。终于在崇祯四年(1631)获准告

---

① (清)怀荫布修,郭赓武、黄任纂:《(乾隆)泉州府志》卷44,《中国地方志集成·福建府县志辑》,第22~24册,上海:上海书店出版社,2000年,第18b~19a页。

② 黄文炤:《泰昌序》,何乔远:《镜山全集》,陈节、张家壮点校,福州:福建人民出版社,2015年,第27页。

③ 李清馥:《闽中理学渊源考》卷75,徐公喜等点校,南京:凤凰出版社,2011年,第782~783页。

④ 李焻:《先师何镜山先生行述》,何乔远:《镜山全集》,第1册,陈节、张家壮点校,福州:福建人民出版社,2015年,第70页。

归,次年病逝于泉州。①

何乔远一生三次辞官,盛年迁谪,却毫无怨尤,结屋清源山下,投身于讲学著述,纂写多种"颇行于世"、具有极高学术价值的巨著。1612年至1616年,在他首次告假期间,完成了154卷的《闽书》,该书是明代继黄仲昭的《福建通志》之后又一部承前启后的福建史志。② 在他第二次辞官讲学期间又完成了74卷的明人诗文汇集《皇明文征》。此外,他还著有109卷的《名山藏》,这是私人纂修之明史;其后人编汇的72卷的《何镜山先生全集》收录了何乔远奏章、诗文、信件等。

由于他的学识和榜样作用,他拥有极高的声望。何乔远的朋友和门人众多,不乏在明末清初政坛、文坛上有影响力的人,如叶向高为《闽书》和诗集作序,何乔远曾劝说郑芝龙,③郑芝龙对何乔远十分敬重,下令其属下不许骚扰何乔远,后退十里。④ 致仕归里

---

① (清)怀荫布修,郭赓武、黄任纂:《(乾隆)泉州府志》卷44,《中国地方志集成·福建府县志辑》,第22～24册,上海:上海书店出版社,2000年,第73b～74b页。

② 林金水:《何乔远与艾儒略交游的泉州士大夫》,《晋阳学刊》,2018年第1期,第52页。

③ 《与郑芝龙书》和《答郑芝龙游击书》,见何乔远:《镜山全集》,第2册,陈节、张家壮点校,福州:福建人民出版社,2015年,第907～908、926～927页。

④ (清)怀荫布修,郭赓武、黄任纂:《(乾隆)泉州府志》卷44,《中国地方志集成·福建府县志辑》,第22～24册,上海:上海书店出版社,2000年,第17a～24b。(清)陈寿祺:《福建通志》卷204,《中国省志汇编》,第9册,台北:华文书局,1968年,第32b～35b。张廷玉:《明史》卷242,北京:中华书局,1974年,第6286～6287页;卷97,第2413页。Goodrich, L. Carrington, Fang Chaoying, *Dictionary of Ming Biography 1368—1644*(《明代名人传》), Vol. 2, New York/London: Columbia University Press, 1976, pp.507-509.

前,还上疏《请开海禁疏》①,又作《开洋海议》。② 其门人如林欲楫、林如源、郑之铉、蒋德璟等人,都文章事功显,此亦可见乔远忠孝传家、提携人才,影响之深远。而其所友之者,皆正人君子,能相互砥砺,故行益坚而学益进。林欲楫与何乔远为师生关系达三十年,乔远亦尝语欲楫曰:"人当以圣贤自期,圣贤无不可为者,惟在刻刻提醒,无自怠弃,乃为真儒耳。"③黄文焕、庄际昌和张维枢为其著作作序;何乔远去世之后,林欲楫撰《先师何镜山先生诔》《先师何镜山先生行略》④,共万余言,将乔远之生平志业与为人悉数记录;叶向高的孙子叶益苞、张维枢、郑之铉作诔文。⑤ 郑之铉称何乔远:

先生之学真狂狷,而必以躬行实践为先,不为不欲,而尤以忠君忧国为务。诚足以动风雷,信足以格禽鱼,是故善者以之劝,而不善者以之愧。若夫处而无陋穷之色,出而无安饱之怀,其举杯落落,号歌自得者,万物无足以介其胸。其著书矻矻,自学不辍者,千秋不足以围其志。⑥

---

① (明)何乔远:《镜山全集》,第 2 册,陈节、张家壮点校,福州:福建人民出版社,2015 年,第 674~676 页。

② (明)何乔远:《镜山全集》,第 2 册,陈节、张家壮点校,福州:福建人民出版社,2015 年,第 687~690 页。

③ (明)何乔远:《镜山全集》,第 2 册,陈节、张家壮点校,福州:福建人民出版社,2015 年,第 22 页。

④ (明)何乔远:《镜山全集》,第 1 册,陈节、张家壮点校,福州:福建人民出版社,2015 年,第 35~36、39~40、49~66 页。

⑤ (明)何乔远:《镜山全集》,第 3 册,陈节、张家壮点校,福州:福建人民出版社,2015 年,第 1920~1923、1925~1926 页;第 1 册,第 27~28、30~31 页。

⑥ (明)何乔远:《镜山全集》,第 2 册,陈节、张家壮点校,福州:福建人民出版社,2015 年,第 28~30 页。

龙华民(Nicola da Longobardi,1565—1655)是何乔远最早接触的西方传教士,他所传播的西方科学技术,尤其是西洋火铳深受何乔远赞叹。天启元年,太仆少卿李之藻奉命治战车、火器,请来耶稣会龙华民与24人到京城"教艺练药",后在演练期间,西人若翰哥里亚被炸伤身亡,后赐葬于西便门外。此时,何乔远任光禄少卿,在龙华民请求下,作《钦恤忠顺西洋报效若翰哥里亚墓碑铭》以表彰耶稣会传教士的贡献。① 他在龙华民寓所见到西学书籍、地球仪、望远镜、西琴之后,称:

> 今岁有西方人龙华民者来游京师。予往扣之,见其所藏先世至人之书,皆旁行手书,亡虑数百卷,岂不劳而费功哉!入其卧榻之旁,有二球焉,以测天地之圆方。有竹筒乘镜一寸许,以观天之象、度地之里,无不瞭然,不似中国懵懵尔也。有琴焉楔而架之,牙在弦下,抽其牙则弦鸣,如中国之琴,声非如中国简易也。②

艾儒略和何乔远往来,除了何乔迁的赠诗之外,他还给艾儒略的《西学凡》作序。《西学凡》一书,是艾儒略关于欧洲大学教育的概说。当时有两个版本,1622年杭州版有许胥臣和杨廷筠的序言和熊士旗的跋。1626年闽中钦一堂版本,加入了何乔远的序言:③

> 欧逻巴去中国九万里,自佛法入中国,朔天地之初,几何

---

① (明)何乔远:《钦恤忠顺西洋报效若翰哥里亚墓碑铭》,何乔远:《镜山全集》,第3册,陈节、张家壮点校,福州:福建人民出版社,2015年,第1740页。

② (明)何乔远:《真奇图序》,何乔远:《镜山全集》,第2册,陈节、张家壮点校,福州:福建人民出版社,2015年,第1009页。

③ 张奉箴:《西学凡与天学十诫解略》,《神学论集》,1972年第11期,第149~155页。

年矣;既入中国以后,又不知几何年矣,并不闻欧逻巴者。我国朝自成祖遣使通西南诸国,使者遍行海上,亦不闻有欧逻巴者,艾思及先生重译而至,学吾中国之言语,通其文辞,其衣冠格度,恍若与吾中国庄士大儒,同一修整,无一毫越礼义。其学则以敬天为宗,深辟佛氏,谓已不尊天,而自居于帝释,自登于兜率。盖其入中国也,历海以三岁,所其来也,董董居一室快然独身而已。其所以来,为证学而已,出所为西学凡编,命予序之,要如吾中国天子之学府,州县之学,其教人之为之也。要如吾中国始求之六艺,会通于性命,而归重于尊天,益进益深,愈精愈微,所谓:东海有圣人出焉,此心此理同也;西海有圣人出焉,此心此理同也。西方先辈入吾中国者万历中有利公玛窦,今则先生。余于京师,又得接龙公华民焉。余方奔走辇毂风尘下,未能深究龙公学。今在山中则朝夕艾先生矣。先生习中国之学有年数,至于西学凡之文字,闳畅明健,可以当吾中国先辈之作,操觚之伦未能或之先也。余于是度中国同文之盛,而圣学大明,盈天地间,无之非是焉。先生又为余言,我欧逻巴,人人敬学,民大和会,其国主相传久非一世,而又有教化主,道国在主上,专一以善诱人。国主为君,教化主为师。国主传子,教化主传贤。用是上下辑睦,祸乱不生,美矣哉!此无胥大廷之世也。曩吾中国有庄周者,主诙诞矣。若闻此世此景,当能益阐而大之,以见其奇,惜夫庄周不得而见,而幸见于余也。天启丙寅六月望日、镜山逸叟何乔远序并书。①

何乔远去世之后,艾儒略作悼词,以示哀悼:

---

① (明)何乔远:《西学凡序》,何乔远:《镜山全集》,第 2 册,陈节、张家壮点校,福州:福建人民出版社,2015 年,第 1008 页。

旅人抱事造物主之学,航舟西来二十余年,于斯丙寅岁入温陵,得接先生,一晤既成莫逆。既而赠诗赐序,数年往还无厌也。惜乎辛未岁暮,余再入温陵,先生已谢世矣。噫!先生可以无世,世不可以无先生,乡国构堂特祀,盖不忍其亡,先生树德表于世,不可灭者,政犹不忘也。余不文,何能赞扬,独凤服先生天高海阔之量,好学真情与夫大道逍遥清风,可冠百代焉。兹见先生之像,如见先生也。故有感而识之,以复其贤子两先生之请云。①

四、张维枢

张维枢(约1563—1630),字子环,号贤中。万历十六年(1588)举人,次年会试第八名,以进士出身任孝乌令,其弟张维机亦为进士。万历三十一年(1603),张维枢任乡试考官,"分校乡闱,所得皆知名士,行取解任,攀辕数千人,尸祝不衰,升刑部郎中,讯鞫平允,每遇重辟,大司寇必咨决焉",之后入京任刑部郎中,结识利玛窦。②

张维枢出知湖州府,勤政为民,咨访利病,昭雪冤狱,不避权贵。后因其清廉,而升任湖广佥事。万历四十三年(1615年),任山西兵备道,天启五年(1625),任陕西陇右参议,不久担任宁夏河东道。天启六年(1626年),超擢陕西巡抚。适时各地为魏忠贤建生祠,张维枢"正色麾之,秦中竟无祠宇者,晋南工部侍郎,转北工部侍郎"。③ 崇祯元年(1628年),校试礼闱,疏乞归,留有《澹然斋集》(30卷)、《易测语类语》、《致知格物说》,此外,他还选编、刊刻

---

① [意]艾儒略:《何镜山先生像赞序》,何乔远:《镜山全集》,第1册,陈节、张家壮点校,福州:福建人民出版社,2015年,第44页。
② (清)怀荫布、郭赓武、黄任纂:《(乾隆)泉州府志》卷76,《中国地方志集成·福建府县志辑》,第22~24册,上海:上海书店出版社,2000年,第63页。
③ (清)方鼎等修、朱升元等纂:《(乾隆)晋江县志》卷9《人物志·张维枢》,乾隆三十年刊本,第240页。

了文献,如24卷《王忠文公文集》、2卷《宗忠简公文集》、10卷《重刊黄文献公文集》、24卷《管子権》。①

张维枢于万历三十五年(1607)与利玛窦在京结识,认为其人"谦冲善下"。②在利玛窦逝世之后,张维枢作了《大西利西泰子传》,全文有3100余字,主要记述了利玛窦早年入会受学,在肇庆、南京的传教经历,修历译书著述,逝世及其死后获明朝政府给予葬地等事,赞扬了利玛窦开拓的事业的伟大贡献。对利氏的严谨宗教生活也有详细的记录,在传记末尾中,张维枢重申了对艾儒略的支持,他说"艾子辈亦造京瞻拜赐坟,感熙朝柔远厚意。……信艾思及西泰述者信利子者也"。③张维枢为艾儒略的《三山论学记》《万物真原》作序,认为其著作"世多重之","切而精宏"。④

五、林欲楫

林欲楫(1576—1662),字仕济,号季翀、平庵,泉州晋江人。其父林武苴,万历二十年(1592)武进士,任泉州卫镇抚,升任湖广行

---

① (清)怀荫布修,郭赓武、黄任纂:《(乾隆)泉州府志》卷44,《中国地方志集成·福建府县志辑》,第22~24册,上海:上海书店出版社,2000年,第63b~64b页。叶农:《大西利西泰子传桦与张维枢考述》,《福建师范大学学报(哲学社会科学版)》,2012年第4期,第125~131页。

② (明)张维枢:《大西利西泰子传》,钟鸣旦、杜鼎克编:《耶稣会罗马档案馆明清天主教文献》,第12册,台北:利氏学社,2002年,第198~199页。

③ (明)张维枢:《大西利西泰子传》,钟鸣旦、杜鼎克编:《耶稣会罗马档案馆明清天主教文献》,第12册,台北:利氏学社,2002年,第198~199页。

④ Dudink, Adrian Cornelis, The Rediscovery of a Seventeenth-Century Collection of Chinese Christian Texts: The Manuscript Tianxue jijie, In: *Sino-Western Cultural Relations Journal*, 1993(15), pp.1-26. Das Vorwort (叶农):《〈大西利西泰子传〉与张维枢考述》,《福建师范大学学报(哲学社会科学版)》,2012年第4期,第129页。

都司佥事,后调任广州永福守备;其兄长林欲栋,1595年进士,后任工部尚书。林欲楫为张瑞图表亲,何乔远门生。①

林欲楫是万历二十三年(1595年)进士,选庶吉士、翰林院编修,升礼部右侍郎,因不附魏党去职。天启时,累擢至礼部尚书,加太子太保。崇祯间起用为礼部尚书,掌詹事府事。曾上疏有言"三空囚尽之秋,不宜以穷民养骄兵"。崇祯十六年(1643)十月致仕。唐王入闽,曾入阁参政,为礼部尚书,1662年病逝于泉州。林欲楫是泉州府著名经学家,著有三卷本《易经勺解》。另外,还著有《水云居诗草》《学庸著补》《友清堂文集》等书。②

六、曾楚卿

明福建莆田人,字元赞。万历四十一年(1613)进士,改庶吉士。"天启初,转春坊赞善。历选詹事府詹事兼翰林学士,侍经筵。"当时天下升平日久,士大夫都以觞咏为娱。唯独楚卿闭门潜心读书,受到宰相何宗彦器重。在国家大事上都有独到见解,曾经贻书枢部劝其集释选将练兵,尝言"人主涵养德性,宜接贤士大夫之时多,亲宦、官官妾之时少",受到嘉奖。适时,曾楚卿为南京礼部侍郎,少宰张蕭(1572—1630)上疏陈八事,又弹劾魏忠贤,次日,

---

① (清)怀荫布修,郭赓武、黄任纂:《(乾隆)泉州府志》卷44,《中国地方志集成·福建府县志辑》,第22~24册,上海:上海书店出版社,2000年,第73b~74b页;(清)陈寿祺:《福建通志》卷204,《中国省志汇编》,第9册,台北:华文书局,1968年,第45a~46b页。

② 黄开国编:《经学辞典》,成都:四川人民出版社,1993年,第300页。(清)怀荫布修,郭赓武、黄任纂:《(乾隆)泉州府志》卷44,《中国地方志集成·福建府县志辑》,第22~24册,上海:上海书店出版社,2000年,第73b~74b页;(清)陈寿祺:《福建通志》卷204,《中国省志汇编》,第9册,台北:华文书局,1968年,第45a~46b页。

便遭罢归。魏忠贤以楚卿出自张鼐门下,以毁谤朝政,亦削夺归。崇祯年间,重新起用曾楚卿为礼部左侍郎,于其任上,上疏叙"敬天,法祖,苏民困,宽刑狱,豫边防"五事,后进为礼部尚书。崇祯三年(1630),温体仁入阁辅政,成为首辅,曾楚卿累疏乞休。上犹不允,温体仁上奏楚卿患病,予告归回籍,卒年五十八,著有《东棠坡集》12卷,《曾城集》6卷,《铨署日录》2卷。其子曾世衮好学善属文,天启甲子乡荐后弃家隐于山中。①

七、黄鸣乔

黄鸣乔,字启融,莆田人,号友寰。黄鸣乔高祖黄仲昭是莆田著名理学流派——"黄行中先生寿生学派"的继承人。人称"士风家法,递有师授"。② 黄鸣乔为万历三十二年(1604)甲辰进士,后为番禺知县。为官清廉正直,"捐俸为廉,全活甚众,以不徇台使意谪郡幕迁安庆推官县令",又任南京户部主事和袁州知府。出守袁州,前朝"有永不加派之例"。到了熹宗初期,朝廷稍议增加该地赋税,鸣乔力持前例,袁人德之。后擢河南按察使副使。③ 其子黄起雒,字应僖,1626年举人,任潮州府推官和金都御史,明亡后,出家为僧,自称"无山老衲",以卖画为生。④

黄鸣乔参加了万历三十一年(1603)乡试,李之藻为主考官,可

---

① (清)廖必琦修:《(乾隆)莆田县志》卷23《人物》,民国十五年重印清光绪五年补刊本,第11~12页。

② (明)李清馥:《闽中理学渊源考》卷50,徐公喜等点校,南京:凤凰出版社,第575页。

③ (清)廖必琦修,宋若霖纂:《(乾隆)莆田县志》卷44《人物》,民国十五年重印清光绪五年补刊本,第68页。

④ 石有纪修,张琴纂:《(民国)莆田县志》卷32,《中国地方志集成·福建府县志辑》,第16~17册,上海:上海书店出版社,2000年,第47b~48b页。

能受到其影响。① 黄鸣乔在《天学传概》(1639)中介绍了唐朝景教、景教碑,万历朝利玛窦来华、赐葬,龙华民等耶稣会传教士贡献火铳、参与修历等事。当时,反教气氛渐烈,黄鸣乔驳斥了将天学归为邪教的说法。对流传传教士擅长点金术的谣言,他认为传教士品德高尚,自有其国资助,又有献铳之功。从福宁地方入闽的其他西方修会和白莲教等在民间的兴起是导致艾儒略等人被误解的原因。黄鸣乔与艾儒略颇有来往,但是并无资料显示他是否受洗入教。许理和认为,黄鸣乔毫无疑问是一个教徒。②

八、柯昶

柯昶,字季和,莆田人,万历三十二年(1604)进士,任鄞县知县。迁南京户部主事,榷扬州钞关,疏商捐羡;后来,柯昶治理河间府,又迁易州道副使,颇有声望,有"神明之誉","晋右佥都御史巡抚山西……百度改观,边备整练,以母年高,致政归养及母殁,昶悲恋不已,无何卒"。③

九、周廷鑨

周廷鑨(1606—1671),字符立,天启五年(1625)进士,年二十,

---

① 徐光台:《西学对科举的冲激与回响——以李之藻主持福建乡试为例》,《历史研究》,2012年第6期,第66~82页。
② Zürcher, Erik, Giulio Aleni's Chinese Biography, In: Tiziana Lippiello, Roman Malek (ed.), "*Scholar from the West*": *Giulio Aleni S.J. (1582—1649) and the Dialogue between Christianity and China* (Monumenta Serica Monograph Series; 42), Nettetal: Steyler Verlag, 1997, p.126.
③ (清)廖必琦修,宋若霖纂:《(乾隆)莆田县志》卷20《人物》,民国十五年重印清光绪五年补刊本,第26页。

授镇江府推官,两次任丹阳县科举考官。因"事以卓异,擢礼部验封司主事,转考功勋二司员外,晋文选郎中"。政绩斐然,直言敢为,力求革除官场弊病,后因与同僚政见不和,便引疾乞归。唐王入闽后,起用晋詹事兼翰林院侍读学士,太常寺少卿、提督四译馆,"知时事不可为,仍告归"。周廷鑨工诗文,儒雅风流,其诗"菁华霞举,殚美极妍",年六十六,卒于家,著有《两都三余篇》诸书。①

十、郑之铉

郑之铉,字道圭,号大白,晋江人。少奇颖,博通经史,为何乔远门生。天启二年(1622)进士,选庶常,授简讨,参与纂修《神宗实录》。时魏珰窃柄,之铉浩然求去。居家五载,以文章气节奖掖后进。崇祯初年,起授擢右春坊右赞善,册封岷藩事竣,念母驰归。触暑病卒于濑溪。所著有《五云居四书翼解》《易经翼解》《不腐斋易醒解》《克薪堂诗集文集》《郑太史集》。与何九云(何乔远之子)、林胤昌、傅元初、王之骥、黄日升、黄景昉结诗文社。去世后,黄景昉为其撰写行状。②

十一、陈天定

陈天定(?—1644),清漳人(今龙溪),字视皇,又字慧生,与相国林文穆(1578—1636)为中表,又尊之为师。天启五年(1625)进士,适时,魏珰盛焰,陈天定不就任而归。日与友人稽经论史,评选

---

① (清)方鼎等修、朱升元等纂:《(乾隆)晋江县志》卷12,乾隆三十年刊本,第19页。
② (明)李清馥:《闽中理学渊源考》卷75,徐公喜等点校,南京:凤凰出版社,2011年,第784页。

四书,著有《陈氏说书》,盛行于世。当时,漳州有贼人骚扰,郡守施邦曜求悍敌之策,天定提出"缮乡兵,轻衣治戎,自城以东皆主之筑土堡于镇门卫,听以固郡围。贼尝一夜以轻舟泊浦头,天定选士乘月黑要之几不得出,自是不敢内犯"。又遇饥荒,陈天定捐赀,救活饥民无数,民为其立碑以纪其事。崇正辛未(1631),珰焰既熄,始殿试授官行人,时善类盛推东林,天定忧叹曰:"奈何以此卖党祸然",竟以黄石斋连及系狱,既释名召补铨衡不几,林文穆卒,遂请护丧以归。甲申后循迹花山,放言自废。学者称之为慧山先生。①著有《陈氏说书》及《慧山诗文全集》若干卷行于世。②

十二、徐𤊹

徐𤊹(1570—1642),字惟起、兴公,自号釜峰居士。晚明诗人、藏书家。出身于书香门第之家,博学工文,善草隶书。童试后即弃举子业,壮而好游,足迹遍及闽北、闽南、粤东、江西、吴越、金陵等。又性喜蓄书,富于著述,有《鳌峰集》二十八卷、《笔精》八卷、《榕阴新检》八卷、《红雨楼题跋》等数十种。善书画,③好云游,与当时名士学者曹学佺、谢肇淛、叶向高、冯梦龙、钱谦益等多有往来。兄弟三人(哥哥徐熥、弟弟徐㷖)在福建负有盛名。

---

① 《(光绪)漳州府志》卷30《人物三》,清光绪三年刻本,第7b~8a页;卷41《艺文一》,第9a页;(清)陈寿祺:《福建通志》卷206《明人物列传·漳州府》,《中国省志汇编》,第9册,台北:华文书局,1968年,第18a~18b页。

② 《(光绪)漳州府志》卷30,清光绪三年刻本,第7b~8a页;李清馥:《闽中理学渊源考》卷75,徐公喜等点校,南京:凤凰出版社,2011年,第847~848页。

③ (明)何乔远:《闽书》卷126,厦门大学历史系古籍整理研究室《闽书》校点组校点,福州:福建人民出版社,1995年,第2763页;(清)陈寿祺:《福建通志》卷213,《中国省志汇编》,第9册,台北:华文书局,1968年,第5a~5b页。

徐𤊹经历丰富,作品众多。① 一方面,游迹所至,多与当地名士诗酒酬酢,集会竞雄。另一方面,在家乡与赵世显等结芝山社,参与阮自华等召集的邻霄台大会,与谢肇淛等举红云台、泊台社,与曹学佺集石仓园等,在闽中诗坛有重要的影响力。万历四十七年(1619)后,徐𤊹居家为主、往来社集游乐,于徐氏绿玉斋、曹氏石仓园、西峰草堂,皆有社集,其中以崇祯十年(1637)所举三山耆社最为有名。与曹学佺"狎主闽中词盟,后进皆称兴公诗派"②,《列朝诗集》选录其诗作近五十首。

十三、黄文炤

黄文炤(约1557—1648),字丽甫,学者称季弢先生,因终生未仕,又称黄布衣。出生于同安县新圩镇金柄村黄氏望族,长期居住在泉州。其生平记载可见《黄文炤圹志》《闽中理学渊源考》《乾隆泉州府志·文苑》及《民国同安县志·儒林传》③。黄文炤长兄黄文炳(1548—1606),万历五年(1577)进士,官至陕西参政。

黄文炤为晋江诸生后,仕途不顺达,遂不复以科举为事,潜心归隐研究性命之学,日以谈道事,自比明初布衣理学者陈真晟(1411—1474),与陈继儒(1558—1639)、林胤昌(1595—1657)、曾樱、苏茂相、叶向高、何乔远等名士交游,其讲学受到肯定,郡缙绅

---

① 陈庆元将徐生平分作三期:万历二十七年(1599)之前为一个时期,是年其兄徐熥卒;万历二十八年(1600)至天启六年(1626)为一个时期,天启六年其《鳌峰集》二十八卷刻成;天启七年(1627)至崇祯十五年(1642)去世是一个时期,时曹学佺被遣归家,不再出仕,徐𤊹与曹学佺主闽中文坛。陈庆元:《徐𤊹生平分期研究》,《闽江学院学报》,2010年第6期,第7~13页。

② (清)郑方坤:《全闽诗话》卷8,清乾隆十九年诗话轩刻本,第165页。

③ 《同安县志》卷29《人物传儒林》,《中国地方志集成·福建府县志辑》,第4册,上海:上海书店出版社,2000年,第3页。

皆敬重他,"结社升文,里仁为美。童冠与偕,一歌一咏,犹有先民之典型焉"。① 天启年间(1621—1627),叶向高和何乔远举荐他入仕,被他婉拒。② 诗人林欲楫、郑之铉尊他为师。著有《道南一脉》《孝经》《仁诠》《太极图》《理学经纬》等书。林孕昌对黄文焌评价极高:

> 吾郡自紫阳过化以后,学脉火传,至蔡文庄师弟薪而杨之;近何司徒倡学于泉山,家省庵开讲于不二,又灯而燃之。黄氏季殁,司徒同学友也。司徒与闽直指李公先后曾荐于朝,未及征,升文、算江二社奉为北斗。先生屏嗜算欲,绝识去智,以圣贤之书愉其志,以朋友之聚饫其躬,枯坐一室,著述万卷,八十年来有如一日。尝有取于朱子晚年定论,其学以未发宗,其教以躬行为本云。③

崇祯十一年(1638),南安内乱,黄文焌同兴泉道曾樱以讲学化解内部矛盾,人服其德化。隆武帝在福州称帝,吏部尚书张肯堂荐其入朝,隆武帝授黄文焌为国子监学正,黄文焌坚辞不就,隆武帝赐给他"天恩存问"匾额,并拨地方官银300两,以供其著书之用,时人称为"聘君峨山黄先生"。黄文焌书法亦有造诣,深受琉球国的青睐,"乙酉(1645)年,琉球国入贡,道温陵者,以币乞书,却之"。

---

① (清)周学曾纂修:《(道光)晋江县志》卷12,福州:福建人民出版社,1990年,第245页。
② (清)怀荫布修,郭庚武、黄任纂:《(乾隆)泉州府志》卷54,第74b~76a页,《中国地方志集成·福建府县志辑》,第22—24册,上海:上海书店出版社,2000年;(清)陈寿祺:《福建通志》卷212,《中国省志汇编》,第9册,台北:华文书局,1968年,第37a页。
③ (明)李清馥:《闽中理学渊源考》卷77,徐公喜等点校,南京:凤凰出版社,2011年,第803页。

李清馥《闽中理学渊源考》作"年九十三卒"。黄文炤死后不入葬，棺材吊在三秀山的雪山岩中，以示"生不戴清朝天，死亦不履清朝地"的气节。

十四、池显芳

池显芳，字直夫，号玉屏子，厦门中左所人。其父池浴德为太常寺少卿，有知人之誉。池显芳初受知于南居益（？—1644），适时，南居益为右副都御史，巡抚福建。荷兰海盗骚扰漳州、泉州一带，南居益率军将其击退，并筑城镇海港，平息海患。闽人念其大德，在澎湖及平远台为之建立生祠。天启二年甲子举应天试，后以母亲年老不入仕途，参禅乐道，结庐玉屏端山。擅长诗文，喜好山水，尝跋涉武夷，游秦淮，登泰岱，因此能够"举山川磅礴清华之气，尽缩入毫楮间，故所作空灵，飘忽不可方物"。时与钟谭唱和，与海内名士如董其昌、黄道周、何乔远、曹学佺、蔡复交游往来。著有《晃岩集》《南参集》《玉屏集》《澹远诗集》《李杜诗选》。林孕昌为其文集评论道："直夫冰璞枯骨，畔幅坊身，学绍青箱，韵高白雪，卓乎不可一世云。"①

十五、林伯春

林伯春，字苰夫，贡生，万历年间训导。②

---

① （清）周凯修纂：《（道光）厦门志》卷3，清道光十九年刊本，第13～14页。（清）怀荫布修，郭赓武、黄任纂：《（乾隆）泉州府志》卷54，《中国地方志集成·福建府县志辑》，第22～24册，上海：上海书店出版社，2000年，第80b～81a页。

② （清）陈寿祺：《福建通志》卷212，《中国省志汇编》，第9册，台北：华文书局，1968年，第2a页。

十六、陈鸿

陈鸿,字叔度,号轩伯,侯官人,起于寒微,曹学佺招入社集,为石仓诗社成员。《明诗纪事》中收入了其《烧香词》《九日怀兴公》《听泉阁》《衰柳》《淮阴旅怀》五首诗歌,"《听泉阁》中有'一山在水次,终日有泉声'之句,曹学佺大加叹赏。由是名大著",留有诗集《秋室篇》。① 陈鸿"工诗善画枯木竹石,闽人珍之,然性格孤僻,不多为人作",有人刻其诗集,"板式精好,传之南中,莫不知闽有陈叔度矣"。南明政权覆灭后,曹学佺自杀,陈鸿在困顿中死去,"卒七十三,贫不能葬,同里醵金与莆田赵十五合葬于福郡小西湖"。②

十七、陈衎

陈衎,字盘生,出身于书香门第,万年末年贡生。与徐氏兄弟交好,是曹学佺创立的阆风楼诗社成员之一,对天文学和养生抱有极大兴趣。常常发表对时政的看法,为自己撰写墓志铭。著有《槎上老舌》《大江草堂二集》。③ 他描述了对西学的看法:

> 闽中幅员虽隘,乃四方之客亦乐游之。顾游者不专以问学才技也,然必有问学才技而后可与交。余交二十年上下,所见之客不胜数,姑约略其最贤,又与余把臂者名缀一二,语于

---

① (清)周亮工:《闽小纪》卷2,清康熙周氏赖古堂刻本,第14页。
② (清)郝玉麟等修、谢道承等纂:《福建通志》卷51《文苑》,第14页,清文渊阁四库全书本。
③ (清)陈寿祺:《福建通志》卷212,《中国省志汇编》,第9册,台北:华文书局,1968年,第6b页;林金水:《艾儒略与〈闽中诸公赠诗〉研究》,《清华学报》,2014年第1期,第79页。

姓名之下。……艾儒略,字思及,西海人。其国古名大秦,去中土数十万里而遥。以西音读中土经史,淹贯研穷,有如宿习。工天文历日,其数学尤妙,虽大泽浩渺,望而算之,分寸不谬也。①

十八、林光元

林光元,字仲锡,号耐庵,籍贯莆阳(今福建莆田),自称"习西士最久",②他参与校订八卷本的耶稣会汉文典籍《口铎日抄》。③他的入教的时间应在1634年或者更早。福建教案(1637—1639)期间,他撰写了《点金说》,侧重描绘传教士的日常生活,驳斥不实的点金谣言,以消除误解。④

---

① 陈衍:《大江草堂二集》卷13,福建省文史研究馆编,扬州:江苏广陵古籍出版社,1996年,第635页。

② (明)林光元:《点金说》,钟鸣旦、杜鼎克、蒙曦主编:《法国国家图书馆明清天主教文献》,第7册,台北:利氏学社,2009年,第49页。杜鼎克推断林光元为1603年举人林光庭(字仲明)亲戚,参见 Adrian Dudink, Giulio Aleni and Li Jiubiao, In: Tiziana Lippiello, Roman Malek, *Scholar from the West Giulio Aleni S.J. (1582—1649) and the Dialogue between Christianity and China*, Nettetal: Steyler Verlag, 1997, p.193。(清)廖必琦修:《(乾隆)莆田县志》卷13,民国十五年重印清光绪五年补刊本,第44页:"万历三十一年癸卯。林光庭,字仲明,府学甲海卫学,汉阳知府。"

③ 除了传教士外,《口铎日抄》的主要编纂者还有李九功、李九标兄弟,泉州张赓,以及同样来自莆田的柯士芳、朱禹中等。该书以日记对话体的形式记录了崇祯三年(1630)至崇祯十三年(1640)年间来华耶稣会传教士艾儒略、卢安德、林本笃、瞿西满在福建传教时的言行。林光元参与校订了第六卷和第八卷,第六卷记录了1634年至1637年间瞿弗谧、艾儒略、林存元的言行;第八卷记录了1638年至1640年间艾儒略的言行。

④ (明)林光元:《点金说》,钟鸣旦、杜鼎克、蒙曦主编:《法国国家图书馆明清天主教文献》,第7册,台北:利氏学社,2009年,第49~51页。

十九、林一儁

林一儁（？—1688），字用吁，1644年至1666年贡生，1668年福安训导，后仕泉州府。[①] 他为艾儒略的《圣梦歌》和李九功的《文行粹抄》作序，[②] 是《口铎日抄》第四卷的校对者。1628年入教，是福清地区传教的中心人物。《口铎日抄》中记载林一儁的儿子因病去世，艾儒略以圣徒故事安慰他。[③] 由此，他作《解惑》，目前不存。他对地理学和宗教话题，如奉献、赏罚、上帝慈爱、三位一体十分感兴趣。《口铎日抄》中记载了他的言行和他反对纳妾的事情。[④]

二十、谢懋明

谢懋明，泉州庠生。著有《弥克儿遗斑弁言》和《跋况义后》。

[①] （清）陈寿祺：《福建通志》卷165，《中国省志汇编》，第9册，台北：华文书局，1968年，第11b页；Dudink, Adrian Cornelis, Giulio Aleni and Li Jiubiao, In: Tiziana Lippiello, Roman Malek (ed.), "*Scholar from the West*": *Giulio Aleni S.J. (1582—1649) and the Dialogue between Christianity and China* (Monumenta Serica Monograph Series; 42), Nettetal: Steyler Verlag, 1997, p.190.

[②] Zürcher, Erik: *Kouduorichao, Li Jiubiao's Diary of Oral Admonitions* (Monumenta Serica Monograph Series LVI/1), Vol.1, Nettetal: Steyler Verlag, 2007, p.196.

[③] Zürcher, Erik: *Kouduorichao, Li Jiubiao's Diary of Oral Admonitions* (Monumenta Serica Monograph Series LVI/1), Vol.1, Nettetal: Steyler Verlag, 2007, pp.196-197.

[④] （明）李九标：《口铎日抄》卷2，钟鸣旦、杜鼎克主编：《耶稣会罗马档案馆明清天主教文献》，第7册，台北：利氏学社，2002年，第106、118~121页；卷3，第233~235页。

二十一、林绍祖

林绍祖,字季绪,在《口铎日抄》中出现一次,记录了他与艾儒略关于佛、道的讨论:

> 顷之,林季绪随至。因问曰:"释玄二氏,业心知其非矣。然就两者较之,亦有彼善于此否?"司铎曰:"道犹大路焉,吾惟率彼正路足耳。总左岐、右亦岐也,安用置较乎?"①

二十二、王一锜

王一锜,字子荐,福清贡生。《口铎日抄》中收录了他与传教士一段关于天文学知识的讨论。②

---

① (明)李九标:《口铎日抄》卷2,钟鸣旦、杜鼎克主编:《耶稣会罗马档案馆明清天主教文献》,第7册,台北:利氏学社,2002年,第106页;Zürcher, Erik, *Kouduo richao*, *Li Jiubiao's Diary of Oral Admonitions* (Monumenta Serica Monograph Series LVI/1), Vol.1, Nettetal: Steyler Verlag, 2007, pp. 314-315; Dudink, Adrian Cornelis, Giulio Aleni and Li Jiubiao, In: Tiziana Lippiello, Roman Malek (ed.), "*Scholar from the West*": *Giulio Aleni S. J. (1582—1649) and the Dialogue between Christianity and China* (Monumenta Serica Monograph Series;42), Nettetal: Steyler Verlag, 1997, p.192.

② Dudink, Adrian Cornelis, Giulio Aleni and Li Jiubiao, In: Tiziana Lippiello, Roman Malek (ed.), "*Scholar from the West*": *Giulio Aleni S. J. (1582—1649) and the Dialogue between Christianity and China* (Monumenta Serica Monograph Series;42), Nettetal: Steyler Verlag, 1997, p.198. (明)李九标:《口铎日抄》,钟鸣旦、杜鼎克主编:《耶稣会罗马档案馆明清天主教文献》,第7册,台北:利氏学社,2002年,第1~594页。

二十三、苏负英、潘师孔

苏负英,字荐卿,与潘师孔均来自泉州府,参与编辑宗教书籍,是艾儒略《圣梦歌》的校对者。①

二十四、董邦㷆

董邦㷆,字心闲,1630 年贡生,后为崇安训导。② 艾儒略在第一次到邵武府时候结识董邦㷆。之后,董邦㷆可能在福州受洗入教。③

---

① 苏负英和潘师孔的生平见方豪:《中国天主教人物传》,第 1 册,北京:中华书局,1988 年,第 268~270 页。
② (清)王琛:《光绪重纂邵武府志》卷 16,《中国地方志集成·福建府县志辑》,第 10 册,上海:上海书店出版社,2000 年,第 41 页。
③ 艾儒略于 1631 年第一次访问邵武府,(明)李九标:《口铎日抄》卷 1,钟鸣旦、杜鼎克主编:《耶稣会罗马档案馆明清天主教文献》,第 7 册,台北:利氏学社,2002 年,第 68 页;福州教区神父林泉(1958—1990)在未刊本《福建天主教史记要》一书中提到,艾儒略在邵武逗留了一个月,与当地名士米嘉德、邓材、吴维新往来,后面两人都有赠诗收入。米嘉德尊艾儒略为师,为其《西方答问》作序,董邦㷆在福州受洗入教。Chan, Albert, *Chinese Books and Documents in the Jesuit Archives in Rome: A Descriptive Catalogue: Japonica Sinica* I-Ⅳ, Armonk/New York/London/London: M.E. Sharpe, 2002, p.302.

/第三章 天学诗中的他者/

第三章　天学诗中的他者

《赠诗》是晚明西方文化在华传播的重要记录,涉及西士入华航海历程,唐代景教碑的出土,泉州十字架碑的发现,西方天文学、地理学、数学的传入,中士与西士的互动和友谊等内容。传统的"六经皆史"的诗学观强调文风与时代政治、教化、学术的互相呼应,赋予诗歌讽喻现实的使命。诗歌具有纪实性,拥有关注现实、记录历史的作用,可观风俗之盛衰,补正史之缺漏。对于那些在地方志、教内文献中没有任何记载的诗人来说,诗歌是唯一能够证明他们的存在,以及他们与西士往来的文献。林珣以"苟舆得御今亲炙,绛帐抠衣待讨论"表达迎接艾儒略的恳切心态;林世芳的诗以"杨柳堤头""尺素""鱼雁"为意象,描述与西士结识、分别、别后书信往来的过程;李世英("尊前握手别,绛帐何时亲")、柯尔铉("殷勤席未暖,怅别此江滨")、林绍祖("别后应知各努力,那堪分袂意潸然")的赠别诗中也有类似的表达,他们分别来自泉州、福州、漳州和莆田,与艾儒略传教之地相吻合。林金水甚至认为诗人林世芳的赠诗透露的是隆武帝和艾儒略见面的场景。①

不止于此,诗歌以情景结合为要,所谓景指诗中出现的人、物、

---

① 林金水:《〈闽中诸公赠诗〉初探》,陈村富主编:《宗教文化》,第3辑,北京:东方出版社,1998年,第102页。

事件和行为,是现实生活在诗中的投射,情指思想、回忆、想象、感受和精神世界,带有诗人的思想和情感体会,这比单纯的历史记录更加灵活、生动。诗人表达了对佛老影响儒学的批判,对沉溺于空无学说的儒生的痛心与对西学知识和宗教文化的新鲜感、好奇和褒扬,这些情感是身处日益混乱时局中的诗人产生的忧患情怀。

第一节 景教碑和泉州十字架

唐朝景教,即聂斯托利派,唐王朝对宗教采取兼容并蓄的宽容政策,各种外来宗教,如景教、波斯祆教、摩尼教广为传播。唐高宗期间,各地兴修景教寺庙,除了中原地区,在东南商业贸易兴盛的广州、扬州、泉州地区也有景教徒的活动,景教达到了"法流十道,国富元休,寺满百城,家殷景福"的隆盛景象,至今许多地方仍留有该教派的十字碑架。唐德宗建中二年(781),"大秦景教流行中国碑"建成,竖于长安义宁坊大秦寺,以记录、歌颂唐朝六代皇帝对景教的支持和景教在华的发展历史。会昌五年(845),唐武宗下令灭佛,波及景教,大量寺院被毁或移作他用,僧侣被勒令还俗、改信他教,剩余的教徒为躲避迫害逃往西域。黄巢起义期间(878—884),大量景教僧人被杀,受到了严重的打击的景教在中国历经了150年的繁荣后逐渐销声匿迹。① 这段尘封的历史直到天启年间景教碑在西安出土才重新被人们所知。这块碑文用叙利亚文和汉语撰写,包括序文和颂词两个部分。序文记载了景教在 635 年至 781 年在唐朝的历史,叙述了聂斯脱利派唐初传入中国,受到唐朝君臣礼遇,并被准予在华传播的事实,上有十字架、莲花和白云图案,代

---

① 朱谦之:《中国景教》,上海:东方出版社,1993 年,第 208 页。

表了不同的宗教,记录了70名景教僧人的名字和职称。①

关于景教碑的发现过程,传教士阳玛诺(Emmanuel Diaz Junior,1574—1659)在《〈景教流行中国碑颂正诠〉序》(1641)中有详细记录:

> 是碑也,大明天启三年,关中官命启土,于败墙基下获之,奇文古篆,度越近代,置廊外金城寺中。岐阳张公赓虞,拓得一纸,读竟踊跃,即遗同志我存李公之藻,云:"长安掘地所得,名'景教流行中国碑颂',殆与西学弗异乎?"李公披勘良然,色喜曰:"今而后,中士弗得咎圣教来何暮矣!……"②

文中所载"张公赓虞",即张赓(1570—?),1613年由艾儒略受洗入教;③李之藻从张赓处得到景教碑拓片之后,随即将碑文刊布,在1625年6月12日写成《读景教碑书后》,得出"讵知九百九

---

① [葡]阳玛诺:《景教流行中国碑正诠》,吴相湘主编:《天主教东传文献续编》(《中国史学丛书》,第40册),第2册,台北:学生书局,1966年,第653~750页。

② [葡]阳玛诺:《〈景教流行中国碑颂正诠〉序》,徐宗泽:《明清间耶稣会士译著提要》,北京:中华书局,1989年,第231页。曾德昭:《大中国志》,何高济译,上海:上海古籍出版社,1998年,第190~191页;计翔翔:《明末奉教官员李之藻对"景教碑"的研究》,《浙江学刊》,2002年第1期,第130~136页。

③ 张赓(1570—?),福建晋江人,字夏詹,号明皋,教名为玛窦(Matteo)。万历二十五年(1597)中举,万历四十一年(1613)任嘉兴平湖县教谕,后任开封府原武县教谕、广东连山县知县等职,张赓在杭州得杨廷筠引见艾儒略,后受洗入教。他的两个儿子都受洗入教。后致仕返乡,居福建桃源,积极协助艾儒略传教、翻译、著书、出版,卒年不详。崇祯元年(1628)为艾儒略《万物真原》校梓、并为《杨淇园先生超性事迹》作序。赵文朝:《〈景教碑〉研究中张赓之辨》,《华夏文化》,2014年第3期,第20~22页。

十年前,此教流行已久"的结论。① 徐光启更是"爱其载道之文,并爱其纪文字画,复镌金石,楷摹千古"。② 传教士曾德昭(Alvaro de Semedo,1585/1586—1658)于1628年到西安参观此碑,在其后的著作《大中国志》(1640)中详细地报告了景教碑的发掘、研究情况及碑的外形和内容,中国发现景教碑的消息一时盛传欧洲全境。碑文被迅速翻译成拉丁语、西班牙语和意大利语。③

在景教碑出土之前,福建泉州府南邑西山发现了一块十字架石刻,张赓在《武荣出地十字架碑序》中记录了十字架石刻的发现过程:

> 万历四十七年,有石刻十字架,从武荣山中为孩如郑公开现,莫辨何代神物。天启三年,关中掘地,亦得景教碑颂,其额镌十字架。按视武荣碑,刻画无异,惟是关中碑,有文有字,知惟唐刻,与今西师传述降生十字架诸踪,洎教诫规程,语语皆符。……崇祯二年,载至温陵,而余适归休,与同志肇始建郡之主堂于崇福古地,余仲倩即孩如公孙,乃于艾师座间,获聆圣架真诠,而述此碑。④

该十字架发现于1619年,然而直到1629年才由艾儒略辨认

---

① (明)李之藻:《读景教碑后书》,韩琦、吴旻校注:《熙朝崇正集·熙朝定案(外三种)》,北京:中华书局,2006年,第11～13页。

② [葡]阳玛诺:《〈景教流行中国碑颂正诠〉序》,徐宗泽:《明清间耶稣会士译著提要》,北京:中华书局,1989年,第231页。[葡]曾德昭:《大中国志》,何高济译,上海:上海古籍出版社,1998年,第190～191页。

③ Standaert, Nicolas (ed.), *Handbook of Christianity in China*. Volume one: 638—1800, Leiden/Boston/Köln: Brill, 2001, p.13.

④ 韩琦、吴旻校注:《熙朝崇正集·熙朝定案(外三种)》,北京:中华书局,2006年,第17～18页。在唐代,南安称为武荣。苏镜潭纂:《(民国)南安县志》卷1,《中国地方志集成·福建府县辑》,第28册,上海:上海书店出版社,2000年,第13页。

为基督教的遗迹,当时的人们相信,在泉州发现的十字架同样是出自唐朝。这块石刻后来被认定是元代景教遗物。① 1635年,艾儒略在泉州又见到了另一块十字架石刻,这个十字架有可能就是在废弃的唐代水陆寺中发现的,后来被保存在苏石水家中。② 另有一块在泉州东门前唐代东禅寺附近的田野里发现,并于1638年被教徒移置教堂中。这些十字架的拓片后来附在阳玛诺《景教流行中国碑正诠》附录中。③

传教士将景教碑看成圣教古迹,并将它译成各种西方文字,虽然聂斯托利派是天主教异端,但是在景教碑中并没有表现异端的痕迹。④ 西士通过宣扬景教碑取得很好的效果,艾儒略在回答教徒关于经典时,引用景教碑发现的历史,言语中颇为自豪:

> 东西方各有经典,各不相闻。若以西方经不可尽信,则中邦历代帝王史册,及《五经》《四书》等书,亦勿之述矣。况此降生事迹,及教之东来,不宁自今日始也。唐之贞观九年,有西士从天主降生之地赍主像,载真经诣于长安。太宗命宰臣房玄龄郊迎入内,爰行天下,建寺奉祀,世世递尊。迨建中二年,勒碑扬休题曰:"大秦景教流行中国碑"。大秦者,即天主降生国名也。其碑久而沉埋,且若千年。近天启三年,关中人掘地得之,遂广传宇内。好学君子,无不既靓之矣。此盖中邦近年

---

① 朱谦之:《中国景教》,北京:东方出版社,1993年,第183页。
② (明)李九功:《励修一鉴》,钟鸣旦、杜鼎克、蒙曦主编:《法国国家图书馆明清天主教文献》,第7册,台北:利氏学社,2009年,第203~204页。
③ [葡]阳玛诺:《景教流行中国碑正诠》,吴相湘主编:《天主教东传文献续编》(《中国史学丛书》,第40册),第2册,台北:学生书局,1966年,第751~754页。
④ 江文汉:《中国古代基督教及开封犹太人》,北京:知识出版社,1982年,第28页。

事,而谓未敢尽信乎?①

景教碑和泉州十字架石刻的发现是具有重要意义的大事。景教碑文被诗人们所知,并写进诗中。柯宪世②的"大千宁净土,三一信分身。景宿祥长普,波斯曜转新。七时勤礼赞,十字俨持循"引用了景教碑文"七时礼赞,大庇存亡"。林焌的诗句"主像亦非支,降生原有纪。异星三君朝,神天宣庆祉。掘地得唐碑,贞观天教起。沉埋乱世非,昭明清朝喜。嗟哉龌龊人,西镐共讪诋。……在唐庄事钦,在明授室侈。景净既开先,泰西从利氏。分教托诸邦,一派宗门是",不仅提到景教碑的发现和景教在唐代的兴盛,而且引用了碑文"神天宣庆,室女诞圣于大秦,景宿告祥,波斯睹耀以来贡"。③

当景教徒沿着丝绸之路来到中国时,许多宗教术语面临着翻译成汉语的问题,为了传播宗教,他们不仅学习儒家经典,也学习佛教、道教经典,以便在书中找到相对应的词汇,用"寺"来翻译"教堂",用"僧"指"传教士或神职人员",用"佛事"指"礼拜聚会"等。④据分析,景教碑文的作者引经据典,有 30 处来自《易经》,30 处来自《诗经》,20 处来自《春秋》,涉及经书的有 150 处,史书 100 多

---

① (明)李九标:《口铎日抄》卷 7,钟鸣旦、杜鼎克主编:《耶稣会罗马档案馆明清天主教文献》,第 7 册,台北:利氏学社,2002 年。

② 柯氏家族在莆田颇有名望,关于柯宪世见李嗣玄:《西海艾先生行略》,钟鸣旦、杜鼎克主编:《耶稣会罗马档案馆明清天主教文献》,第 12 册,台北:利氏学社,2002 年,第 246 页。柯宪世"待诏以子世芳赠金事",见(清)廖必琦修:《(乾隆)莆田县志》卷 14,民国十五年重印清光绪五年补刊本,第 11~13 页。

③ [葡]阳玛诺:《景教流行中国碑正诠》,吴相湘主编:《天主教东传文献续编》(《中国史学丛书》,第 40 册),第 2 册,台北:学生书局,1966 年,第 697 页。

④ 江文汉:《中国古代基督教及开封犹太人》,北京:知识出版社,1982 年,第 39 页。

处,子书 30 处。

这让人回想起佛教传入中国之初,面对着如何将佛教术语翻译成汉语的问题,学者们从中国哲学中寻找可以借用的词汇来表达佛教教义。同样的,耶稣会士在翻译时,也从现有的词汇中寻找可以使用的词汇,以表达西方的核心观念。① 佛教语言也常常被运用,如柯宪世诗中的"礼赞"就源于佛教"往生礼赞"一词。在用汉语翻译西方哲学思想、人文地理、几何数学等内容时,传教士根据对中国文化和语言的研究与理解,不仅借用了中国人已经熟知的术语,也创造了许多汉语新词语和观念,如"圣神"和"三仇"。对此,许理和认为:

> 相比于京城、长江中下游和山西、陕西地区的文人们和同情者们,福建教徒对宗教话题更感兴趣,西学知识作为引人入教的工具,在福建文人身上发挥的作用是次要的。此外,有的人能够在信仰的同时,追寻、学习科学,这一点,福建明显不同于其他地区,这里的文人对这些主题表现出浓厚的兴趣。②

在利玛窦合儒易佛的框架下,传教士在解释景教碑文使用的佛教用语的时候,不断强调景教和佛教、道教的区别与界限,以防止产生误解。阳玛诺诠释碑文时说:

---

① Zürcher, Erik, *Kouduo richao: Li Jiubiao's Diary of Oral Admonitions* (Monumenta Serica Monograph Series LVI/1), Vol.1, Nettetal: Steyler Verlag, 2007, pp.516-517;(明)李九标:《口铎日抄》卷 6,钟鸣旦、杜鼎克主编:《耶稣会罗马档案馆明清天主教文献》,第 7 册,台北:利氏学社,2002 年,第 439~440 页。

② Zürcher, Erik, The Jesuit Mission in Fujian in Late Ming Times: Levels of Response, In: Eduard B. Vermeer(ed.), *Centuries* (Sinica Leidensia; 22), Leiden: Brill, 1990, p.439.

> 景士名僧者,当时之士削顶存须,碑中显举、既离尘俗修道、通称亦谓曰僧,就当时所名而名之耳,犹今以所居之宇,而谓之堂,我辈之名,而称之曰士、曰儒。皆学士家所推重,而别凡俗云尔,若用西文,众谁能解?试详碑义所云无元真主、三一妙身、开辟人物之始生、邪魔人愿之原委、三一分身之慇、室女诞圣之异、景宿告祥、波斯来贡、无言新教、开生灭死、七时礼赞、七日一荐、削顶存须、白衣示净、法浴水风、印持十字、同人出代、亭午升真等,种种实迹,释教悉无。①

但是,碑文中的"礼赞""分身"原是佛教术语,李之藻也强调景教与佛教的差别,与耶稣会合儒易佛的政策相吻合:

> 大帝时又敕诸州各置景寺,崇奉之至。显与儒、释、玄三教共峙寰宇。……曷以僧名?则缘彼国无分道俗,男子皆髡,华人强指为僧,渠辈无能自异云尔。即利氏初入五羊也,亦复数年混迹,后遇瞿太素氏,乃辨非僧,然后蓄发称儒。②

对于聂派被罗马教廷确定为异端的事情,③当时西士或者对此并不知晓,或者出于某种原因有意忽视,无论其内部差异如何,认同

---

① [葡]阳玛诺:《景教流行中国碑正诠》,吴相湘主编:《天主教东传文献续编》(《中国史学丛书》,第40册),第2册,台北:学生书局,1966年,第656~657页。

② (明)李之藻:《读景教碑后书》,韩琦、吴旻校注:《熙朝崇正集·熙朝定案(外三种)》,北京:中华书局,2006年,第11~13页。

③ Dudink, Adrian Cornelis, Zhang Geng, Christian Convert of Late Ming Times, In: *Christianity in Late Ming China: Five Studies*, Leiden University, Diss., p.305;吴文良:《泉州宗教石刻》,北京:科学印书馆,1957年,第27页;朱谦之:《中国景教》,北京:东方出版社,1993年,第20页;关于景教和基督教的差别详见朱谦之:《中国景教》,北京:东方出版社,1993年,第134~136页。

景教的同源性,对当时的传教有益无害。景教作为外来宗教,多被误认为佛教派别,难以区分,这对耶稣会西士来说是危险的。在闽籍诗人眼里,利玛窦和艾儒略等传教士是景净的继任者,它的出现对艾儒略等人的事业是一种激励,也是古代圣贤时代重现的一个证明。

第二节 "点金"谣言

"点金",又称黄白之术或炼金术,黄者谓金,白者谓银,指的是古代方士烧炼丹药、铅汞转化为金银的法术。中国炼金术的起源可追溯至道教流派之一,即发轫于秦汉时期的仙丹派。作为原始的一种方术,它受佛教启发,奉老子为始祖,以《道德经》为经典,将方仙道和巫鬼道糅合在一起,逐渐建立起一个庞杂的体系,分为"外丹派"和"内丹派";炼金术本质以炼丹为主,炼金为次,炼丹家大都兼修医药,目的在于长生。炼金术兴盛于唐朝,并延续至晚明。①明代帝王追求长生不老,或一心崇信方术而荒废政事,或因服用丹药罹患疾病以至身死,或纵容官员内臣牵引方士以求登进,屡见不鲜,光宗朝的"红丸案"乃为明证。虽史书避讳不谈,但民间史料可为佐证,《野获篇补遗》谓:"壬子(嘉靖三十一年)冬,帝命京师内外,选女八至十四岁上百人入宫;乙卯(二十四年),有选十岁以下

---

① 相较于中国炼金术的连续性发展,西欧炼金术经历了亚历山大炼金术与阿拉伯炼金术两个阶段。虽然西方炼金术士也兼修医学,大部分术士拥有僧侣身份,但是他们炼金目的与长生不老无关,西方炼金术侧重对自然的观察和理性思维,最终引入了科学实验方法和思维方式的质变,逐步演化为近代化学。朱诚身、杨吉淵:《古代中西炼金术之比较》,《郑州大学学报(哲学社会科学版)》,1990年第1期,第20~23页。

者一百六十人,盖从陶仲文言,供炼丹药也。"① 又有因向帝王推荐擅长"炼金术"者而受拔擢的情况,如"河南钧州民米忠,妄称有黄白术,因尚衣监太监李禧进,陛太常寺四品散官,赏银三百两,盐六万引"。② 帝王所好必影响民间,以至炼金和求仙成为社会风气。可以说,中国炼金、炼丹传统是传教士点金谣言产生的文化土壤。晚明心学盛行,文人多涉入释、道思想,将佛老思想中的空无虚寂的观点引入儒学,淡化物质客观的探索,强调修身养性,以内心的体验和顿悟来把握客体对象,同时又强调人作为主体的决定性和自由性,宣传精神理性的作用。阳明心学中"心外无物"的观念和"顿悟""渐悟"的修为方法与佛教存在着密切的联系,最终导致了虚无主义和清谈思想的泛滥,晚明文人群体空谈心性,不求治国经邦之术,不寻经世致用之学,深受佛老浸润。这种传统思维的方法和炼金求仙的风潮无疑助长了"点金"谣言的产生和传播。

对此,利玛窦有一段详细的描述:

> 全国各地特别是在有权势的人们当中是很普遍的。第一种习惯是努力要从别的金属中提取银子,第二种则是企图延年益寿长生不死。……目前有极大量这类书籍在流行,讨论这两种奥秘的学问,有些是印本,有些则是手稿;但是人们更愿意得到手稿,因为手稿更有权威性。……在我们现在居住的北京城里,在大臣、宦官以及其他地位高的人当中,几乎没有什么人不是沉溺于这种愚蠢的研究的。③

---

① 陶希圣:《明代宗教》,《明史论丛》,第 10 辑,台北:学生书局,1968年,第 261 页。
② 陶希圣:《明代宗教》,《明史论丛》,第 10 辑,台北:学生书局,1968年,第 283 页。
③ [意]利玛窦、金尼阁:《利玛窦中国札记》,何高济等译,北京:中华书局,1983年,第 96~97 页。

利玛窦同情这些中国人,并"祷告上帝拯救他们,而不是对他们感到厌烦以及丧失从不幸中解救他们的一切希望,应该记住他们已蒙蔽在异教的黑暗中长达数千年之久,从没有或几乎没有看到过一线基督教的光明"。①

随着传教士在文人圈中的名气越来越大,各种谣言开始盛行,流传最广的就是传教士擅长点金术。从功用上来看,谣言"有一定的道德取向,无论是恶意谣言或是所谓善意谣言,它都面临着一个道德判断"。②耶稣会士所代表的西方异质文化与中国传统伦理道德产生了冲突,同时他们站在佛教和道教的对立面,驳斥"空""无"和三教合一,必然引起佛教徒和反教派的排斥和攻击,他们带着憎恨、厌恶、焦虑的情绪以维护道统为立场拒斥西学,在这个过程中,谣言就成为一个反教的有效工具;而谣言传播者对外来事物和文化的分析、判断能力出现偏差,在传递有关传教士的信息时,"常常出现遗漏、颠倒和错误,甚至进行任意的增补以自圆其说。这样由虚构联想作用而产生的不正确传播,就成为流言发生的基本原因"。③传教士外貌奇特,其所传西学和天学更是"旷古未闻",与中国传统文化大相径庭,当传教士的"异"与欧人在东南亚的殖民行径结合在一起,便引起了中国人的警惕。另一方面,传教士们既不放高利贷,不向人募捐,也不从事经营,却能新建教堂屋舍,维持生活,刊刻书籍;不明就里的人们将传教士的状况与点金术联系起来,不少"贪者"偏听谣言,求传教士传授黄白之术而不得之,最后"衔恨而去"。④

---

① [意]利玛窦、金尼阁:《利玛窦中国札记》,何高济等译,北京:中华书局,1983年,第87页。
② 苏萍:《谣言与近代教案》,上海:远东出版社,2001年,第17页。
③ 苏萍:《谣言与近代教案》,上海:远东出版社,2001年,第24页。
④ (明)杨廷筠:《代疑篇》,《天主教东传文献》,台北:学生书局,1964年,第576页。

与"点金"谣言相关的传闻是传教士资金来源不明和以利诱人的传教方法。万历四十四年(1616)五月、八月、十二月,南京礼部侍郎沈㴶先后三次向明神宗上疏,要求禁教。山西、河南、陕西等几个省份反教潮兴盛,教士们的处境十分困难。疏中质问道:"既称去中国八万里,其赀财源源而来,是何人为之津送?"①"从其教者,每人与银三两。"②南京礼部在审理传教士王丰肃时,得到供称"所用钱粮,自西洋国商船带至澳中,约有六百两。若欲盖房,便增到千金。每年一次,是各处分,教庞迪我等分用等语"。③ 与此同时,南京礼部署司事祠祭主事徐从治会审华人教徒钟鸣仁等犯一案时,得到供词:"所费银两在澳中来,每年约有一二百两",④"澳中商人转送罗儒望,罗儒望转送到此,岁岁不绝"等语。⑤ 即便如此,王丰肃、谢务禄、庞迪我、熊三拔仍因欺诳天听、私习天文、聚众传播邪术、以金银煽惑愚民等罪被逮捕,并被押解澳门。⑥ 这是耶稣会在晚明经历的第一次重大挫折,史称"南京教案"。自耶稣会传教士入华,反教派和护教派的争论就一直存在。点金术的谣言和误解,归根到底是中国人对关于耶稣会所用资费从何而来的疑问。徐光启在《辩学章疏》(1616)中提出建议:

---

① (明)沈㴶:《参远夷疏》,夏瑰琦主编:《圣朝破邪集》,第1卷,香港:建道神学院,1996年,第62页。

② (明)沈㴶:《再参远夷疏》,夏瑰琦主编:《圣朝破邪集》,第1卷,香港:建道神学院,1996年,第63页。

③ 《会审王丰肃等犯一案》,夏瑰琦主编:《圣朝破邪集》,第1卷,香港:建道神学院,1996年,第75页。

④ (明)徐从治:《会审钟明仁等犯一案》,夏瑰琦主编:《圣朝破邪集》,第1卷,香港:建道神学院,1996年,第108页。

⑤ (明)吴尔成:《会审钟明礼等犯一案》,夏瑰琦主编:《圣朝破邪集》,第1卷,香港:建道神学院,1996年,第100页。

⑥ 《拿获邪党后告示》,夏瑰琦主编:《圣朝破邪集》,第1卷,香港:建道神学院,1996年,第116~118页。

> 诸陪臣之言与儒家相合,与释老向左,僧道之流咸同愤嫉,是以谤害中伤,风闻流播,必须定其是非。

又提出若干处置之法:

> 诸陪臣所以动见猜疑者,止为盘费一节,或疑烧炼金银,或疑洋商接济,皆非也。诸陪臣既已出家,不营生产,自然取给于捐施。凡今衣食,皆西国捐施之人,辗转托寄,间遇风波盗贼,多不获至,诸陪臣亦甚苦之。然二十年来不受人一钱一物者,盖恐人不见察,受之无名,或更以设骗局科敛等项罪过相加。且交际往来,且多烦费故耳。为今之计,除光禄寺恩赐钱粮照旧给发外,其余明令诸陪臣量受捐助,以给衣食;足用之外义不肯受者,听从其便。广海洋商,谕以用度既足,不得寄送西来金银,仍行关津严查阻回。如此音耗断绝,尽释猜嫌矣。①

然而,护教人士的维护对消除谣言并未起到多大效果,传教士擅长点金术、资金来源不明、以金买人的传闻直至"福建教案"发生时仍流传不止。1637年,福宁州三名西班牙籍道明会传教士被逮捕驱逐出境,提刑按察司与福建知府贴出告示,要求禁教,要求拆除各地教堂,焚烧"妖书",并点名将耶稣会士阳玛诺和艾儒略驱逐出境,史称"福建教案"。在众多官员的庇护下,艾儒略避险于莆田和泉州两地。在这期间,漳州佛教居士黄贞发起反教活动,邀请官员、乡绅撰写反教文章,后编纂为《破邪集》,于1639年在浙江刻印;当中描述传教士"以诱贪愚。诱一庶人入其教者赏,诱一庠士赏十倍,

---

① (明)徐光启:《辩学章疏》,朱维铮、李天钢主编:《徐光启全集》,第9册,上海:上海古籍出版社,2011年,第252~253页。

诱一缙绅赏百倍"。① 不仅如此，还强调传教士用妖术蛊惑士大夫，"此夷藏奸为市忠，助铳令人喜其有微功，祈雨令人疑其有神术，自鸣钟、自鸣琴、远镜等物，令人眩其有奇巧。且也多金善结，礼深善诱，惑一人转得数人，惑数人转得数万，今也难计几千亿万"。②

身处于福建教案漩涡中心的艾儒略是继利玛窦之后，最为著名的耶稣会传教士，他在福建传教事业的成功除了有福建官员和大量底层知识分子和教徒的支持，也依赖于耶稣会的"合儒"政策的成功和他本人过人的学识及宗教献身精神。③ 自谣言盛行以来，传教士和教徒们都努力澄清，艾儒略早在《涤罪正规》(1627年)中就强调："假烧炼黄白之术，哄人财物者，有罪。"④福建教案期间，许多官员纷纷为艾儒略说情，为耶稣会辩护，如蒋德璟、曾樱、张瑞图。莆田籍官员黄鸣乔在《天学传概》中写道："不受无名之馈，间反施济于人，不审从来，意其擅黄白之术。"⑤他认为"点金术"乃无稽之谈。教徒也著述维护，如李九功在《问答汇抄》之"西士用价"一条中解释道："黄白之术，从来何曾有效？故好利之徒，百端图之，常见其穷。谓我辈有此法者，皆未相识之猜，实则不然。

---

① 《第一篇明天体以破利夷僭天罔世》，夏瑰琦主编：《圣朝破邪集》，第5卷，香港：建道神学院，1996年，第261页。

② (明)苏及寓：《邪毒实据》，夏瑰琦主编：《圣朝破邪集》，第3卷，香港：建道神学院，1996年，第180页。

③ 艾儒略在闽交往的人物达到200多人。林金水：《艾儒略与福建士大夫交游表》，《中外关系史论丛》，1996年第5辑，第182～203页。

④ [意]艾儒略：《涤罪正规》，钟鸣旦、杜鼎克主编：《耶稣会罗马档案馆明清天主教文献》，第4册，台北：利氏学社，2002年，第400页。

⑤ (明)黄鸣乔：《天学传概》，钟鸣旦、杜鼎克、黄一农、祝平一主编：《徐家汇藏书楼明清天主教文献》，第4册，台北：方济出版社，1996年，第1810页。

所用日需,源出于敝邦寄来者也。"①另有文人邓材在赠予传教士的诗中写道:"自结欧逻馈,宁烦亚细钱",点明传教士资金来源于欧洲。李九标在《口铎日抄》中也说道:"泰西诸先生之航海而东也,涉程九万,历岁三秋。比入东土,而尺丝半粟,毫无所求于人。"②诗人对此在诗中多有描述,如陈宏已诗云:"微言讽师归,请纳西方履",林光元说:"钦崇定一尊,纷纷敢妄儗"。林一儁感叹,世人有幸得以聆听仁者之言,却不珍惜,反而多加诽谤,"幸闻仁者言,反欲加诽语",这是因为"总被异端迷,多因三仇沮"。

在众多的辩言中,林光元的《点金说》尤为引人注目。③ 林光元自称"习西士最久",他长期伴随传教士左右,意识到,许多人因为不了解传教士的生活,而产生了误解。在福建教案期间,他撰写了《点金说》一文,全文仅 460 字,采用明末十分常见的士林哲学家语录体。语录体中双方站在平等立场,针对双方的冲突问题进行对话,作者常以答者口吻回答问者提出的问题,提问的角色常被限定为教外人士,这种形式十分常见,如艾儒略《三山论学记》《口铎日抄》,朱宗元《答客问》等。④ 虚设的客提问道:"西士之入吾邦也,日用资粮,所至无乏。岂其工炉点化之术与?何愈出而不穷也?"林光元常年在传教士左右,了解他们的饮食起居,他陈述道:

---

① (明)李九功:《问答汇抄》,钟鸣旦、杜鼎克主编:《耶稣会罗马档案馆明清天主教文献》,第 8 册,台北:利氏学社,2002 年,第 474~475 页。

② 《口铎日抄小引》,(明)李九标:《口铎日抄》卷 6,钟鸣旦、杜鼎克主编:《耶稣会罗马档案馆明清天主教文献》,第 7 册,台北:利氏学社,2002 年,第 21 页。

③ 法国国家图书馆馆藏明清天主教文献中编号 6879 包含了两种文献资料:一为福建晋江籍天主教徒张赓的《天学解惑》,一为福建莆田籍教徒林光元的《点金说》。

④ 朱宗元,生于 1609 年,卒年不详。他是华东最早的天主教徒,是西学东渐的先驱之一。字维城,浙江鄞县人。顺治贡生,顺治五年中举人。

子习西士最久绝,不闻其有是也。诸士皆名德高贤,奉其国命,泛鲸波九万里而朝阙下。导人以敬天之学,其教化主为之计食用。人岁给数十金常禄附贾舶转输。濒年海上阻寇,资斧告穷。移贤不足,予亲见其并日而食、典衣卖履,恬然安之。且诸贤自奉甚菲,不殊蔬水,少有微余,即以厕所翻译著作之书,不图美积使其挟黄白之工,何苦如是。①

林光元笔下的传教士长途跋涉、历尽艰辛,品格高尚,辛勤著书传播西方知识。他们的资金每年通过海路运输而来,因倭寇海盗猖獗,常被劫走。一旦出现这种情况,传教士们只能靠典当衣物来维持,略有微余便用来刊刻书籍。通过著作,传教士展现出丰富学识,他们不求名利的人生态度也备受推崇。林光元提出,传教士所传可以拯救世人,更愿意将"点化之术"传授给世人,然而世人却不受教,他描绘了世间中七种需要点化的人:

厥有贪人,攫金择肉,攘它利我,惟府辜功,一经炉火,点黩为廉;厥有滛人,见粉即欢,持斧伐树,乘龙着鞭,一经炉火,点欲为贞;厥有狡人,般机墨械,丁径可开,羊肠非险,一经炉火,点谲为淳;厥有娟人,禍肠窄腹,病国妨贤,瘠人肥巳,一经炉火,点忮为平;厥有傲人,虚憍恃气,坚木难攻,顽石不转,一经炉火,点盈为虚;厥有娼人,胎骨柔脆,羔膝鸢肩,狗舐蝇集,一经炉火,点靡为刚;厥有偷人,昏默宴息,见利辄趋,闻义不徙,一经炉火,点惰为勤。②

---

① (明)林光元:《点金说》,钟鸣旦、杜鼎克主编:《耶稣会罗马档案馆明清天主教文献》,第 7 册,台北:利氏学社,2002 年,第 49 页。
② (明)林光元:《点金说》,钟鸣旦、杜鼎克主编:《耶稣会罗马档案馆明清天主教文献》,第 7 册,台北:利氏学社,2002 年,第 50~51 页。

这七种"俗人"通过"炉火"与"点化"便可脱胎换骨,此处的"炉火"狭义而言是西方"七德"概念。

林光元是围绕着《口铎日抄》形成的教徒圈子中的一员,[①]他作《点金说》,并作诗赠送艾儒略,通过诗文抒发个人对天学的钦崇,维护西士,驳斥奸诈之徒造谣生事,表达对世间"俗人"堕落的遗憾,同时也表达对当时社会风气、儒学道德沦丧和时世混乱的痛心。林光元具有忠实教徒和儒家知识分子两种身份。护教派驳斥谣言,称传教士为圣人、老师、高士,归根到底,是他们认为传教士所宣扬的伦理道德与中国先秦儒家的道德标准一致。福建深受朱熹理学影响,大部分士人坚持正统儒学,以儒家伦理道德标准来规范个人言行,将"天理"视为最高原则,在心学流弊日益严重的时候,他们迫切希望利用天学来恢复儒学纯正性,摒弃佛道影响。晚明社会政治动荡,官场倾轧,党争不断,在这样的氛围下,传教士高尚的品行,渊博的学识,完全符合护儒生们心目中的圣贤形象,而他们对现实的向往,不过是:"使中国恢复到《礼记》记载的乌托邦社会,复兴上古时代的美好景况。"[②]

福建教案之后,虽有温和派人士维护说情,然而,反教氛围并

[①] 这些教徒包括李九标、李九功、林一俊、张赓、严赞化、陈克宽、翁鹤龄、林云卿、颜维圣、林尔元、颜之复、罗天与、陈克生、杨葵、陈景明、张勋、黄惟翰、朱禹中、陈景明、陈景耀、柯士芳、李嗣玄、李凤翔、吴怀古、冯文昌、苏之瓒,他们主要来自福州、泉州和莆田。参见 Erik Zürcher, *Li Jiubiao's Diary of Oral Admonitions—A Late Ming Christian Journal*, Vol. 1, Nettetal: Steyler, 2008, pp. 77-102. Adrian Dudink, Giulio Aleni and Li Jiubiao, In: Tiziana Lippiello, Roman Malek(ed), "*Scholar from the West*"; *Giulio Aleni S.J.(1582—1649) and the Dialogue between Christianity and China* (Monumenta Serica Monograph Series;42), Nettetal:Steyler Verlag, pp.129-200.

[②] 许理和:《跨文化想象:耶稣会与中国》,李炽昌主编:《文本实践与身份辨识:中国基督徒知识分子的中文著述 1583—1949》,上海:上海古籍出版社,2005 年,第 13 页。

未解除,艾儒略在闽活动范围缩小。1644年清军入关,局势动荡,这让艾儒略十分沮丧,有了"厌世"的想法。① 1646年,清军攻入福州,艾儒略逃难于莆田,后受困于延平,并在此地去世。随着明朝覆灭,点金说的流言逐渐淡去,"采生折割""诱奸妇女"等谣言在清朝流行开来。②

第三节　自然科学

　　1534年,罗耀拉(Ignace Loyola,1491—1556)在巴黎成立耶稣会,经过多年的发展,它逐渐建立了一套高水平的教育系统。耶稣会士们必须进行不少于十四年的系统培训,除了神学知识,还要学习各种自然知识,包括为期三年的人文学科研究,学习包括修辞学、哲学、逻辑学在内的人文知识,同时又必须学习自然课程,包括形而上学、数学导论、地理、制图、天文学和力学,及其他实践应用课程,同时也涉及形而上学,研究生物的本质及其变化的科学;在耶稣会的培训体系中,古希腊、罗马哲学家和作家的著作占有重要位置,尤以亚里士多德和托马斯·阿奎那为要。长期的训练让传教士们成为饱学多能之人。

　　最初,利玛窦把科学著作的介译作为吸引中国士大夫的一种手段,证明西方宗教不是肤浅和迷信,而是建立在理性和逻辑之上。③ 自鸣钟、三棱镜、世界地图作为礼物引起了中国人的兴趣和

---

　① (明)李嗣玄:《思及艾先生行迹》,钟鸣旦、杜鼎克、黄一农、祝平一主编:《徐家汇藏书楼天主教文献》,第2册,台北:方济出版社,1996年,第931页。

　② 苏萍:《谣言与近代教案》,上海:远东出版社,2002年,第33页。

　③ 孙尚扬:《基督教与明末儒学》,北京:东方出版社,1994年,第27页。

好奇,1595 年 11 月 4 日,利玛窦总结了中国人拜访他的五个原因:(1)他是从欧洲来的外国人;(2)他有惊人的记忆力;(3)瞿太素到处传扬他是大数学家;(4)他带来了三棱镜、地球仪、浑天仪和使节地图;(5)聆听教义,热衷于提问。而之后传入的日晷、七政仪、地球仪、显微镜、温度计、气压计、望远镜逐渐改变了中国人对西学的看法。① 即使天学被包裹在"严密的"学问体系之下,②中国人从一开始就敏锐地看穿了耶稣会的目的,并清楚地认识到,这些自然科学是"新学"。③ 同样的,利玛窦也赞扬中国科学成就,尤其是 13 世纪的天文学知识。④ 事实上,晚明中国的天文学、数学已经陷入困境。⑤

明代繁荣的印书业及著述写作、刊刻书文的文人传统加速了西学在晚明的传播。到 1629 年为止,传教士们出版了涉及机械、地理、制图、宇宙、自然哲学、西式记忆法、音乐、心理学、解剖学、语音学等知识的书籍;之后,宗教书籍的刊刻也成为传播西学的重要途径。同时,传教士向有交情的官员和名人索序以提高书籍的影响力。据统计,共有 113 位明清之际的各类文人给传教士的"天

---

① 韩琦:《通天之学:耶稣会士和天文学在中国的传播》,上海:三联书店,2018 年,第 12 页。

② 黄兴涛:《明末至清前期西学的再认识》,《清史研究》,2013 年第 1 期,第 2 页。

③ Needham, Joseph, *Science and Civilisation in China*, Volume 3, *Mathematics and the Sciences of the Heavens and the Earth*, Cambridge: Cambridge University Press, 1959, p.449.

④ Needham, Joseph, *Science and Civilisation in China*, Volume 3, *Mathematics and the Sciences of the Heavens and the Earth*, Cambridge: Cambridge University Press, 1959, pp.369-370.

⑤ Bernard, Henri, *Matteo Ricci's Scientific Contribution to China*, translated by Edward Chalmers Werner, Peking: Henri Vetch, 1935, pp.7-8.

学"作品撰序、跋共198篇。① 利玛窦在1585年10月写给总会长的报告中说:"在中国有一个习俗,凡出版一本新书,要请地方官吏或社会名流撰一序言,对作者恭维一下,对其内容也褒奖一番,这和欧洲一模一样。"②

有人认为,这个时期传入的欧几里得几何学、托米勒的太阳系和亚里士多德的力学知识,仍是停留在希腊时代的水平上。③ 这些古典科技知识是无法危及神学基础的。近代的自然科学成就,包括哥白尼的日心说,伽利略的物理学和开普勒的三大行星运动定律,传教士要么绝口不提,要么偷梁换柱。④ 尽管当时传播来的西学不能反映西方自然科学的全部面貌,但是毫无疑问,对中国科学领域产生了重大的影响,17世纪至18世纪精通数学的中国的学者无法忽略欧几里得的几何学;西方科学注重数学和公理化系统的思维方式,注重观察于实验的近代科学研究方法,以及日趋精密的近代技术发明,给晚明中国带来勃勃生机,在与西学的碰撞与

---

① 伍玉西:《明清之际天主教书籍传教》,北京:人民出版社,2018年,第186页。

② [意]利玛窦:《利玛窦书信集》上,文铮译,北京:商务印书馆,第64页。

③ Standaert, Nicolas (ed.), *Handbook of Christianity in China. Volume one: 638—1800*, Leiden/Boston/Köln: Brill, 2001, p.738; Jami, Catherine, From Clavius to Paradise: The Geometry Transmitted to China by Jesuits, 1607—1723, In: Federico Masini(ed.), *Western Humanistic Culture Presented to China by Jesuit Missionaries (XVII-XVIII Centuries)*, Rome: Institutum Historicum S.I., 1996, pp.175-199; 白寿彝主编:《中国通史纲要》,上海:上海人民出版社,1980年,第374~375页。

④ 冯天瑜:《明清文化史散论》,武汉:华中工学院出版社,1980年,第155页。

融合中,传统的科学文化向近代迈出了第一步。①

一、《万国全图》《职方外纪》

晚明最负盛名的西方地理学成就就是利玛窦的《万国全图》和艾儒略的《职方外纪》。1602年,在万历皇帝的授意之下,利玛窦和李之藻重新刊印了《坤舆万国全图》,在这之前,利玛窦分别在1584年和1600年两次制作了世界地图,1600年版的称为《山海舆地全图》,1602年后,又出现不同的版本。② 利玛窦的世界地图将西方关于地球、经纬度、南北极以及五大洲的知识第一次呈现在中国人眼前,由此,中国人也知道了中国与其他国家的地理关系。③ 他将中国画在地图正中,在注明各民族宗教礼仪时,插入了他认为的"普世性"的真理,而不标注阿拉伯人信仰的伊斯兰教,以此表明"唯一真教"。

1623年,艾儒略在杨廷筠的帮助下完成了《职方外纪》的创作,该书以利玛窦的《万国全图》和庞迪我、熊三拔(Sabbathinus de Ursis,1575—1620)的手稿为基础,增补了汤若望和鄂本笃(Bento de Goes,1562—1607)关于印度和中亚的知识,④收录了一幅世界

---

① 张晓:《近代汉译西学书目提要:明末至1919》,北京:北京大学出版社,2012年,第7页。

② 林东阳:《利玛窦的世界地图及其对明末士人社会的影响》,《纪念利玛窦来华四百周年中西文化交流国际学术会议论文集》,台北:辅仁大学出版社,1983年,第311~321页。

③ Needham, Joseph, *Science and Civilisation in China*, *Volume 3*, *Mathematics and the Sciences of the Heavens and the Earth*, Cambridge: Cambridge University Press, 1959, p.583.

④ [意]艾儒略:《职方外纪校释》,谢方校,北京:中华书局,1996年,第3~4页。

地图、四张大洲地图、南北极图,对亚洲、欧洲、美洲、非洲和几大洋(岛屿、生物、物产)进行介绍,附有艾儒略自序和中国人的序言。①当中的地理知识不仅对中国人,对西方人来说也是完全新的。②

在《职方外纪》《西方答问》和《西学凡》中,艾儒略描述了一个高度文明的欧洲,那里地域广阔,没有战争,没有不公和压迫,政府没有腐败行为,机构运行良好,赋税少,所有人都敬仰天主,受到良好的教育,国民文明开化。艾儒略强调,欧洲是与中国一样有着高度文明的地方,欧洲对中国并不造成任何危险,而是给世界上其他地方带来慈善、美好的地方。③ 更重要的是欧洲社会文明、宇宙的秩序都源于造物主的存在。④ 艾儒略的真实愿望,是让中国人信教,这已经不是秘密了。整体而言,《职方外纪》关于欧洲的描述是基于现实信息,但是也混合了文艺复兴的神话,这种在书中引用欧洲古代圣人的话语和故事的写作方法,始于利玛窦的《畸人十编》,

---

① Luk, Bernard Hung-kay, A Study of Giulio Aleni's "Chih-fang wai-chi", In: *Bulletin of the School of Oriental and African Studies*, 1977(40/1), p.65.

② Chan, Albert, The Scientific Writings of Aleni, In: Tiziana Lippiello, Roman Malek(ed.), "*Scholar from the West*": *Giulio Aleni S.J. (1582—1649) and the Dialogue between Christianity and China* (Monumenta Serica Monograph Series; 42), Nettetal: Steyler Verlag, 1997, p.471; (明) 艾儒略:《职方外纪校释》,谢方校,北京:中华书局,1996年,第6~7页。

③ Luk, Bernard Hung-kay, A Study of Giulio Aleni's "Chih-fang wai chi", In: *Bulletin of the School of Oriental and African Studies*, 1977(40/1), p.75.

④ [意]艾儒略:《职方外纪校释》,谢方校,北京:中华书局,1996年,第2页。

在艾儒略这里得到延续。① 欧洲被描述得很细致,相比之下,其他大洲的信息不多,甚至被有意地丑化。② 这种对比可以看作是欧洲中心观的显性表达,它与基督教神学紧密结合在一起,有人认为这也是该书对传统中国人世界观影响较小的原因。③

艾儒略书中关于欧洲的描述成为中国人对西方想象的来源,他们对西方地理学表现出了极大的兴趣,对西方社会评价也颇为正面。陈宏已写道:"其国无斗争,其人鲜奸宄。仁义固本性,罔不同覃覃。"黄鸣晋写道:"五大部州归一统,欧逻巴国应昌期。"两个诗人都认同传教士笔下的欧洲,认为欧洲在社会、伦理和科学方面呈现出高于中国的优越性,这种想象和传统儒学对理想社会的期许联系在一起。尽管诗人们从来也没有去过欧洲,也不可能去证实这些描述是否属实,但是诗人所处的时代已经离理想社会太遥远,失望中他们愿意相信有一个相对完美的社会存在。

《职方外纪》被认为是17世纪至19世纪中国最重要的书籍之一,多次再版,1840年后,还有3个版本。福清人王一锜赠给艾儒略两首诗歌,并参与了《职方外纪》闽版的编写,他将原文第四章中

---

① Chan, Albert, The Scientific Writings of Aleni, In: Tiziana Lippiello, Roman Malek(ed.), *Scholar from the West*: *Giulio Aleni S. J. (1582—1649) and the Dialogue between Christianity and China* (Monumenta Serica Monograph Series;42), Nettetal: Steyler Verlag, 1997, pp.475-476.

② Luk, Bernard Hung-kay, A Study of Giulio Aleni's "Chih-fang wai chi", In: *Bulletin of the School of Oriental and African Studies*, 1977(40/1), p.69: "Book II on *Ou-lo-pa* 欧逻巴 is by far the longest, consisting of 20 leaves as opposed to 12 for Asia, 7 for Africa, 12 for the Americas, and 9 for the seas. It is also the most vividly descriptive."

③ Luk, Bernard Hung-kay, A Study of Giulio Aleni's "Chih-fang wai chi", In: *Bulletin of the School of Oriental and African Studies*, 1977(40/1), pp.83-84;[意]艾儒略:《职方外纪校释》,谢方校,北京:中华书局,1996年,第5页。

的"墨瓦蜡尼加总说"单独列出来,加上他写的《书墨瓦蜡尼加后》作为第六章。① 王一锜修订的版本称为闽版,大概刊刻于 1625—1627 年。叶向高在《〈职方外纪〉序》中说:

> 泰西氏之始入中国也,其说谓天地万物皆有造之者,尊之曰天主。其敬事在天之上,人甚异之。又画为《舆地全图》,凡地之四周皆有国土,中国仅如掌大,人愈异之。……今泰西艾君乃复有《职方外纪》,皆吾中国旷古之所未闻,心思意想之所不到。夸父不能逐,章亥不能步者,可谓块圠之极观,人间世之至吊诡矣。……泰西氏去中国已九万里,自上古未尝通。今艾君辈乃慕义远来,献其异书数千种于朝,其视越裳之重译献雉,不啻过之。夫安知此后如外纪所胪列,不有闻泰西之风接踵而至者乎!是愈可以昭圣治而畅声教也。此书刻于淛中,闽人多有索者,故艾君重梓之。余为书其端如此。②

叶向高的言语间对传教士多有褒扬,其所传皆为中国旷古所未闻的知识,而传教士"慕义远来"献上数千"异书"的行为,就如古代来华朝贡的越裳国使者。从这个比喻来看,叶向高所代表的晚明士大夫们对地理学知识半信半疑,并未给予足够多的重视。

---

① [意]艾儒略:《职方外纪校释》,谢方校,北京:中华书局,1996 年,第 143~145 页。墨瓦蜡尼加指火地岛及南太平洋的一些岛屿及南极洲。(明)李九标:《口铎日抄》卷 1,钟鸣旦、杜鼎克主编:《耶稣会罗马档案馆明清天主教文献》,第 7 册,台北:利氏学社,2002 年,第 45 页; Zürcher, Erik: *Kouduorichao*, *Li Jiubiao's Diary of Oral Admonitions* (Monumenta Serica Monograph Series LVI/1), Vol.1, Nettetal: Steyler Verlag, 2007, p.204. 《职方外纪》有两个版本:李之藻《天学初函》中的五卷版和王一琦的六卷版。

② [意]艾儒略:《职方外纪校释》,谢方校,北京:中华书局,1996 年,第 13~14 页。

从《明史》记载来看,西方地理知识的影响力十分有限,中国人并没有真正接受耶稣会传教士传播的世界地图的知识。明人对西学的好奇和推崇,更多基于追寻真理和实用知识的文化传统。西方学者卢克根据《职方外纪》的出版史推测,中国人在鸦片战争之后才真正关注这本书的价值。① 对于西方地理学的传入,柳诒徵的评价较为客观,他说道:"元、明间人犹未究心于地理,至利玛窦等来,而后有知五大洲即地球居于天中之说。艾儒略著《职方外纪》,绘图立说,是为吾国之有五洲万国地志之始,而清康熙中各教士测绘全国舆图,尤有功于吾国焉。"②

二、《几何原本》

在西方数学传入晚明中国之前,数学已呈衰弱态势,前代数学作品的失传和断层十分严重,能够理解宋元时期的"天元术"的人已经很少;刘徽(约263)的《九章算术》成书于西汉末期,该书以筹算为基础,列有246道应用题,被誉为中国数学经典,到了明代,刘徽的注释本已失传了,宋元数学家对此书的推演和详解,如北宋鲍瀚之版本(1084)和宋元杨辉版本(1261),到了明朝保存甚少,直到1770年才由戴震着手进行校勘和复原工作。宋明以后,学者首先致力于人文、道德、伦理和社会领域的问题,对实用知识的重视远不及前者,在唐宋科举制度中还有数学、医学、法律和技术的科目,

---

① Luk, Bernard Hung-kay, A Study of Giulio Aleni's "Chih-fang wai-chi", In: *Bulletin of the School of Oriental and African Studies*, 1977(40/1), pp.79-83.

② 柳诒徵:《中国文化史》,下册,北京:中国人民大学出版社,2013年,第306页。

在明代全被剔除。①

《〈刻同文算〉指序》论及明朝数学衰弱的两个缘由:"算数之学特废于近世数百年间尔。废之缘有二:其一为名理之儒士苴天下之实事;其一为妖妄之术谬言数有神理,能知来藏往,靡所不效。"②所谓"数",又称"易数""象数",用来解释世间万物生成和变化,起源于河图洛书,它蕴含着宇宙奥秘和自然法则,不仅具有辟邪的功能,在典礼、仪式和占卜上发挥重要作用,是王权的标志,也是卦象的表征。中国古代数学始终与"象数"联系在一起,正如《算法统宗》说:"数何肇? 其肇自图、书乎! 伏羲得之以画卦,大禹得之以序畴,列圣得之以开物成务。凡天宫、地员、律历、兵赋以及纤悉秒忽,莫不有数,则莫不本于《易》《范》。故今推明直指算法,辄揭河图、洛书于首,见数有原本云。"③在西方数学传入之初,士人依然用"象数"指代数学,就连徐光启也用"象数之学"的概念,此后多用"度数"。然而,宋元以后,社会对实用科学的忽视,是数学处于停滞的重要原因。

利玛窦认为古代中国科技的成就令人钦佩,"在科学方面,在医学、伦理、数学和天文学、算术以及所有文科和机械艺术方面,中国人都拥有渊博的知识。令人钦佩的是,一个从未与欧洲有任何关系的国家,确实以一己之力取得了几乎与我们同整个世界协作

---

① 关于中国数学衰弱的原因的讨论见韩琦:《关于十七十八世纪西方人对中国科学落后原因的探讨》,《自然科学史研究》,1992年第4期,第289~298页;樊鸿业:《耶稣会士与中国科学》,北京:中国人民大学出版社,1992年,第22页。

② (明)徐光启:《刻〈同文算指〉序》,徐宗泽:《明清耶稣会译著提要》卷6《历算类》,上海:上海书店出版社,2006年,第204页。

③ 详见[荷]安国风:《欧几里得在中国》,纪志刚译,南京:江苏人民出版社,2008年,第103页。

才能得到的相同的成就"。① 同时,他敏锐地发现,晚明社会对自然科学的推崇已经大不如前:

> 在这里每个人都很清楚,凡有希望在哲学领域(科举仕途)成名的,没有人会愿意费劲去钻研数学或医学。结果是几乎没有人献身于研究数学或医学,除非由于家务或才力平庸的阻挠而不能致力于那些被认为是更高级的研究。钻研数学和医学并不受人尊敬,因为它们不像哲学研究那样受到荣誉的鼓励,学生们被随之而来的荣誉和报酬吸引。这一点从人们对学习道德哲学深感兴趣,就可以很容易看到。在这一领域被提升到更高学位的人,都很自豪他实际上已达到了中国人幸福的顶峰。②

西学的传入成为晚明数学走出困顿,重新发展的契机。徐光启认识到,数学可以锻炼实用、理性思维,促人养成谨慎的性格,他甚至认为数学是所有事物的基础,若不能"了彻"数学,则"诸事未可易论",数学虽然是"下学功夫",却可以使学习之人"祛其浮气,练其精心"。③ 几何学有益于致知,可以从多个方面获得增益,"明此,知向所揣摩造作而自诡为工巧者皆非也,一也。明此,知吾所已知者不若吾所未知之多,而不可算计也,二也。明此,知向所想象之理,多虚浮而不可按也,三也。明此,知向所立言之可得而迁徙移易也,四也"。在他看来,西方数学知识的翻译工作是非常紧

---

① Bernard, Henri, *Matteo Ricci's Scientific Contribution to China*, übersetzt von Edward Chalmers Werner, Peking: Henri Vetch, 1935, p.39.
② [意]利玛窦、金尼阁:《利玛窦中国札记》,何高济等译,北京:中华书局,1983年,第34页。
③ (明)徐光启:《刻〈同文算指〉序》,徐宗泽:《明清耶稣会译著提要》卷6《历算类》,上海:上海书店出版社,2006年,第204页。

急和必要的,因此,他全身心地投入到西方数学的翻译工作中去;学习数学必须要符合一些前提条件,有五种人"不可学":"躁心人不可学,粗心人不可学,满心人不可学,妒心人不可学,傲心人不可学。故学此者不止增才,亦德基也。"①

《几何原本》是晚明最受推崇的数学著作,该书是徐光启与利玛窦根据德国数学家克拉维斯(Christophorus Clavius,1538—1612)注释的欧几里得《原本》的前六卷"平面几何"部分"口译笔受"而成。徐光启十分重视该书的翻译,1606 年夏末开始每天翻译几个小时,在这个过程中,利玛窦必须精确地解释每个新的科学概念,才可以让徐光启准确地翻译成中文。在 1607 年交付刊印之前,"凡三易稿",后收入《天学初函》,此书为利玛窦赢得了巨大的声誉,乃至成为他去世之后,获得北京墓地的一个重要原因。② 在利玛窦死后,徐光启、庞迪我和熊三拔完成《几何原本》再校本。另一本备受推崇的数学著作是 1624 年由"泰西艾儒略口述,海虞瞿式谷笔受,古闽叶益蕃校对"的《几何要法》。③ 相比之下,利玛窦和徐光启翻译的《几何原本》更为有名,清初的梅文鼎(1633—

---

① 《几何原本杂议》收入《天学初函》中(吴相湘主编,台北:学生书局,1965 年,第 1941~1944 页。

② [意]艾儒略:《大西西泰利先生行迹》,钟鸣旦、杜鼎克主编:《耶稣会罗马档案馆明清天主教文献》,第 12 册,台北:利氏学社,2002 年,第 221~222 页。

③ Standaert, Nicolas (ed.), *Handbook of Christianity in China. Volume one*: *638—1800*, Leiden/Boston/Köln: Brill, 2001, p.601; Jami, Catherine, Aleni's Contribution to Geometry in China, A Study of the *Jiheyaofa*, In: Tiziana Lippiello, Roman Malek (ed.), "*Scholar from the West*": *Giulio Aleni S.J.* (*1582—1649*) *and the Dialogue between Christianity and China* (Monumenta Serica Monograph Series; 42), Nettetal: Steyler Verlag, 1997, p. 557. 黄兴涛、王国荣编:《明清之际西学文本:50 种重要文献汇编》,第 3 册,北京:中华书局,第 1483 页。

1721)将几何学与算术相分离,并遵循了利玛窦的翻译,而不是艾儒略的翻译;但艾儒略的《几何要法》在明末清初得到了更广泛的阅读,该书介绍了天文学中运用到的几何学知识,这显然不是针对初学者。欧几里得几何学以不同的形式传入中国,是为了针对不同的受众。①

除了欧几里得几何学,晚明输入的西方数学知识还包括笔算、代数、对数、平面三角、球面三角和圆锥曲线论等,由于修订历法的需要,西方数学在中国得到极大的应用。这也成为中国数学史上的一个重要节点,出现了一批由中国人和传教士合译的数学书籍,如《圜容较义》(1614)、《测量法义》(1608)、《同文算指》(1614)、《筹算》(1628)、《比例规解》(1630)、《测量全义》(1631),《大测》(1631)、《割圆八线表》(1635),以及由徐光启独著的《勾股义》、杜知耕的《几何论约》(1700)、梅文鼎的《历算全书》。② 徐光启援引"金针度人"的典故来说明传教士在传播西方数学方面的贡献:

> 昔人云:"鸳鸯绣出从君看,不把金针度与人",吾辈言几何之学,政与此异,因反其语曰:"金针度去从君用,未把鸳鸯绣与人。"若此书者,又非止金针度与而已,直是教人开草冶铁,抽线造计,又是教人植桑饲蚕,湅丝染缕。有能此者,其绣出鸳鸯,直是等闲细事。然则何故不与绣出鸳鸯?曰:能造金针者能绣鸳鸯,方便得鸳鸯者谁肯造金针?又恐不解造金针

---

① Elamn, Benjamina A., *On Their Own Terms: Science in China, 1550—1990*, Cambridge/Massachusetts/London: Harvard University Press, 2005, p.98.

② Standaert, Nicolas (ed.), *Handbook of Christianity in China. Volume one: 638—1800*, Leiden/Boston/Köln: Brill, 2001, pp.739-744;董光璧:《中国近现代科学技术史》,长沙:湖南教育出版社,1997年,第88~89页。

者,菟丝棘刺,聊作鸳鸯也。其要欲使人人真能绣鸳鸯而已。①

"金针"来比喻技巧、才艺和技术,把某种技艺的秘法、诀窍传授给别人。典出唐代冯翊子《桂苑丛谈·史遗》:"女年十六名采娘,淑贞其仪,七夕夜陈香筵,祈于织女。是夕梦云与雨,盖蔽空驻车。命采娘曰:'吾之女祈何福?'曰:'愿丐巧耳。'乃遗一金针长寸余缀于纸上,置裙带中,令三日勿语。"②又有南朝梁宗懔《荆楚岁时记》:"七月七日为牵牛织女聚会之夜。是夕,人家妇女结彩缕,穿七孔针,或以金银鍮石为针,陈瓜果于庭中以乞巧,有喜子网于瓜上则以为符应。"乞巧为旧时风俗,农历七月初七夜女子在庭院向织女星乞求智巧。典故发展为成语"金针度人",后世常用此典入诗,金元好问《论诗》就有:"鸳鸯绣了从教看,莫把金针度与人"一句。诗人也用此典表达了赞扬之情,如郑玉京"著书款款金针度,展象昭昭玉镜悬"和陈天定的诗句"把认金针颖,敲磨铁杵尘"。然而,在忽视实用科学的社会氛围中,要保持对数学的好奇心、坚持学习需要强大的毅力。正如陈天定所说,需要有"敲磨铁杵"般的意志。③

三、天文学知识

中国天象观测历史悠久,在历法和天文仪器制作方面也达到

---

① 钟鸣旦、杜鼎克、蒙曦主编:《法国国家图书馆明清天主教文献》,第6册,台北:利氏学社,2009年,第127页。

② (唐)冯翊:《桂苑丛谈》,民国宝颜堂秘笈本,第15a~15b页。

③ (宋)祝穆:《方舆胜览》卷53,第3b页,《(文渊阁)钦定四库全书·史部·地理类》,Digital Heritage Publishing Limited.http://www.sikuquanshu.com。这个典故本出《方舆胜览》:"在象耳山下,世传李太白读书山中,未成弃去。过是溪,逢老媪方磨铁杵,问之,曰:'欲作针。'太白感其意,还卒业。"

了较高的水平,但是在宇宙论方面一直是比较薄弱的,虽然有天圆地方说、盖天说、浑天说、宣夜说等,却没有形成关于宇宙论方面严格而系统的理论。① 中国的科学通常与传统的哲学思想联系在一起,立足于五行、阴阳学说,宇宙观的解释立足于《易经》。② 天文学在古代中国社会生活中占有举足轻重的影响,影响着古代中国政治、礼仪,社会生活也以天象、行星运行、日月轨迹变化为指导。明统治者规定制定历法属于国家行为,禁止个人从事天文仪器的制作和使用,"习历者遣戍,造历者殊死","私习天文者,杖罚一百"。③ 在中国历史上,历法经历多次改革,以求"屡改益密","黄帝迄秦,历凡六改。汉凡四改。魏迄隋,十五改。唐迄五代,十五改。宋十七改。金迄元,五改。惟明之《大统历》,实即元之《授时》,承用二百七十余年,未尝改宪。成化以后,交食往往不验,议改历者纷纷"。④ 与前代相比,明代的天文学知识内容已经过时老旧;明初,元代已经使用了100多年的《授时历》被改名为《大统历》继续使用,天文数据和计算方法遵循旧制,采用的公式粗疏,计算结果误差较大,按《大统历》验天象已多有不合,关于日食和月食的

---

① 樊鸿业:《耶稣会士与中国科学》,北京:中国人民大学出版社,1992年,第19页。

② Wong, George Ho Ching, *China's oppositions to Western religion and science during late Ming and early Ch'ing*, Diss., University of Waschington, 1958, p.23; Needham, Joseph(ed.), *Science and Civilisation in China*, Volume 1, *Introductory Orientations*, Cambridge: Cambridge University Press, 1954, p.219.

③ Gernet, Jacques, *Christuskambisnach China: Eineerste Begegnung und ihrScheitern*, Zürich und München: Artemis Verlag, 1984, p.74;徐光台:《西学对科举的冲激与回响——以李之藻主持福建乡试为例》,《历史研究》,2012年第6期,第71页; Bernard, Henri, *Matteo Ricci's Scientific Contribution to China*, translated by Edward Chalmers Werner, Peking: Henri Vetch, 1935, p.78.

④ 张廷玉:《明史》卷31,北京:中华书局,1974年,第516～517页。

计算常常是不准确的,朝野震动,修历迫在眉睫。①

利玛窦在北京定居之时,修历的讨论已经持续了许多年。1596年,利玛窦利用西方天文学准确地预测了日食和月食,使他闻名京华。万历年间,"利玛窦制浑仪、天球、地球等器。仁和李之藻撰《浑天仪说》,发明制造施用之法,文多不载"。② 在一份奏章中,利玛窦敬献了他带来的西洋器物,同时也向皇帝表达了愿意把自己在天文仪器制作方面的技能和天文知识毫无保留地服务于修历。③ 因为他早就知道,参与修历是通向权力中心的直接途径,这也是他要求罗马派西方天文学家到中国来的原因。④ 西方学者对利玛窦在科学上的贡献评价极高,甚至认为"利玛窦神父的科学贡献可以被认为是一种复兴,或者说是13世纪所创造的最好的成果的延续"。⑤

1612年,经礼部奏请,徐光启、李之藻、庞迪我、熊三拔等人开始共译西洋历法。1629年,徐光启奉旨督领修历事务,筹办历局,邓玉函(Johann Schreck,1576—1630)、龙华民、罗雅谷(Giacomo Rho,1592—1638)、汤若望等传教士先后参与修历译书工作,他们制作了多种天文仪器,如"象限大仪六,纪限大仪三,平悬浑仪三,

---

① 张廷玉:《明史》卷31,北京:中华书局,1974年,第515~516页。
② 张廷玉:《明史》卷31,北京:中华书局,1974年,第359页。
③ 韩琦、吴旻校注:《熙朝崇正集·熙朝定案(外三种)》,北京:中华书局,2006年,第20页。
④ Bernard, Henri, *Matteo Ricci's Scientific Contribution to China*, translated by Edward Chalmers Werner, Peking: Henri Vetch, 1935, p.66.
⑤ Bernard, Henri, *Matteo Ricci's Scientific Contribution to China*, translated by Edward Chalmers Werner, Peking: Henri Vetch, 1935, pp.7-8: "but this science was rejuvenated, revivified, developed and completed, so effectually that 'the scientific contribution of Father Ricci' may be considered as a resurrection, or rather a continuation of the best which the 13th century had produced."

交食仪一,列宿经纬天球一,万国经纬地球一,平面日晷三,转盘星晷三,候时钟三,望远镜三",①《明史》称"浑盖简平二仪其最精者也"。② 1635 年,他们又完成了 137 卷的《崇祯历书》,《明史》称此书"多发古人所未发","累年校测,新法独密"。③ 1638 年,崇祯皇帝授予他们"钦褒天学"的匾额,以表彰他们在修历方面的巨大贡献。④ 明清革鼎,未及颁行新历法。《四库全书》中收入了 16 本关于西方天文知识的书籍。⑤ 明廷对西学的接受影响了民间,中国人对历算的热情被激发了起来,薛凤祚(1600—1680)在波兰耶稣会士穆尼阁(Nikolaus Smogulecki,1611—1656)处学习天文知识,并和他一同完成了《天步真原》(1646)、《天学会通》(1670);王锡阐(1628—1682)、梅文鼎(1633—1721)和方以智(1611—1671)都是明末清初著名的科学家。⑥

艾儒略入闽之后,普通的文人有机会近距离接触西方天文学知识,在《口铎日抄》中记载,艾儒略 1631 年给教徒们出示了一幅

---

① 张廷玉:《明史》卷 25,北京:中华书局,1974 年,第 359 页。
② 张廷玉:《明史》卷 25,北京:中华书局,1974 年,第 362 页。
③ 张廷玉:《明史》卷 25,北京:中华书局,1974 年,第 516~517 页。
④ 韩琦、吴旻校注:《熙朝崇正集·熙朝定案(外三种)》,北京:中华书局,2006 年,第 42 页。樊鸿业:《耶稣会士与中国科学》,北京:中国人民大学出版社,1992 年,第 49~52 页。
⑤ Gernet,Jacques,*Christus kam bis nach China:Eine erste Begegnung und ihr Scheitern*,Zürich und München:Artemis Verlag,1984,pp.71-72.
⑥ Standaert,Nicolas(ed.),*Handbook of Christianity in China*,*Volume one*,*638—1800*,Leiden/Boston/Köln:Brill,2001,p.726.

星图,展示了行星运行的轨道。① 此外,艾儒略还给诗人王一锜展示了简平,介绍了日夜长短和南北极现象。② 蔡国祯、周之夔、徐㶷、邓材、黄鸣晋、许日升、林俊在诗中对天文知识表示了惊叹。

---

① Zürcher, Erik, *Kouduorichao: Li Jiubiao's Diary of Oral Admonitions* (Monumenta Serica Monograph Series LVI/1), Vol.1, Nettetal: Steyler Verlag, 2007, pp.278-279;李九标:《口铎日抄》卷2,钟鸣旦、杜鼎克主编:《耶稣会罗马档案馆明清天主教文献》,第7册,台北:利氏学社,2002年,第123页;徐光启督修历法,上《见界总星图》,后又上《赤道两总星图》。张廷玉:《明史》,卷25,北京:中华书局,1974年,第342页。关于汤若望的星图见 Hashimoto, Keizō, Johann Adam Schall von Bell and Astronomical Works on Star Mappings, In: Malek, Roman (ed.), *Western Learning and Christianity in China: the contribution and impact of Johann Adam Schall von Bell*, S.J. (1592—1666), Nettetal: Steyler Verlag, 1998, pp.517-532; D'ELIA Pasquale M., Double Stellar Hemisphere of Johann Schall von Bell, S.J. (Peking *1634*), In: *Monumenta Serica*, 1958(18), pp.328-359.

② Zürcher, Erik, *Kouduorichao: Li Jiubiao's Diary of Oral Admonitions* (Monumenta Serica Monograph Series LVI/1), Vol.1, Nettetal: Steyler Verlag, 2007, p.204;(明)李九标:《口铎日抄》卷1,钟鸣旦、杜鼎克主编:《耶稣会罗马档案馆明清天主教文献》,第7册,台北:利氏学社,2002年,第46~48页。

第四章　天学诗与晚明士人心态

中国古典诗歌在经历了唐诗的全盛之后，逐步走向衰变。一般认为，天学诗的历史文化价值高于其文学价值，因其多为酬唱诗、赠诗，文学性和艺术审美价值较弱。但不可否认，天学诗是探究明清之际中国士大夫精神世界和明清诗学的一个重要文本。

《赠诗》展现了闽文人群体对外来宗教和西方知识的开放性和包容性，他们的看法不尽相同，有的只关注西方科学知识，另一些人则将注意力放在宗教上，表达了对教义的认同；字里行间看得到诗人对自身命运的哀叹和苦恼，对混乱时局的不满情绪的宣泄，甚至可以窥见他们的宗教倾向。从诗风上看，这些赠诗中看不到诗人开阔的心境和意气风发的精神力，整体的焦虑和愤懑跃然纸上，饱含着他们对国家运途的深沉担忧，对外来文化的包容反而使让不满的情绪更加突出，这与万历后期的闽人诗作的整体情况有关，这个时期的诗作缺乏对时代气运的扬颂、激昂的兴致和风流蕴藉的情怀，醇和温雅的心性和闲逸优雅更是少见，对国家运途的担忧和个人境遇的普遍低落结合在一起，放大了诗人的悲观情绪。当诗人的仕途因为客观条件和环境的影响而停滞，他们就容易在出世与入世之间徘徊，也常常陷入焦虑之中，为了寻求精神安顿和生命的意义，就将文学扩展成为心情的出口，在同乡情谊和外在条件的催化之下，各种社集风起云涌，诗歌正是他们心态的真实记录。

诗人不追求华丽的言辞,而重视醇厚的内质和个人情感的表露,他们有着相似的审美理想,这是根植于晚明闽籍士人对国家、文化的根本认知。

诗人生活的晚明是一个个性得到极大舒扬,然而最终又归于沉寂的时代。社会和商业发展为士人提供了更宽阔的生活出路,有的人可以冲破传统的藩篱,寻求思想和精神的自由,不以孔子之是非为是非;也有人深藏忧虑,因无所归依之感,皈依佛道,践行三教合流。尽管如此,他们的内心都保留着以天下为己任的传统力量和救世情怀,这在天学诗中表现为频繁用典、批判腐儒和尊重圣贤。

第一节 尊经复古——中国文人的自我书写

一、宗唐之风

自宋代南渡以来,闽地文教大盛,多出学人,诗作甚众。据《全宋诗》统计,有福建诗人 372 家,词人 85 家,诗词文作者去其重复者,有 421 家。① 《闽中诗选序》中记述了福建宋代以降文学发展:

> 闽中僻在海滨,周秦始入职方。风雅之道,唐代始闻,然诗人不少概见。赵宋尊崇儒术,理学风隆,吾乡多谭姓名,稍溺比兴之旨。元季毋论已。明兴二百余年,八体四声,物色昭

---

① 陈广宏:《闽诗传统的生成——明代福建地域文学的一种历史省察》,上海:上海古籍出版社,2018 年,第 28 页。

代,郁郁彬彬,猗欤盛矣。①

南宋时期,东南地域经济社会的发展促成了文学主体阶层下移,民间对士大夫精英阶层的文化追随和复制,并自发提出了诗歌规范、提升的要求,通过印刷产业的蓬勃以及士人社交群体的建立、流通的方式,他们的诗文著作得以流传。士人以建立诗社为风尚,或为了展现才学,或求精神之乐,在山林雅会和宴集唱和,作诗为闲暇乐事。兴化、泉州皆有地域文学,其中诗社活动最能体现诗歌下行传播的进程,又不乏个性化的表达,这得益于盛唐诗歌精神对他们的滋养。

> 社团文学或文学群体化的出现,则不仅为创作提供了生动的情感场和受众体,而且使作者与受众的思想交融、情感回响和艺术共鸣的共时和在场成为可能,这样,作家的创作心态便得到改变,他往往以双倍的情怀和兴致进入艺术活动的过程之中,同时他也往往能根据当下回馈而及时调整、修正和补充艺术行为及创作,使之更趋完美。从这种意义上讲,对于任何一个作家,社团便为他提供了具有上述意义的艺术平台、创作空间和情感场景。②

宗唐复古风气是晚明诗歌发展的必然产物。早在元末明初,福州府就成为宗唐诗学观念与诗风播迁的一大策源地,这里诞生了以林鸿(约 1383)、高棅(1350—1423)为首的享誉全国的诗派——"闽中十子",高棅的《唐诗品汇》《唐诗正声》倡鸣唐诗,他们

---

① (明)徐𤊹:《红雨楼题跋》卷 2,清嘉庆三年郑杰刻本,第 31~32 页。
② 何宗美:《明代文人结社与文学流派研究》,北京:人民出版社,2016年,第 302 页。

所代表的晋安诗派更是"与历下、竟陵鼎足而立"。① 万历中期到崇祯年间,曹学佺,徐𤊹(1570—1642)、徐熥兄弟,谢肇淛(1567—1642),邓原岳(约 1555—1604)使福建诗文再度兴盛。闽地宗唐风气跳脱不出整个时代复古之风的影响。放眼中国文学发展进程,明朝是中国小说和戏剧发展的主要时期,诗歌创作却呈现出疲力之象,诗人们仰望盛唐诗歌气象,创作以复古为主要倾向,由此,以"文必汉魏,诗必盛唐"为主要标志的复古运动,对晚明诗歌创作产生了重要的影响。它分为三个阶段:第一个阶段以弘治、正德年间(1488—1521)的"前七子"为代表;第二个阶段以嘉靖、隆庆年间(1520—1570)的"后七子"为代表;② 第三个阶段从天启末年到崇祯初年(1629—1641),以陈子龙(1608—1647)的云间派和复社、几社活动为代表。复社关注现实,经世致用,通过聚朋会友、修举旧章来达到回复国事兴盛的愿望。它的目标是政治性的,而非学术性的,社事活动带有明显的政治色彩。③ 他们多为正直官员,反对腐败和宦官专权,警惕满族对明边境的侵袭,他们的诗作都带有明显的教化功能。

在复古运动兴盛的同时,万历二十年至崇祯年初,心学的影响不可忽视。晚明思想家李贽提出"童心说",以心学的核心观念"良知"为中心,对文学创作产生了影响。它反对理学"存天理,灭人

---

① 陈广宏:《闽诗传统的生成——明代福建地域文学的一种历史省察》,上海:上海古籍出版社,2018 年,第 316 页。

② 前七子为李梦阳(1473—1530),何景明(1483—1521),徐祯卿(1479—1511),边贡(1468—1551),康海(1475—1540),王九思(1468—1551),王廷相(1474—1544)。后七子是李攀龙(1514—1570),王世贞(1526—1590),谢榛(1495—1575),宗臣(1525—1560),梁有誉(? —?),徐中兴(? —1578),吴国伦(1524—1593)。廖可斌:《明代文学复古运动研究》,上海:上海古籍出版社,1994 年,第 118~352 页。

③ 李玉栓:《明代文人结社考》,北京:中华书局,2013 年,第 243 页。

欲"。唯有立于童心,才能创作出真诚的作品。李贽的童心说在他死后,延续于公安派之"性灵说",公安派以袁宏道(1568—1610)、袁宗道(1560—1600)和袁中道(1570—1626)三兄弟为代表。① 他们破斥假,求真,反对拟古和过分严循声律规则、风格和语言,崇尚在诗中展示个人真性情的自然文风,推崇使用当时的语言和风格。② 1617 年,以钟惺(1574—1642)和谭元春(1586—1637)为首的竟陵派登上文学舞台,他们一方面延续了公安派的宗旨,另一方面强调古典诗歌的规则,追求两者的结合。③

晚明思想领域的变动包含了诗人对现实的忧虑,他们强调在文学创作中表现真情、重视自我体验,尽管如此,在面对闽学"道南理窟"的强大力量和"人心正脉"的传统面前,这也不过是昙花一现而已。林鸿和高棅之后福建诗文的主要人物郑善夫(1485—1523)对明代福建诗歌颇有批评,认为闽诗"萎腇多陈言",缺乏气格和执着的精神,缺乏展现内心的个性。④ 科举制度和对八股文的重视被认为是晚明诗坛没有出现有影响力的诗人的原因。⑤

二、频繁用典

晚明诗文以复古为导向,以"文必魏晋,诗必盛唐"为心声,声

---

① (明)张廷玉:《明史》卷 288,北京:中华书局,1974 年,第 7397~7398 页。

② Chan, Albert, *The glory and fall of the Ming dynasty*, Norman: University of Oklahoma Press, 1982, p.102.

③ 廖可斌:《明代文学复古运动研究》,上海:上海古籍出版社,1994 年,第 346 页。

④ 陈广宏:《闽诗传统的生成——明代福建地域文学的一种历史省察》,上海:上海古籍出版社,2018 年,第 271 页。

⑤ [日]前野直彬:《中国文学史》,骆玉明、贺圣遂译,上海:复旦大学出版社,2012 年,第 175 页。

律、对偶和用典以仿古为主。自宋代以来,用典已为风气,尤其到了明朝,文人们几乎处处用典,以达到隐喻的效果,诗歌较以往更晦涩。用典是"在自己的言语作品中明引或暗引古代故事或有来历的现成话",[①]典故又分为事典和语典,前者是指被引用的古代典籍中的神话传说、历史故事、寓言、宗教故事等;后者指被引用的从典籍中摘取的语词和文句。用典既能体现对典故中所涉及的人、事的态度,又能精炼语言,展现诗人对前人著作和古代典籍中语言艺术的继承和改造。《闽中诸公赠诗》诗歌体裁多样,84首诗歌中有40首五言诗、40首七言诗、1首乐府诗、1首回文诗和2首杂言诗。当中的用典,既有出自《孟子》《论语》《庄子》《诗经》《易经》的语典,也有出自《淮南子》《太平广记》的神话传说和民间故事,同时涉及佛教、道教的事情,也有对前人诗句的化用。这些事典或语典,镶嵌在诗词中,似信手拈来,随意而成,仔细诵读,却颇有深意。《赠诗》用典颇多,限于篇幅,不能一一详尽,撷取部分诗歌阐释其意。

典故是一种体系化的诗料整理和历代文化心理的凝聚物,是前代无数个诗人个性化情感中共性的表达,典型地展现着文化传统的理性情感,又兼具个性化的复杂心态。当诗人产生了某种情感体验并希望通过诗歌表达时,典故便被唤醒,重新使用,情感得到进一步的叠加。尤其是涉及生存和毁灭、天与人、人与自然观念时,这种宏大的情感氛围和美感境界通过典故获得进化和升华。典故具有隐喻性、间接性和象征性的特点,它的选择与运用实际就是心境的折射,同时受到时代心理、文化接受心理及创作心理的影响,以此为线索可以推知诗人们的思想倾向,对探究士人心态也不失为一种有效的方法和途径。闽诗经历了从践行、模仿后七子到走上独立发展的过程。其中受后七子影响最大的是赵世显、袁表、

---

① 罗积勇:《用典研究》,武汉:武汉大学出版社,2005年,第2页。

邓汝高、谢肇淛等人。自宋以降,理学兴盛,在闽尤受重视,晚明中西交流之际,处于其间的闽籍诗人群体,因循朱子学一脉,以经世致用为核心,以诗传史,完成闽籍诗人群体复古风格延续与拓展。

《赠诗》的整体风格偏向仿古和怀旧,重视诗歌的教化功能。诗人"据事以类义,援古以证今",[①]实践了文学复古思潮,表达了整个士人阶层尊经重贤的情感主题。典故的选择使用和偏好受到诗人社会地位、文化教育背景、人生经历的影响。上层士人多用诸子语典,讲究诗歌情调和韵味,善于使用精练的语言,描绘现实画面和个人情感,促成典故与现实的结合以抒发个人情感,蕴含深沉的忧思;底层文人偏好佛道、神仙典故,从营造文学的意境和美学趣味来说,效果参差不齐,天学诗更像是他们追赶时髦的一种尝试,他们过分追崇和堆砌经典导致了诗歌独创性和审美趣味大大降低。上层和下层士人用典差异,可以看到"上层伦理主要以知识阶层为载体,代表着社会的价值方向和精神追求,有较多的理想色彩,对社会起教化导向作用。下层伦理是一般民众在实际生活中形成的,因而更真实地反映了一个民族的整体精神面貌,是决定其民族性的主要因素"。[②]

典故使用是诗人在对比中西文化异同之后的文学创作和选择,这一点,可以从诗人频繁援引上古神话来说明。神话传说是通过原始的思维方式,对自然现象和社会生活进行解释,涵盖了对人与自然,人与宇宙、时间关系的思考。东西方神话传说是在不同的生存环境和民族精神氛围下,经过漫长时间逐渐构建而成的,背后是迥异的文化。晚明传教士宣扬创世说勾起了士人对先秦诸子典

---

① (南朝)刘勰:《文心雕龙注》,范文澜注,北京:人民文学出版社,1958年,第614页。
② 唐力行:《家庭·小区·大众心态变迁国际学术研讨会论文集》,合肥:黄山书社,1999年,第14页。

籍中的创世神话的记忆,这些用来阐述中国人宇宙观和中华文明起源的典故,从女娲氏(林宗彝:"谓君炼石随天补")到践巨人足迹怀孕生稷的姜嫄(曾楚卿:"生民溯厥初,粉黛一切假"),都被自然地引入诗歌,以表明中华文化有独立的、完整的神话话语体系。成功的用典重视典故情节所具有的情调和韵味,使诗人情感与原典故的思想内容和情感得到完美融合,能够营造一种耐人寻味、隐而不显的意境,让不知原典的读者也能通过上下文晓通诗意,而了解原典的读者,会加深对诗歌的理解,扩大了思考的空间。

三、批判腐儒

儒学批评可以追溯到以东林党和复社为代表的新思潮"实学"[①]。东林书院的政治目标是提醒国家对社会的作用和义务,并引导国家重新思考儒家的价值观,以恢复明帝国和社会的正常秩序。在精神层面,他们呼吁儒家学子少进行抽象的哲学辩论,而应侧重于实际问题。东林书院与耶稣会士之间的一个联系,是中国学者对实用知识的渴求。东林书院中36名成员对耶稣会持积极态度,而其他8名成员则反对耶稣会。[②] 然而,耶稣会士从来没有坚定地加入一个学者群体:他们与东林党的追随者,甚至阉党的成员都在一起。

传教士摒弃宋明儒学的阐释,研究先秦经典,寻找与西方文化相互重合的地方,论证其学说的合理性和正确性,这恰好迎合了当时士人的复古倾向。诗人纷纷表明了对天学和三教关系的看法:

---

① 容肇祖:《明代思想史》(民国丛书第二编),第7册,上海:上海书店,1990年,第339页。

② 苏新红:《晚明士大夫党派分野与其对耶稣会士交往态度无关论》,《东北师范大学学报》,2005年第1期,第62~67页。

"教翻佛老契吾儒"(林洞),"西来景主与天通,麾却沙门立教宗。重译解儒挥圣语,虔修奉象迥僧空"(张开芳),"释迦咋舌李耳喑,仿佛尼宗无二致"(郑凤来),"正教同周孔"(邓材),"知天而事天,孔孟一宗旨"(林焌),"景教却依儒教近"(薛瑞光)。① 在他们眼里,西士以"尊天事天"为宗旨,契合于儒学,相悖于佛道。除了直接评价传教士个人之外(陈燿的"不慕爵禄荣,求与圣贤特")②,诗人们还选取历史上诗文典籍中所描写的品格高尚、才华卓越的人事物入诗,以讴歌其人其事,徐景濂的"三山卜筑高山仰"引用了《诗经》中的"高山仰止,景行行止",③传达了崇敬仰慕传教士的心情,教徒林光元的"唐子还故都,望家骤惊喜"化用了《庄子》④中的典故,表达了欣喜之情。

相比传教士的丰富学识和高尚品格,清谈空无的儒生们成为诗人们批判的对象。诗人将忧虑诉之笔端,他们痛心儒学受佛道思想浸润,批判眼界狭窄、忙于互相倾轧的腐儒。曾楚卿,字符赞,1613年进士,受党争牵连罢官,崇祯年间任礼部尚书,其诗云:"吾儒徒蠡测,著辩夸非马,所见域所闻,学问亦聊且"⑤,"蠡测"是"以

---

① 《闽中诸公赠诗》,法国国家图书馆抄本部,编号中文7066号,第13、20~21、8、9、12页。

② 《闽中诸公赠诗》,法国国家图书馆抄本部,编号中文7066号,第15页。

③ 毛亨、郑玄、孔颖达:《毛诗正义》卷14,(清)阮元:《十三经注疏附校勘记》,北京:中华书局,1980年,第482页。

④ 《庄子·徐无鬼》中记载:"齐人蹢子于宋者,其命阍也不以完,其求鈃钟也以束缚,其求唐子也而未始出域,有遗类矣夫!楚人寄而蹢阍者,夜半于无人之时而与舟人斗,未始离于岑,而足以造于怨也。"郭象注:"唐,失也。失亡其子,而不能远索。"郭庆藩、王孝鱼点校:《庄子集释》,北京:中华书局,1961年,第840页。

⑤ 《闽中诸公赠诗》,法国国家图书馆抄本部,编号中文7066号,第3页。

蠡测海"的略语,比喻以浅陋之见揣度事物,语出《汉书·东方朔传》:"以管窥天,以蠡测海","非马"一词特指当时流行于士大夫之间的名家公孙龙(约公元前320年—公元前250年)的著名哲学辩题"白马非马",以此描述儒生困顿于诡辩,不求务实致用之学。曾楚卿认为,许多中国人的知识眼界有限,只能抓住眼前的知识,只埋头于抽象和虚无的讨论,纠缠于白马论等诡辩。① 利玛窦在《天主实义》中引用了该辩题,实际上,他只是用"马"和"白色"两个概念,来以解释"万物不能自给",必须依靠于他者产生的观点,以此来反对宋明儒学关于万物产生于"理"或者"太极"的观点。在与西士的交游过程中,士人们逐渐发现了中西在思维方面的差别,西人注重逻辑和实证推理,明代儒生容易沉浸于经验式、隐喻式的辩论,纠缠于抽象和虚无的诡辩。② 在诗人眼里,传教士与西方使臣有明显的区别,他们学识丰富,受过良好的教育,是道德的榜样,他们既不向往高官厚禄和金钱,也不追求声望,而是专心致志地传播其学说,引导人向善。他们的乐于助人和学问以及生活方式都符合儒家对圣人的要求。传教士将欧洲描绘成一个高度文明的社会,这正是迷茫的士大夫所期待的美好社会。和欧洲相比之下,晚明帝国的腐败和危机四伏的社会环境和崇尚空无的学术氛围加剧了诗人们的不满。因此,叶向高指责"拘儒徒管窥,达观自一视",③ 林光

---

① 诗中引用了"非马"一词,指的是著名的名家公孙龙的哲学命题"白马非马"说。利玛窦在他的《天主实义》中引用了名家的这一辩题,以解释"万物不能自给",必须依靠于他者的说法。以此辨别万物产生不能来自理或者太极。

② Shen, Vincent, Some philosophical reflections on Matteo Ricci's cultural approach in China,《纪念利玛窦来华四百周年中西文化交流国际学术会议论文集》,台北:辅仁大学出版社,1983年,第623页。

③ 《闽中诸公赠诗》,法国国家图书馆抄本部,编号中文7066号,第1页。

元直言"诵法尼山徒,操戈满前是"①,其中发声最猛的是张瑞图。

张瑞图是晚明四大书法家之一,齐名于"邢、张、米、董",曾以礼部尚书身份进入内阁。时值魏党当权,崇祯帝即位之后,因"忠贤生祠碑文,多其手书"②,张瑞图被卷入党争,并被弹劾,后免于下狱,告归。他在北京与利玛窦结识,获赠其《畸人十篇》。告归后,又与艾儒略交游。他的赠诗位列诗第二,后来以《附温陵张二水赠西泰》为题收入利玛窦的《畸人十篇》(1694 年版)。全诗围绕年少和年老时,诗人读利玛窦《畸人十篇》的不同感受,表达了人生苦短,学业无所成的遗憾和对晚明社会道德沦丧的痛恨。全诗多处用典,诗云:"九原不可作,胜友乃嗣起。……诗礼发冢儒,操戈出弟子。"③"九原可作"一语源自《国语·晋语八》:"赵文子与叔向游于九原曰:'死者若可作也,吾谁与归?'"④后世将设想已死的人再生称为"九原可作"。张瑞图化用语典,认为古代圣贤已逝,世人不该抱着圣人复生的空想,而应该学习西学所传达的人生态度和伦理道德。"诗礼发冢"一语源自《庄子·外物篇》:"儒以《诗》《礼》发冢",⑤指出儒生们一边口诵圣贤之言,一边挖掘他人坟墓,不但虚伪,而且为了蝇头利益与他人相争,当这些诗句与张瑞图的人生经历联系在一起时,也就不难理解他的用意。经历了政治斗争的张瑞图对儒徒之间的争斗的批判毫不留情。

---

① 《闽中诸公赠诗》,法国国家图书馆抄本部,编号中文 7066 号,第 6a~6b 页。
② 张廷玉:《明史》卷 288,北京:中华书局,1974 年,第 7396 页。
③ 《闽中诸公赠诗》,法国国家图书馆抄本部,编号中文 7066 号,第 1 页。
④ 上海师范大学古籍整理组校点:《国语》卷 14,上海:上海古籍出版社,1978 年,第 471 页。
⑤ 郭庆藩、王孝鱼点校:《庄子集释》,北京:中华书局,1961 年,第 927 页。

晚明士大夫们向往上古社会贤王治世的时代和古儒的道德伦理秩序，着力批判晚明动荡的社会时局以及追名逐利和钩心斗角的人。道德沦丧和时局腐败损害的是士人群体的尊严和利益，士人或深刻反省，或通过讲学会、诗文会互相砥砺品行，即使在赠诗中也不忘对士人阶层进行劝导。① 从这个意义上来看，《赠诗》的内容已经超越了以交际为主要功能的酬唱诗，不是单纯描述与传教士往来、赞颂西学的肤浅之作，而是将个体的人生经历和感悟融入其中，包含了诗人们对混乱的时局和处于困顿之境的儒学的思考，这些思考和挣扎是晚明思想变动的反应，具有诗史性质的文学价值。

第二节 "合儒""超儒"——乌托邦想象

本研究以天学诗集《闽中诸公赠诗》为中心，在考虑中国文化对西方文化的接受、区域文化的影响的前提下，勾勒总结诗歌塑造的传教士形象，提出诗人们将西方科技、宗教的内容融入传教士形象中，展现了对异质文化的"狂热"与"亲善"，最终形成了乌托邦式的"西方形象"。② 诗人们对西方的想象本质上是晚明儒家士大夫们对自身文化的书写和反思，透露出晚明社会思想变迁和中西文

---

① 徐茂明：《江南士绅与江南社会》，北京：商务印书馆，2004年，第164页。

② 法国学者巴柔从比较文学形象学的角度提出异质文化的三种基本态度和象征模式，即"狂热""憎恶"和"亲善"。这三种态度在天学诗中皆有出现。所谓的"狂热"即"作家或团体把异国看成为绝对优于注视者文化、优于本土文化的东西。它所引起的后果就是作家或团体把本土文化看成是低级的。与提高异国身价相对应的，就是对本土文化的否定和贬抑。……对异国的描述更多地就属于一种'幻象'，而非形象。"

化互动的复杂性和多变性。

"形象是对一种文化现实的再现,通过这种再现,创作了它(或赞同、宣传它)的个人或群体解释出和说明了他们生活于其中的那个意识形态和文化空间。"①作为诗人想象和现实集合的传教士形象,是晚明中国儒家文人群体的"自画像"。文学形象包含了三个层次:"它是异国形象,是出自一个民族(社会、文化)的形象,是由一个作家特殊感受所创作的形象。"②在中国语境下,"西方"一词作为地理和文化的概念,即指遥远的异国所在,也指不受中华文明教化的化外之地,晚明耶稣会传教士进入中国后,成为士大夫和文人笔下西方形象的组成部分,西士的外貌、言行、价值观、生活习惯、文化风貌、"补儒易佛"的传教策略、对信仰的恪守在诗中皆有所体现,这是诗人群体感知西学和西方文化之后所创作的文学形象,具有重要的认知价值和文化内涵。

16世纪是欧洲近代史的开端,一方面,随着新航路的开辟,欧洲开始了对外掠夺的原始资本积累过程;另一方面,爆发于德国的宗教改革将欧洲分为天主教和新教两大阵营,进而引发了不同利益集团长达三十年的战争(1618—1648),君主和贵族依旧是欧洲的统治者,社会的教育资源仍然掌握在教会手中,世袭分权制使高贵血统以外的社会底层人士几乎没有升迁的机会与可能。受时代和身份的限制,诗人获得西方的信息的途径和来源都有限,主要依赖于传教士们的著作和言论。在艾儒略的《职方外纪》《西方答问》《西学凡》中,欧洲被描绘为稳定的、富裕的国家单一体,官员廉洁公正,社会和谐,拥有完善的考试制度、教育机构和慈善机构,崇高

---

① [法]让-马克·莫哈:《试论文学形象学的研究史及方法论》,孟华主编:《比较文学形象学》,北京:北京大学出版社,2001年,第24页。
② [法]让-马克·莫哈:《试论文学形象学的研究史及方法论》,孟华主编:《比较文学形象学》,北京:北京大学出版社,2001年,第25页。

的道德原则和慈爱精神是社会的主导方向,战乱、瘟疫、宗教迫害从未存在过。这完全符合儒生们心目中理想社会的标准,他们将其与上古时期三皇五帝统治的时代联系在一起。在诗人们看来,明代中国集权式的官场充斥着倾轧、结党和阴谋,万历以后,皇帝与官僚集团渐行渐远,宦官专权越演越烈,党争遂起,崇祯之后流寇遍地、灾民遍野。处于这样社会环境的中国文人无不向往和平、美好的西方社会,正如诗人林珣说道:"逻巴圣化正中兴,万有真宗道以弘",传教士的自我美化成功塑造了中国人对西方总体的美好想象,这正是传教士所预期的结果。正如何乔远为艾儒略作的序言中流露出对西方社会的向往:

先生又为余言:"我欧逻巴人人敬学,民大和会",其国主相传久非一世,而又有教化主道在国主上,专一以善诱人,国主为君,教化主为师。国主传子,教化主传贤。用是上下辑睦,祸乱不生,美矣哉!此华胥大廷之世也。曩吾中国有庄周者,至诙诞矣。若闻此世此景,当能益阐而大之,以见其奇,惜夫庄周不得而见,而幸见于余也。①

从形象学角度来看,诗人们在形象塑造过程中注入了自己的文化想象和期望,他们有意或无意地对照中国圣贤和儒士塑造出完美的传教士形象,他们对"他者"的描绘,直接透露出其心所向:"使中国恢复到《礼记》记载的乌托邦社会,复兴上古时代的美好景况。"②传教士的正面形象形成于明末中西文化交流的历史背景

---

① (明)何乔远:《西学凡序》,《镜山全集》,第 2 册,陈节、张家壮点校,福州:福建人民出版社,2015 年,第 1008~1009 页。
② 许理和:《跨文化想象:耶稣会与中国》,李炽昌主编:《文本实践与身份辨识:中国基督徒知识分子的中文著述 1583—1949》,上海:上海古籍出版社,2005 年,第 13 页。

下,晚明社会各种思想交融互通、"三教合一"活跃,耶稣会通过适应政策将一神论夹裹在各种西方科学和伦理知识中,传播于中国社会,顺应了晚明社会去除心学的风气,同时又与儒家道德传统联系在一起,契合了士大夫对上古时代圣贤治世的向往,这成为传教士正面形象形成的内在动力;西方的知识和信息主要来源于传教士的著作和介绍,他们对西方现实的描述有意或无意的偏离和美化,是晚明中国人西方想象产生的原因,也是诗人笔下传教士正面形象形成的根源。

一、碧眼方瞳的夫子形象

关于欧洲人的外貌的认知,最早可见两汉时期关于安息所献黎轩幻人的描写。黎轩,后称"大秦",即古代中国所记载的罗马帝国,史书描写黎轩幻人为"蹙眉峭鼻,乱发拳须,长四尺五寸"。[①]他们的外貌特征十分奇特,但是却得到"长大平正,似中国人而胡服"的好评。[②]两汉之后的中国历代史中有关大秦国的记载,也多赞美而无鄙贬之辞。由于早期的中国人只能通过模糊的地理和异域方物来认识欧洲,掌握的风土人情的信息十分有限,西人形象掺杂着丰富的想象,如西晋张华在《博物志》中的描述:"大秦国人长十丈,中秦国人长一丈"带有明显的夸张成分。[③] 唐代之后,西方的风土人情、地理疆域、制度物产、宗教文化的信息逐渐为中国人所掌握,西方在中国人笔下是一个物产丰富、人民富饶的异域之地。

---

① 张星烺编注、朱杰勤校订:《中西交通史料汇编》,第1册,北京:中华书局,1997年,第207页。
② 张星烺编注、朱杰勤校订:《中西交通史料汇编》,第1册,北京:中华书局,1997年,第141页。
③ (晋)张华:《博物志》卷3《异人》,士礼居本,第1页。

西方形象随着欧人东来而被彻底扭转,人们将西方人的外貌和他们在东亚的殖民行为联系在一起,得出一个贪婪、狡诈、残暴的洋鬼子形象,这是晚明大部分文献中西方人的共同特征。《明史·和兰传》和《明史·佛朗机传》中所描绘的西人外貌有着离奇怪诞的色彩,"发眉须皆赤,足长尺二寸","猫睛鹰嘴",①字里行间充满着鄙夷,这些词汇与"中国古代传说中青面獠牙的鬼怪颇有相似之处,已可使人发出负面的联想"。②

《赠诗》对传教士的外貌着墨不多,却都是溢美之词。如吴维新诗云:"泰西有畸人,貌古含灵粹。遥遥九万里,竟践中华地。""貌古"又称"古貌",意为古朴的形貌,通常用来形容品德高尚之人。寓闽诗人金嘉会的"南国栖迟殷接引,方瞳碧眼几千春"描绘了闽人殷勤迎接传教士的姿态,在此引用了唐代诗人李咸用《临川逢陈百年》的诗:"麻姑山下逢真士,玄肤碧眼方瞳子。""碧眼"为异域人的绿色眼睛,古人以方形瞳孔为长寿之相,常常用来形容仙人。与此同时,林宗彝的"何处真人嘘紫气,云道欧逻西复西"直接道出,碧眼的传教士是来自长生不老的仙人居住的西方世界,诗人借用了唐诗中对西方仙人描述,重现了关于异域的美好、夸张的想象。另有诗人周廷鑨诗云:"白眼藏奇服,玄珠托指车","白眼",指多白的眼睛。《易·说卦》云:"其于人也,为寡发,为广颡,为多白眼。"按照孔颖达"取躁人之眼,其色多白者"的解释,"躁人"指的是急躁的人,此处强调传教士外国人的外貌与服饰特征。

相较于奇异的外貌,传教士的言行显然是诗人描绘的重点,福州诗人陈宏已的"为我中国言,行我中国礼。读我中国书,友我中

---

① (明)张廷玉:《明史》卷325,北京:中华书局,1974年,第8434页。
② 孟华:《"红毛番"：一个增值的象形文本——近代西方形象在中国的变迁轨迹与互动关系》,孟华主编:《中国文学中的西方人形象》,合肥:安徽教育出版社,2006年,第6页。

国士"论及耶稣会传教士仿照中国儒生行事,以往形容中国圣贤、老师、学者的词汇,如"高士""夫子""君子""西贤",诗人也毫不吝啬地用来描述传教士,如林焌直言:"吾爱艾夫子"。这些描述与两汉时期中国人对西方的看法——"有类中国",遥相呼应,而且更加具体生动,诗中的传教士们如儒家夫子一般:熟读中国经典,著书论述,人品高尚,信仰虔诚,更是凭借与中华文明相媲美的西方科学技术博得中国人的青睐。

二、九万里远来的异人形象

艾儒略在加入耶稣会七年之后,于 1609 年 3 月 23 日登上了里斯本开往印度的船,于 1610 年到达澳门。① 古代海上航行面临许多危及生命的困难,渡海之人很容易死于事故、海盗、疾病和饥饿,旅程越长、时间越久,危险系数越高。尽管当时西人也尝试从陆路穿越欧亚大陆,但是据记录在 17 世纪上半叶就有超过 20 次的失败记录,②航海依旧是耶稣会传教士东来的主要途径。《三山论学记》称:"旅人远来,涉险历艰,经啖人、掠人之国,备极危苦,岂有他哉? 惟恐人忘极大恩主,不图所以复命,永劫沉沦,至于悔而无及也。"③《赠诗》中共有 21 首诗分别描述了耶稣会士东来的航

---

① Colpo, Mario, Aleni's Cultural and Religious Background, In: Tiziana Lippiello, Roman Malek (ed.), *"Scholar from the West" Giulio Aleni S. J. (1582—1649) and the Dialogue between Christianity and China* (Monumenta Serica Monograph Series), Nettetal: Steyler Verlag, 1997, p.82.

② Standaert, Nicolas (ed.), *Handbook of Christianity in China*, Volume one, 638—1800, Leiden/Boston/Köln: Brill, 2001, p.355.

③ [意]艾儒略:《三山论学记》,吴相湘主编:《天主教东传文献续编》(《中国史学丛书》,第 40 册),第 1 册,台北:学生书局,1966 年,第 438~439 页。

海旅程和经历,谈及路程距离和所用时间,其中4位诗人认为西方距中华"八万里"之遥,17位诗人认为是"九万里";航海时间有"三年""两三年""五年"的不同描述。① 从里斯本到达澳门大概需要19或20个月左右的时间。事实上,诗人的描述和实际的数据有所出入,当然,诗歌中使用夸张的文学修辞手法十分常见,并不能确切反映出诗人是否掌握了传教士旅程的具体情况,在他们看来,将旅程描绘得越长、时间越久,越能显示出传教士超乎常人的勇气和毅力。

诗人称传教士为"异人",这种"异",在诗集中首先体现在传教士抛家经年、从遥远的异域而来的勇气和魄力,"西国有异人,其来九万里。三岁风涛中,岸得才到彼……身绝嗜欲根,家视如脱屣。故乡无梦到,二十八周矣"(陈宏己)详细描绘了传教士的这段经历,突出了与故乡别离的痛苦,"大秦自古远中州,几载孤帆海国秋"(陈衎)道出了西方自古以来与中国隔绝万里的现实。不断地重复、强调旅程之艰辛,传达出诗人对传教士奉献、开放、牺牲精神的赞扬,他们将这视为奇迹。诗人同样无法想象,传教士为什么能够远离故土和家庭。最能表现中国人对这种异域来华的勇气的认可的是教徒李嗣玄在《西海艾先生行略》(1609)中记录的一段艾儒略辞别母亲的场景:

先生体弱而多病,泛海之举,旁观或难之,先生毅然请行。入辞贤母,母曰:"汝能不惜躯命,为天主远扬教旨,吾又何求,

---

① 叶向高、林绍祖、李师侗、方尚来描写旅程为八万里,何乔远、曾楚卿、徐𤊹、董邦廪、林焌、陈宏己、李文宠、朱之元、林宗彝、潘师孔、薛一唯、翁际盛、贾允元、郭熷、吴维新、黄六龙、林珣等人描绘为九万里。关于从欧洲到中国的航程时间,陈玄藻、陈宏己、薛瑞光、薛馨、贾允元、黄六龙写作3年。朱之元认为"两三年",陈鸿称"客从远方来,云历五春夏。地既尽于兹,河汉已倒泻"。

子行矣,无以老人为念矣。"先生遂行。初登舟,风涛大作,眩晕呕吐者三日,或劝之归。先生不色沮,惟坚祈主佑。自而无恙,泛海三年,历程九万里,抵粤之香山澳。时万历乙酉岁也。①

艾儒略去国数十年,严守教规,终身不婚不娶,离绝财色的生活方式,有悖于世俗常情,在恪守传统孝道的儒家士大夫面前是"异",而他致力内省、修德至上的态度与大儒、至人相一致,则是"同"。中西双方修德内省的普遍性和共同性,为中国人所惊异,对此,张瑞图感叹:"方域岂足论,心理同者是。"

诗人们为了强调航海行程以及与此相关的巨大勇气,引用许多典故以来模拟,最常见的就是张骞(前164—前114)出使西域的故事,历史上的张骞受汉武帝旨意,带回西域的信息,建立了汉朝和中亚的往来。② 由于他的伟大功绩,被称为博望侯,在许多神话传说中也出现他的身影,如《太平御览》说他曾经到过天宫。③ 在《赠诗》中多处出现这个典故和神话传说,"邹衍无斯识,张骞所未经"(池显芳)④,"笑杀汉廷张博望,乘槎徒自说波涛"(林叔学),⑤

---

① (明)李嗣玄:《西海艾先生行略》,钟鸣旦、杜鼎克主编:《耶稣会罗马档案馆明清天主教文献》,第12册,台北:利氏学社,2002年,第247页。
② (汉)司马迁:《史记》卷111,北京:中华书局,1972年,第2929页。
③ (宋)李昉:《太平御览》卷51,北京:中华书局,1960年,第250页。
④ 全诗为:"尊天天子贵,绝徼亦来庭。邹衍无斯识,张骞所未经。五洲穷足力,七政佐心灵。旨与吾儒似,人疑是杳冥。"该诗以《致远西艾思及》收入明朝游记作品《帝京景物略》,有两处与《赠诗》不同:《赠诗》第三句为"邹衍之余说",最后一句为:"何必曾相见,成言在窅冥"。(明)刘侗、刘奕正:《帝京景物略》,北京:北京古籍出版社,1983年,第154页。
⑤ (汉)司马迁:《史记》卷111,北京:中华书局,1972年,第2929页。"张博望"是汉朝张骞的封号,《汉书·张骞传》:"骞以校尉从大将军击匈奴,知水草处,军得以不乏,乃封骞为博望侯。"

"喜图王绘盛,不事使张骞"(李师侗)①,"何多问楂张骞昨,只今海宇擎鸿篇"(许日升),②凸显传教士高于邹衍和张骞的丰功伟绩。陈鸿的赠诗尤具代表性,他的诗歌列第 66 位:

> 客从远方来,云历五春夏。地既尽于兹,河汉已倒泻。
> 其国敦敬天,衣冠佩王化。艾君早慕道,每每著声价。
> 若置碣石宫,谈锋倍惊讶。利公乃齐名,腹笥何酝藉。
> 遗以数千言,读之手常把。始知沧溟外,日月异昼夜。
> 神山信可登,弱水本堪跨。泛海昔张骞,却是寻常者。③

赠诗化用了张骞出使西域的故事,用来描绘传教士抛家经年、从遥远的异域而来的勇气和魄力。除了张骞的典故,陈鸿还援引爱贤敬贤的燕昭王迎接邹衍的故事,"碣石宫"典出《史记·孟子荀卿列传》:"(驺衍)如燕,昭王拥彗先驱,请列弟子之座而受业,筑碣石宫,身亲往师之。"④邹衍(公元前 324 年—公元前 250 年),战国末期齐国临淄人,阴阳家代表人物,主要学说是五行学说、"五德终始说"和"大九州岛说"。诗人们通过用典表达传教士的伟绩堪比张骞和邹衍。

陈鸿的赠诗后来经过修改以《赠艾思及泰西人》为题收入《秋室编》中。诗中的"每每"被改为"遐荒","泛海昔张骞"改为"乘彼

---

① 《闽中诸公赠诗》,法国国家图书馆抄本部,编号中文 7066 号,第 15 页。
② 《闽中诸公赠诗》,法国国家图书馆抄本部,编号中文 7066 号,第 21 页。
③ 《闽中诸公赠诗》,法国国家图书馆抄本部,编号中文 7066 号,第 22~23 页。
④ (汉)司马迁:《史记》卷 74,北京:中华书局,1972 年,第 2345 页。

贯月槎"。① "贯月槎"一词的变动,正好说明张骞历史事件文学化的过程,即张骞乘槎到达月宫的传说故事。历史事件经过人们的口耳相传,加上了夸张和想象,衍生出许多神话传说和戏曲。《荆楚岁时记》中记载:"张骞寻河源,得一石示东方朔。朔曰:'此石是天上织女支机石,何至于此?'"②《诗话总龟后集》又记:"汉武帝令张骞穷河源,乘槎经月而去,至一处,见城郭如官府,室内有一女织,又一丈夫牵牛饮河,骞问云:此是何处,答曰:可问严君平。织女取榰机石与骞而还。后至蜀问君平,君平曰:某年月日客星犯牛斗。所得榰机石,为东方朔所识,并其证焉。"③ "贯月槎"一语最早可见唐代《温飞卿集笺注》:"《王子年拾遗记》:'尧登位三十年,有巨查浮于四海上,有光夜明昼灭,海人望其光,乍大乍小,若星月之出入矣。查常浮绕四海,十二年一周天,周而复始,名曰贯月槎,亦谓挂星查。羽人栖息其上,群仙饮露以漱,日月之光则如暝矣。'"文中"查"为槎,意为小船。叶向高编的《说类》也收录了这个典故。④ 在文学作品中,张骞已经从一个历史人物演变成仙人,陈鸿的诗句,以及许日升的"何多问槎张骞昨"都离开了源典,化用了张骞乘槎泛海穷河源的神话。

传教士在海上航行距离和时间究竟如何,不是关键问题,与此相连的疑问在于,他们为什么愿意冒着生命危险,不远万里来华,只是为了进贡方物?受华夷之辨影响的中国人自然认为他们"观

---

① 林金水:《艾儒略与〈闽中诸公赠诗〉研究》,《清华学报》,2014 年第 1 期,第 89 页。

② 《太平御览》卷 51《地部十六》,宋刊本,第 9 页。

③ 阮阅:《诗话总龟后集》卷 8,第 5a～5b 页,《(文渊阁)钦定四库全书·集部·诗文评类》,Digital Heritage Publishing Limited,http://www.sikuquanshu.com。

④ 《温飞卿集笺注》卷 14,秀野草堂本,第 7 页;(明)叶向高编:《说类》卷 4《帝王部》,明刻本,第 1 页。

光上国",持这种看法的人不在少数,如郑凤来"怀宝欣观上国光,火浪颠翻只苇寄"描绘了海上航行中传教士所乘小船如苇叶一般,凸显他们所面临的危险。利玛窦将他的真实愿望隐藏在大量的科学、伦理著作之中。相对于李贽对利玛窦的目的一无所知,此时的福建士人们完全了解传教士们的动机,他们传播天学的目的已经不是秘密。董邦廪和潘师孔甚至直接将传教士的出现视为恩赐。

在艾儒略传教福建之前所作的《西学凡》的末尾,他提到,此书介绍了欧洲的学校、教育制度、学科,这切合了自己是实现中国和欧洲的外文化"融通"的愿望:

> 旅人九万里远来,愿将以前诸论与同志翻以华言。试假十数年之功,当可次第译出。……渐使东海西海群圣之学,一脉融通,此真圣明御宇,千载之一时,梯航跋涉抱此耿衷,而未知有当于刍采否也。①

将西方科学文化译介到中国不是他唯一的目的,尽管容易被认为是传教策略的一部分,或者只是单纯为传教服务,然而他所展现出来的为理想奋不顾身和毫无保留的献身精神被中国文人视为楷模。

传教士的第二处"异",在于他们所传的天学和天文学、地理学等西方科学知识,以及自鸣钟、火器、物产、艺术、习俗等异域风物。诗集收录的第一首诗歌是叶向高的赠诗。叶向高,字进卿,福州府福清人,晚明政治家,于万历、天启年间担任内阁首辅,与利玛窦等传教士有往来,后来又延请艾儒略入闽传教,他在《职方外纪》序言中说:

---

① [意]艾儒略:《西学凡》,(明)李之藻:《天学初函》,吴相湘主编,第2册,台北:学生书局,1965年,第59页。

> 泰西氏之始入中国也,其说谓天地万物皆有造之者,尊之曰天主。其敬事在天之上,人甚异之。又画为《舆地全图》,凡地之四周皆有国土,中国仅如掌大,人愈异之。……今泰西艾君乃复有《职方外纪》,皆吾中国旷古之所未闻,心思意想之所不到。夸父不能逐,章亥不能步者,可谓块圠之极观,人间世之至吊诡矣。

天学和西方科学知识"旷古未闻",在诗中被提到的次数最多是利玛窦的《万国全图》,它包含"五大洲"和"地圆"等地理观念,在晚明社会影响甚广:"披图罗万国,受学溢千人"(彭宪范),"万国舆图收掌上,一元星历灿玑穿"(郑玉京),"璇玑球转分天手,舆地图旋算海才"(林珣)。数学也是吸引中国人的重要科学,"发挥原本几何理"(陈圳)指的就是利玛窦的《几何原本》(1607)。艾儒略延续了利玛窦的学术传教方法,在入华初期出版了许多科学著作,诗人陈衎称他"工天文历日,其数学尤妙,虽大泽浩渺,望而算之,分寸不谬也"。① 毫无疑问,传教士的奇特外貌对于历来与海外国家有贸易往来的闽地人士来说并不稀奇,真正博得他们关注的是传教士的西学知识,这些"技巧"所蕴含的"实学"本事对他们的吸引力,绝非"好异"②一词所能概括,它必然符合晚明社会思想流变中士大夫恢复"治经兼治象数"的儒家传统的渴望。这些远道而来的异人,凭借"异",成为《赠诗》中的"圣人""西贤""圣贤"和"吾师"。

---

① (明)陈衎:《大江草堂二集》卷13,福建省文史研究馆编,1996年,第635页。

② 孙尚扬:《基督教与明末儒学》,上海:东方出版社,1994年,第141页。

三、补儒易佛的高士形象

"补儒易佛"一词最早是徐光启在《辩学疏稿》中用来描述天、儒、佛三者的关系,他认为儒学在道德、政治、科学技术、个体救赎几个方面需要补益。[①] 利玛窦的著作《天主实义》则确立了补儒易佛的基本框架,他援引儒家经典,论证天学的正确性,批判宋明理学和佛教、道教的宗教观和世界观。利玛窦认为祭祀是孝道的行为,而不是迷信的行为。在牌位面前焚香和烧纸不是宗教行为,而是加强家庭、家族成员关系的一种要求,也是对祖先表示尊敬的一种方式。同样的,对孔子的祭祀也只是一种礼仪。[②] "排佛儒附"在士大夫和文人之间获得了认可。艾儒略、庞迪我等传教士延续利玛窦的思路,在著作《三山论学记》《七克》中驳斥佛老的言论。徐光启的《辟释氏诸妄》,杨廷筠的《天释明辨》《代疑篇》更是指摘佛教、维护天学的重要著作。通过一系列著书论述,传教士确立了"补儒易佛"的立场,客观上冲击了心学弊端泛滥、谈空清谈流行的晚明社会,这对致力于恢复古儒传统的后学来说不啻为巨大鼓舞。

这个策略在天学诗中多次出现。如莆田林洞:"道阐天人骧众义,教翻佛老契吾儒";莆田张开芳:"西来景主与天通,麾却沙门立教宗";莆田郑凤来:"释迦咋舌李耳喑,仿佛尼宗无二致"。以上强调天学与儒学相同,与佛道相悖。关于西士的言行,林宗彝评论:"行藏非释亦非仙",自与道家仙人不同。又如陈宏己:"为我中国言,行我中国礼。读我中国书,友我中国士。"

---

① 孙尚扬:《基督教与明末儒学》,上海:东方出版社,1994年,第174页。

② 林金水、谢必震编:《福建对外文化交流史》,福州:福建教育出版社,1997年,第256页。

外表的改变并不能完全获得中国人的认可,更重要的是在诗人们看来,传教士事天、尊天的做法与中国传统一致。先秦儒家提倡"天人合一","天"是自然理性、天道,它与"人道"相对,关注现实人生,是人的最高理想和价值所在,也是道德意识的最高境界。从本质上看来,儒家的"天"并不涉及宇宙论的思辨和形而上的本体论。但是,在利玛窦等人的解读下,西方的"天"不仅可以和儒家的"天"契合、互通,甚至可以通过一定的侍奉行为体现对"天"的敬重,这是诗中高士形象塑成的根源。诗集对传教士的"补儒易佛"做法描述十分多,赋予了强烈的褒贬之情,如"道阐天人隧众义,教翻佛老契吾儒"(林洞),"西来景主与天通,麾却沙门立教宗。重译解儒挥圣语,虔修奉象迥僧空"(张开芳),"理到事天宗脉正,功归实义主心劳"(郑玉京)。林欲楫作古体诗《畏天箴》,这是诗集中唯一带有题目的乐府诗,以"尊天"为主题。"释迦咋舌李耳喑,仿佛尼宗无二致"(郑凤来),强调天学与佛道相悖,与儒家相契合;"行藏非释亦非仙"(林宗彝),"不关玄术不关禅"(薛瑞光)点明了传教士既不是佛教僧人,也非道家仙人;"正教同周孔"(邓材),"知天而事天,孔孟一宗旨"(林煐),"景教却依儒教近"(薛瑞光),甚至连张瑞图也说:"孟氏言事天,孔圣言克己,谁谓子异邦,立言乃一揆",道出天学和儒家学说相近和"尊天事天"的宗旨。

当时关于佛、儒对传教士引入的"天"的讨论十分丰富。佛教僧人钟始声(1599—1665,字振之,智旭)尤其反对利玛窦对中国先秦儒家"天"的曲解,钟始声原为儒生,后入佛门,与袾宏、真可、德清并称晚明四大名僧,著有《天学初征》和《天学再征》,后收入反教文集《辟邪集》(1643),他论述道:

> 其言曰,吾天主乃经所谓上帝也,遂引颂雅易传中庸等以证成之。征曰,甚矣!其不知儒理也,吾儒所谓天者有三焉:一者望而苍苍之天,所谓昭昭之多,及其无穷者是也。二者统

御世间主善罚恶之天,即诗易中庸所称上帝是也。彼惟知此而已,此之天帝,但治世而非生世,譬如帝王但治民而非生民也。乃谬计为生人生物之主,则大谬矣。三者本有灵明之性,无始无终,不生不灭,名之为天,此乃天地万物本,原名之为命。故中庸云:天命之谓性。①

钟始声认为儒家"天"的意义有三个层面:其一为自然界中客观存在的"苍天",众人抬头皆可望之;其二为先秦典籍中统御善恶的"天",以负责管理天下之民、治世的帝王为代表;其三是具有无始无终特性的"天命",即万物运行遵循的最高规律,也是宋明儒学所称天理。智旭受儒家思想影响处甚多,自称"身为释子,喜研孔颜心法示人",对儒家不言虚无鬼神之事了然于胸。"天"作为宇宙、自然界的客观存在,因其具有无法触及、无法解释的特性而被纳入了形而上学的哲学范畴。随着儒家文化对"天"的不断阐释,逐渐发展出"天人合一"的观念,帝王作为"天子",拥有治世的合法权力。与此同时,儒学提倡以内省的方式来把握"天"的精神内涵,以达到"人事"与"天象"的吻合,成为儒家人生观的标准。宋明儒学又发展出"天理"的概念,将人欲彻底地禁锢在天理中。"天主"一词在《赠诗》中出现最为频繁,共有 10 次,"真主"出现 4 次,"上帝"在林欲楫的《畏天箴》中出现。从一开始,在耶稣会内部也存在反对的声音,1617 年,史惟贞(Pierre van Spiere,1584—1628)公开

---

① (明)钟始声:《天学再征》,吴相湘主编:《天主教东传文献续编》(《中国史学丛书》,第 40 册),第 2 册,台北:学生书局,1966 年,第 930~931 页;《圣朝破邪集》种也有一些针对利玛窦的言论。(明)陈候光:《辩学刍言》,夏瑰琦主编:《圣朝破邪集》卷 5,香港:建道神学院,1996 年,第 243~253 页;(明)许大受:《圣朝佐辟》,夏瑰琦主编:《圣朝破邪集》卷 4,香港:建道神学院,1996 年,第 194~240 页;(明)邹维琏:《辟邪管见录》,夏瑰琦主编:《圣朝破邪集》卷 6,香港:建道神学院,1996 年,第 288~290 页。

/ 第四章 天学诗与晚明士人心态 /

反对用中国的"上帝"来解释西方天主。从1629年起,耶稣会传教士被禁止使用"天"和"上帝"来形容天主。在新版的清朝《天主实义》中,原来出现了69次的"上帝"分别被以下词汇取代了:天主46次,主宰2次,上主16次,大主2次,吾主2次,真主2次。利玛窦和艾儒略对先秦古籍的附会无形中引发了士人对被忽视的先秦原典的重视、再解读,通过与西方天主的比较,给中国哲学带来新的思考空间,这也成为日后礼仪之争的核心问题。

自宋朝起,佛教禅宗和理学关系密切,佛教关于世界的观点可能激发了宋代儒士们开始重新思考儒家的宇宙观,以及关于人生、家庭和社会的系统的问题。佛教的慈悲和智慧的观念常常和儒学的"仁""智"相联系。心学对禅宗心佛不二、张扬自我精神的内在勾连,不可避免地使心学后人走向空寂和玄虚。到了明朝,儒家学者掌握着关于佛教、道教的基本知识,运用佛学自如。他们意识到,要拯救危难,必须采用治国经邦之术、经世致用之学,发展社会经济,需要的是自然科学技术和能为它服务的进步的社会思想。清谈不能使天下治平,反而使国运日衰,世道日乱,必须用实用之学对其加以修正改造。出于维护儒学纯正性和反虚务实的需要,儒家学者开始有意地批评道教和佛教对儒学的渗透和影响,到了晚明,言辞尤为激烈。闽地呈现出一种文化思想多元的局面,这里既是朱子学说兴盛之地,也是三教杂糅、民间信仰众多的所在。诗人们频频批判佛教的"空"和道教的"无",这两者被认为是儒学陷入停滞的原因,在这方面,教徒的批评更加尖锐,林光元诗云:"语怪与谈空,听舌而食耳",讨论鬼神和谈空,就好比用舌头听声音,用耳朵来吃饭一样荒谬。苏负英诗云:"唤醒迷空色,敲回点汞铅",认为西士点醒了那些沉迷清谈和物质享乐的人,震撼了那些追求点石成金和追求长生不老的痴人。

最引人注目的是叶向高的诗句,他谈到:"拘儒徒管窥,达观自一视",直接点名明末四大高僧之一紫柏真可(1543—1603,号达观,佛门中反天主教的中坚力量)眼界狭窄。① 对佛教的批判又可见于叶向高给艾儒略《西学凡》的序言:"或疑天堂地狱之说,与佛氏同,不知佛氏以利诱言,西氏以义理言,解中辨之详矣!"认为传教士的学说远高于佛学之上,在《职方外纪》的序言中谈及艾儒略传来的地理知识时,他又强调了这一点:"其言皆凿凿有据,非汪洋谬悠如道家之诸天,释氏之恒河、须弥,穷万劫无人至也。"这个时候产生了大量的维护天学和批评佛教的作品出现,许多之前为佛教徒的学者转而崇信天学。例如杨廷筠在《天释明辩》《代疑篇》《鸮鸾不并鸣说》中致力于澄清误解,厘清佛耶的差别。徐光启作了《辟释氏诸妄》和著名的《辩学章疏》,他论述道:

> 陪臣所传事天之学,真可以辅益王化,左右儒术,救正佛法者也。而释道诸家,道术未纯,教法未备,二百五十年来犹未能仰称皇朝表章之盛心。若以崇奉佛老者崇奉上主,以容纳僧道者容纳诸陪臣,则兴化致理,必出唐虞、三代上矣。……诸陪臣之言与儒家相合,与释老相左,僧道之流咸同愤嫉,是以谤害中伤,风闻流播,必须定其是非。

传记数据显示,诗人们的儒学背景使他们养成了注重德性和追寻真相的传统,虽然生命是有限的,但是可以通过"立德""立功""立言"达到不朽。人的一生,必须履行自己的职责,用自己的力量

---

① 关于达观介绍可见 Goodrich, L. Carrington/Fang Chaoying, *Dictionary of Ming Biography 1368—1644* (《明代名人传》), New York/London: Columbia University Press, vol.1, 1976, pp.140-143; Gallagher, Louis J.S.J. (ed.), *China in the Sixteenth Century: The Journals of Matthew Ricci: 1583—1610*, New York: Random House, 1953, pp.402-403.

去实现理想的社会。①《赠诗》的诗人们强调儒、释、道三者的区别,并认为,西士重新解读了儒家经典,使儒学再度获得生命力。

耶稣会士被儒家人士视为学者的典范,有些诗人,尤其是教徒甚至认为天学的出现意义重大,因为传教士宣扬的慈爱、公正、勤勉对改变晚明社会的道德沦丧,防止儒学的衰落有重要意义。诗人们以儒家的角度重新解读了异质文化,具体而言,主要存在三种观点。首先,天学与儒家思想相一致。黄文炤在赠诗中说道:"八行译出全倾橐,六籍参同总盍簪","八行"指儒家所倡导的八种基本道德品行:孝、悌、睦、姻、任、恤、忠、和,传教士不仅熟知儒家经典,且言行举止符合"八行",他们的著作立意与儒家六籍一致。林焌说:"知天而事天,孔孟一宗旨。"类似的说法又见张瑞图"孟氏言事天,孔圣言克己。谁谓子异邦,立言乃一揆",邓材"正教同周孔,妖邪却鬼祆",李文宠"麈拂衡今古,兰芳佩鲁邹",王一锜"此心此理何分地,同轨同文自一时",李世英"宣圣堪齐语,昌黎此身",池显芳"旨与吾儒似,人疑是杳冥",吴维新"玄义契儒宗,簪缨勤把臂"。他们用"智者""至人""高士"来形容耶稣会士。人们认为耶稣会士的文明程度可以与儒家学者相提并论,这是从利玛窦的道德和一系列人文主义作品开始的,《交友论》(1595)、《二十五言》(1605)、《畸人十编》(1608)②介绍欧洲时代的圣贤,证明中国经典中有与基督教的伦理和道德类似的地方。传教士不断强调古代儒家经典重要性,他们加深了儒耶两者的共通性,从而获得更多的认可。首先,在他们看来,天学可以补足王化,有益儒家思想。方尚来写道:"周孔不可作,天学亦已徂。爰有西贤者,教铎振中区。"林

---

① (唐)孔颖达:《春秋左传正义》卷35,(清)阮元:《十三经注疏附校勘记》,北京:中华书局,1980年,第1979页。

② Standaert, Nicolas (ed.), *Handbook of Christianity in China*, *Volume one*, *638—1800*, Leiden/Boston/Köln:Brill,2001,pp.604-605.

宗彝把儒学的衰弱归于秦始皇的焚书坑儒,认为传教士带来了新的契机:"炎汉于今千百劫,耿耿相传青玉笈。行藏非释亦非仙,九万烟波乘一叶。"利玛窦利用这一历史事件,认为这是基督教在中国传播的重要原因和必要性。[①] 陈燿认为,西学可以重新恢复古代经典,"古初诚可复,景教思无极"。何乔远认为,所有的学说都是平等的。何乔远说:"并存宇宙内,谁复加臣仆。"但是他也敏锐地意识到,西方学说并不适合所有人,不能简单地模仿他人、接受他人的学说。他在给艾儒略的《西学凡》序言中表达了这个看法。[②] 很显然,艾儒略的才识带给何乔远对异质文化新的体验,他所认同的和追寻的同样是儒家文化长久以来塑造的理想社会,这种愿景在传教士的描绘和传达下更加清晰。作为理学的代表人物,他恢复上古圣贤的治世的愿望也更加强烈。

四、点破迷梦的先生形象

诗人对传教士来华的目的有两种不同的看法,一是来华求道,二是来华传道。所谓"求道",指的是追寻中华文明,"传道"是指传播西学和天学。前者如林焌诗云:"吾爱艾夫子,梯航九万里。风律驰险艰,好学前无比。匪不爱其躯,闻道夕堪死。脱身入中华,遍求读经史。"后者如陈圳描述:"自是西方一伟儒,载将文教入中区。"

[①] Bettray, P. Johannes, *Die Akkomodationsmethode des P. Matteo Ricci S.J.in China*, Romae: Apud Aedes Universitatis Gregorianae, 1955, pp. 244-245.

[②] Chan, Albert, *Chinese Books and Documents in the Jesuit Archives in Rome: A Descriptive Catalogue: Japonica Sinica Ⅰ-Ⅳ*, Armonk/New York/London/London: M.E.Sharpe, 2002, pp.303-304;张奉箴:《西学凡与天学十诫解略》,《神学论集》,1972 年第 11 期,第 149～155 页。

第四章 天学诗与晚明士人心态

在各种天学知识中,士大夫尤为关注生死问题。自孔子以来,儒学后人秉持"未知生、焉知死"的态度,着力于解决现实的问题,缺乏对个体救赎的追寻和神学人性的讨论。佛老对死后之事的探讨和对人最终归宿的解释在一定程度上缓解了儒士们的困惑,这也是宋明以来士大夫们由儒入佛、亦儒亦佛的原因之一。天学同样关切生死大事,从超性、神学角度讨论人性和心性,给予个体精神安慰和自由,寻求个体救赎的新途径,且他们的言论听起来比佛老更优越,相对于就肉身而言的六道轮回说和佛教天堂地狱论,西方的灵魂不灭说更具吸引力。① 对此,叶向高评价道:"或疑天堂地狱之说,与佛氏同,不知佛氏以利诱言,西氏以义理言,解中辨之详矣!"②在《职方外纪》序言中,他再次强调传教士的学说远高于佛老:"其言皆凿凿有据,非汪洋谬悠如道家之诸天,释氏之恒河、须弥,穷万劫无人至也。"③事实上,天学本质上和佛道更相近一些,都是从不同程度上否定现世的人生价值,但是它却受到了崇尚现世的儒学后人的推崇,原因在于传教士用实证的方法来讨论神的本质,"把学问返回到感觉状态的经验实证,也就是托马斯·阿奎那神学体系的好处",④传教士在华传播的西方地理、天文、象数等是"实学"的最好的内容,满足了晚明困顿于心学,渴求经世致用的儒家后学的需要。

从另一方面来说,在终极归宿的问题上,来自不同社会阶层的

---

① 孙尚扬:《基督教与明末儒学》,上海:东方出版社,1994年,第209页。

② (明)叶向高:《苍霞余草》卷5,《四库禁毁书丛刊》,第125册,北京:北京出版社,1997年,第22~23页。

③ [意]艾儒略:《职方外纪校释》,谢方校释,北京:中华书局,1996年,第13页。

④ 李天纲:《早期天主教和明清多元化社会(续)》,《史林》,2000年第1期,第38页。

诗人的感受是相近的。1608年,利玛窦的《畸人十篇》刊刻于北京,该书论述信仰在人们日常生活中的应用,他用"畸人"来自称,这词原是道家用来指称超凡脱俗的人,为利玛窦作序的周炳谟(1560—1625)进一步解释为"不怖死"的人。曾任礼部尚书的张瑞图在人生暮年重读此书,发出了"我时方少年,未省究生死。徒做文字看,有似风过耳。及兹既老大,颇知惜余齿"的感叹。底层文人翁际豊的诗句"主教开鸿蒙,源脉揭昏旦。世界非长住,百年奔骇电"透露出对人生短暂的感叹。从翁际豊的诗句可以看出,他对宇宙本源问题有着浓厚的兴趣,这恰恰是传统儒家未能给出详细解释的地方。莆田诗人朱之元说到他细读艾儒略的《万物真原》:"授我真原册,读之竹窗前,细缊不敢秘,太极失其玄。"《万物真原》是一本关于本原论的问答式论著,涉及"超性学"。从阐释"物皆有始"开始,艾儒略解释了万物不能"自生",不能由"天地所生",反对万物由"元气"或"理"所产生的基本观念,这些论述不仅为诗人津津乐道,更得到了他们的认可,如邵武诗人董邦禀曾作诗描述造物说。《赠诗》频繁出现了"天人""天学""超性学""性命"等概念,例如"其间名为人,谁不同性欲? 有欲必有性,完本在先觉"(何乔远),"本末始有归,性命方不诡。予每是其言,不觉烦口耳"(陈宏已),"无量超性光,朗如幽室炬"(林一儁)等。可以说,传教士对宇宙观的解释引发了诗人们对中国古代哲学和宋明儒学关于"天理""人欲"的反省和讨论,天人观念和西方自然科学以及神学知识紧密地联系在一起,《赠诗》实为晚明中西哲学、文化深入交流之见证。《明史》评价天学"言颇诞谩,不可信",[①]士大夫们却给出了极高的评价,叶向高认为艾儒略的《三山论学记》和《万物真原》"切而

---

① (清)张廷玉:《明史》卷326,北京:中华书局,1974年,第8458页。

精宏",①段衮称艾儒略的"超性之理,破千古之差谬,振举古之沉迷",②1641年,建宁县知县左光先在告示中称艾儒略"所著书皆惊心沁耳,憬迷破梦",③可见对中国人心理影响之深。

天学诗中的传教士是西方形象的具化,也是诗人对自身的书写,他们坚持传统儒学和"天下观",为人处世以符合伦理道德标准为最高原则,希望利用天学来恢复儒学纯正性,摈弃佛道影响;就个体而言,有的诗人能够坦然接受佛道的影响,同时也尊重传教士的言论,有的诗人选择受洗入教,成为教徒。然而真正了解其内涵和本质的人却十分有限,正如叶向高所说:"士大夫多与之游,然其深慕笃信、以为真得性命之学,足了生死大事者,不过数人。"④诗人与传教士往来、赠诗仅仅是处于礼仪使然,还是天学在他们身上产生了触动?绝大部分人正如叶向高所说,与耶稣会士结为朋友,对他们的教义表现出极大的兴趣,但他们既没有深入研究教义,也没有完全皈依宗教。毋庸置疑的是,与京城、长江流域、山西、陕西等地的人群相比,福建文人们对宗教和科学的态度没有发生常见的割裂,既推崇科学,也热衷于谈论宗教问题。这一点在皈依者的诗歌中体现得尤为明显。那些出身低微的皈依诗人,多数未能跻身官僚,最好的情况是,成为贡生和地方训导,从而在历史上留下名字。他们称艾儒略为师,将人生旅途上遇到的挫折和怀才不遇倾诉出来,批判佛、道。林光元说道:"世福若缀疣,令人惜年齿。

---

① 叶农:《〈大西利西泰子传〉与张维枢考述》,《福建师范大学学报(哲学社会科学版)》,2012年第4期,第129页。
② (明)段衮:《重刻三山论学序》,吴相湘主编:《天主教东传文献续编》(《中国史学丛书》,第40册),第1册,台北:学生书局,1966年,第427页。
③ 韩琦、吴旻校注:《熙朝崇正集·熙朝定案(外三种)》,北京:中华书局,2006年,第234页。
④ (明)叶向高:《苍霞余草》卷5,《四库禁毁书丛刊》,第125册,北京:北京出版社,1997年,第22页。

顾影莽奔鞭,请事从兹始。"潘师孔诗云:"埶赐我先生,耶稣意良苦。肖子吾所期,有力应须努。"苏负英诗云:"渊明如可作,八社自应先。"董邦彛写道:"大家挣起升天力,莫负西来一片肠。"林一儁云:"多缘大主恩无外,亦赖吾师志不惽。"他们期待再次聆听教诲,林绍祖诗云:"别后应知各努力,那堪分袂意凄然。"谢懋明说:"方慰趋承近,俄惊别恨长。三山需后会,教在不言中。"

《赠诗》对外来文化的书写折射出晚明社会思想的多变性和复杂性,从这个角度看,它有着重要的历史意义和价值。西方形象经历了漫长的历史过程,由抽象到具体,由模糊到清晰,它涉及中西文化交流历史、政治、宗教、民族和文化多个领域的互动,凝聚了中国文化对西方文化的认识和态度的变迁。16世纪,欧人东来,他们以武力争夺东亚海权的行为终结了中国人以往对西方的美好描述。明人作的游记、书信、史传类文献中,西人不仅外貌奇异,"深目""高鼻""鹰嘴",而且性格"贪婪""粗俗""鄙俗""凶狠无状""犷悍不道",这些词汇构建出一个万里之外的落后、愚昧的蛮夷之所。相比之下,诗集中塑造出了一系列截然不同的传教士形象,他们饱读诗书,品德高尚,擅长科学技巧,信仰虔诚,是"高士""儒生",甚至"吾师"。

利玛窦的《天主实义》和《万物真原》是两本非常重要的书籍,他们紧密地和中国哲学联系在一起。尽管在中国经典中有关于造物的神话故事,如最早关于宇宙起源的盘古。① 中国古代的宇宙观萌发于老子《道德经》和《易经》。② 《道德经》云:"道生一,一生

---

① Zürcher, Erik, In the Beginning: 17th-Century Chinese Reactions to Christian Creationism, In: Huang Chun-Chieh/Erik Zürcher(ed.), *Time and space in Chinese culture* (Sinica Leidensia, XXXIII), Leiden/New York/Köln: E.J.Brill, 1995, p.133;(宋)欧阳修:《艺文类聚》卷1,北京:中华书局,1965年,第2页。

② 朱伯昆:《易学哲学史》,北京:昆仑出版社,2009年,第74页。

二,二生三,三生万物",老子解释"道"说:"有物混成,先天地生。寂兮寥兮,独立而不改,周行而不殆,可以为天下母。吾不知其名,强字之曰道。"在道家体系中,"道"是宇宙本源,万物不仅起源于道,更是依赖道而运行,"道"具有形而上的哲学意义的同时,具有形而下的伦理规范价值,是一切人间秩序和价值观念的超越的理想世界,也是人类理想性思维延伸的极限,是唯一的终极的绝对真理。① 此后,庄子对"道"为中心的宇宙论进行了具体的阐发,认为无具体形状的"道"产生出的"一"就是混沌之气,它充斥于天地宇宙间,气是万物之源,而且万物形成之后,它的形、气还可以互相转化。《易经》则萌发了"太极"概念,《易经·系辞》云:"是易有太极,是生两仪,两仪生四象,四象生八卦","太极"成为解释宇宙存在的起点。秦汉时期,太极内涵得到进一步发展。汉代经学代表人物郑玄把太极诠释为气,《淮南子》把太极视为天地未成形之前的混沌实体。由阴阳二气化生为宇宙形态的理论从战国后期发展到汉代,形成了"盖天说""浑天说"和"宣夜说"三家学说。唐代经学家孔颖达在《周易正义》中说道:"太极,谓天地未分之前,元气混而为一,即是太初、太一也。故《老子》云'道生一',即此太极是也。又谓混元既分,即有天地,故曰'太极生两仪',即《老子》云'一生二'也",②秉承的依旧是秦汉时期"太极就是元气"的观点。宋代周敦颐(1017—1073)以儒家的社会伦理哲学为主体,吸收了道教陈抟《无极图》的宇宙观,引入"无极"概念,用图式和简洁的文字,勾画并解释了宇宙万物创生的结构及过程。张载(1020—1077)在此基础上推演出"太虚"概念,本质上还是对"气"原始状态的阐释,气聚

---

① 牟钟鉴、胡孚琛、王葆玹:《道教通论——兼论道家学说》,济南:齐鲁书社,1991年,第70页。
② 李学勤:《十三经注疏·周易正义》,北京:北京大学出版社,1999年,第279~280页。

时,万物和宇宙生成,气散时,万物归于太虚。① 这成为朱熹的理学体系中宇宙观的重要组成部分,他将太极理解为天理,理不是单纯的宇宙之规则,而是万物皆有理,据此,气得以动,产生了阴和阳。② 无论是在先秦的"道""太极",还是在宋明儒学的阐发中,宇宙的产生即非神力,而是和气的运动有关,这与西方的观点相悖。同样,道家认为,万物生于混沌,万物从"无"中来,"无"是所有物质的起源,"无"为万物之母;"道"是非人的神,之后才成为人行为的标准。佛家的宇宙观是无尽的恒河沙世界和无尽的轮回。③ 儒释道文化浸润中的中国士人对造物说十分不解,叶向高说:"今云有一天主,始造天地万物而主宰之,此说吾未之前闻。大抵先有我之身,然后有我之神,以为身主。未有是身,无是神也。有天地,斯有天主主之,未有天地,云何有主?"他认为应该先有天地,然后才可能产生一个天主来主宰万事万物。对此,西士只能不断强调人们不能给"天主"下定义,只能说明天主不是什么。诗人们表示,宇宙论是一个深奥晦涩的话题,但是自己豁然开朗,正如吴维新诗云:"混辟初未判,神理渺难识。泰西有畸人,貌古含灵粹。遥遥九万里,竟践中华地。剖析天人奥,发明造化秘。究始本源归,至道而

---

① Fung Yu-Lan, *A History of Chinese Philosophy*, Vol.II, *The Period of Classical Learning (From the second century B.C. to the twentieth century A.D.)*, translated by Derk Bodde, Princeton: Princeton University Press, 1953, p.480.

② Fung Yu-Lan, *A History of Chinese Philosophy*, Vol.II, *The Period of Classical Learning (From the second century B.C. to the twentieth century A.D.)*, translated by Derk Bodde, Princeton: Princeton University Press, 1953, p.544.

③ Zürcher, Erik, In the Beginning: 17th-Century Chinese Reactions to Christian Creationism, In: Huang Chun-Chieh/Erik Zürcher(ed.), *Time and space in Chinese culture* (Sinica Leidensia, XXXIII), Leiden/New York/Köln: E.J.Brill, 1995, pp.134, 138.

无二",认为传教士剖析了"造化"的神理和天人关系,将它变得清晰,与儒学至道无二。

第三节 保守和理性——观察者和同情者

一、华夷之辩

《赠诗》的创作受到主流文化和地方文化的双重影响,闽籍士大夫认识异国的思维方式和过程归根到底受到自身文化的影响,在当中起到主导作用的是形成于春秋时期的"天下观"。中国天下观以华夏中心主义为主体,具有地理中心和文化中心的双层意义。自古以来,中华在东亚汉字文化圈中一直处于文化输出性的主导位置,对周边国家以追求文化上的统治为主,只要接受中华文化,就可以成为中国朝贡体系中的一员,并不谋求政治、军事方面的绝对统治。中国语境下的"西方"是一个宽泛的、渐变的地理文化概念,先秦两汉时期的"西方"指的是西域地区,后囊括中亚地区,随着交通要道的推进和地理知识的拓展,到了明朝中叶,则涵盖了中亚、印度、西亚及非洲部分地区,到了晚明时期,"西方"正式与"欧罗巴"联系在一起。

从历史上看,福建历来被中原王权视为蛮夷之地,一度作为官员流放之地,边缘化的政治地位与客观地理条件相结合,促使福建形成了对外来文化开放、包容的态度,这是其他省份无法企及的。福建一直通过海上活动与外界保持联系,即使遭到明朝海禁政策的扼制,闽人与海外诸国的联系也并未因此中断,而是以私人海上贸易的形式存在着,他们对夷狄的态度也以宽容为主要特征,正如福州薛瑞光诗云:"华夷无异道,况是超凡身。"艾儒略的《职方外纪》,"闽人多有索者",因为它引入全新的地理知识,完全改变了传统以中华为中心的地理观,中国人发现,"天下"不再是全部笼罩在中华文化之下,闽人逐渐意识到西方科技和知识的确优越于中华。

　　西士把他们的使命建立在天学是绝对的、唯一的真理的信念上,这也是他们潜意识中西方文明优越感的来源。相对的,在古代中国人的世界观中,与中华文化的相符程度是考察所有外来文化优劣的标准。文明优越感在儒家思想中尤为强烈。《赠诗》中经常出现"中州""上国""中土""华裔""华夷"等词汇。在诗集中,叶向高是"华夷之辩"的中心人物。他在诗末写道:"圣化被九埏,殊方表同轨。"中华文化传播至偏远之地,"殊方"都表达了赞同之意。事实证明,即使了解了最新的地理知识的闽人,也无法摆脱华夏中心观念的窠臼,在他们眼里,传教士依旧是化外之地来华朝贡的使者。诗人林焌云:"华裔无定名,修身可一拟。氐羌有异鸾,肃慎有奇矢。卜人丹砂贵,权扶玉自美。中土众咸珍,玩好未佩齿。……瞻星献异书,何如越裳雉。"越裳是古南海国名,位于交趾(今越南)之南,《后汉书·南蛮传》记载:"周公居摄六年,制礼作乐,天下和平,越裳以三象重译而献白雉。"①诗人用这个典故以说明王朝的强大、人民的富足和优越的中华文化是吸引异邦使者来朝的原因。林焌是一个底层的文人,在地方志和其他史料中未见其有关记载。无独有偶,叶向高在为艾儒略《职方外纪》作的序言也提到了越裳来朝的典故:"泰西氏去中国已九万里,自上古未尝通。今艾君辈乃慕义远来,献其异书数千种于朝,其视越裳之重译献雉,不啻过之。夫安知此后如外纪所胪列,不有闻泰西之风接踵而至者乎!

---

　　① (宋)范晔:《后汉书》卷86,(唐)李贤等注,北京:中华书局,1971年,第2835页。

是愈可以昭圣治而畅声教也。"① 可以推测,叶向高作为前朝阁老,从国家安全出发看待传教士是其职业使然,将传教士描述为爱慕中华远来的使者,或许是最稳妥的保障传教士安全的方式,他对传教士的态度势必影响了围绕他所形成的人际网络。林焌诗中越裳国进贡的典故可能受到了叶向高的影响。诗人将耶稣会士看成外邦使者,他们的到来印证了华夏盛世。叶向高和何乔远的赠诗分别位于第一位和第三位。叶向高经明神宗、光宗、熹宗三朝,官至内阁首辅,是晚明耶稣会中国传教史上的重要人物。从1595年至1598年期间,他与利玛窦相识于南京,后又两次邀请利氏到他北京家中做客。1610年,利玛窦病逝于北京,在叶向高的帮助下,庞我迪才顺利地为利玛窦争取到在北京的墓地。② 1625年,叶向高从北京回乡,路过杭州,遇到逗留杭州的艾儒略,延请其入闽传教,帮助其在福建扎根。他在著作中襃扬了西学和天学,赠诗传教士:

　　天地信无垠,小智安能拟。爰有西方人,来自八万里。蹞䟤历穷荒,浮槎过弱水。言慕中华风,深契吾儒理。著书多格言,结交皆名士。傲诡良不矜,熙攘乃所鄙。圣化被九埏,殊方表同轨。拘儒徒管窥,达观自一视。我亦与之游,泠然得深旨。③

---

① [意]艾儒略:《职方外纪校释》,谢方校释,北京:中华书局,1996年,第13～14页。

② [意]艾儒略:《大西西泰利先生行迹》,钟鸣旦、杜鼎克主编:《耶稣会罗马档案馆明清天主教文献》,第12册,台北:利氏学社,2002年,第221～222页;林金水:《利玛窦与福建士大夫》,《文史知识》,1995年第4期,第45页。

③ 《闽中诸公赠诗》,法国国家图书馆抄本部,编号中文7066号,第1页。

诗中的远来西人品德高尚,不为利益名誉所累,向往中华文化,与中国士人交游,其学说契合"儒理"。"圣化"(sanctification)一词,在基督教神学中表示达到神圣的境界。从全诗涵义来看,可理解为"圣明的教化";下句的"同轨"源自《礼记》:"今天下车同轨,书同文,行同伦",①意为统一、相同的方法和原则,辨明天下的规律、道德伦理都是一致的。这个语典在王一锜(福清)的诗句中也有出现:"此心此理何分地,同轨同文自一时"②,表达诗人对中西文化秉持相同的道德规律的看法。除了"同轨同文"之外,"同心同理"也被援引用来阐明中西文化相同的涵义,如张瑞图诗云:"方域岂足论,心理同者是",林光元诗云:"作者有西贤,异地通心理",张开芳诗云:"旨明十诫功行满,道本一尊心理同。"③

陆九渊心学以"心即理"立论,与理学"性即理"的命题对立,"同心同理"语本《陆九渊集》:"四方上下曰宇,往古来今曰宙,宇宙便是吾心,吾心即宇宙。千万世之前有圣人出焉,同此心同此理也。千万世之后又圣人出焉,同此心同此理也。东南西北海有圣人出焉,同此心同此理也",④论述了"心即理"是永恒不变的基本观点。"心理"是宋明儒学用来探索精神和物质关系的基本概念,在诗歌的语境下,其意义落实在人的道德精神和万物规律上。诗人们普遍承认中西都存在相同的心理,从而承认了心理的普世性。何乔远在《〈西学凡〉序》中对心理进行了详细解读:

---

① (唐)孔颖达:《礼记正义》卷53《中庸第十三》,(清)阮元:《十三经注疏附校勘记》,北京:中华书局,1980年,第1634页。
② 《闽中诸公赠诗》,法国国家图书馆抄本部,编号中文7066号,第12页。
③ 《闽中诸公赠诗》,法国国家图书馆抄本部,编号中文7066号,第1、6、13页。
④ (宋)陆九渊:《陆九渊集》卷22,钟哲校注,北京:中华书局,2012年,第273页。

> 其所以来,为证学而已,出所为《西学凡》编,命予序之,要如吾中国天子之学、府州县之学,其教人之为之也,要如吾中国始求之六艺,会通于性命,而归重于尊天,益进益深,愈精愈微,所谓:"东海有圣人出焉,此心此理同也;西海有圣人出焉,此心此理同也。"①

何乔远是著名方志学家、理学家,与艾儒略、龙华民有来往。②何乔远去世之后,艾儒略应其子邀请撰写了《何镜山先生像赞》。③何乔远的赠诗云:

> 天地垂广运,日月转双毂。谁谓有覆帱,光明不照烛。其间名为人,谁不同性欲?有欲必有性,完本在先觉。艾公九万里,渡海行所学。其道在尊天,岂异洙泗躅。天地大矣哉,不是无胚芴。安得一人教,普之极缅邈。惟此一性同,不在相贬驳。且吾孔圣尊,其西则葱岺。并存宇宙内,谁复加臣仆。维此艾公学,千古入旸谷。吾喜得斯人,可明人世目。顾虽兼行持,蘧庐但一宿。善哉艾公譬,各自返茅屋。临岐申赠辞,证明在会续。④

此诗为赠别诗,"蘧庐"指古代驿传中供人休息的房子,即旅

---

① (明)何乔远:《镜山全集》,第2册,陈节、张家庄点校,福州:福建人民出版社,2015年,第1008~1009页。
② (明)李清馥:《闽中理学渊源考》卷75,徐公喜等点校,南京:凤凰出版社,第782页。
③ [意]艾儒略:《何镜山先生像赞》,何乔远:《镜山全集》,陈节、张家壮点校,第1册,福州:福建人民出版社,2015年,第44页。
④ 《闽中诸公赠诗》,法国国家图书馆抄本部,编号中文7066号,第1页。

馆,林金水将诗句解读为"何乔远虽然与艾儒略仅一宿之交,但艾的说教深深打动了他"。① 然而,典故词语的意义不能脱离典源的实际意义,而且应当考虑到其相近意义、反义和引申比喻。"蘧庐"语出《庄子·天运》中老子与孔子的一段对话,孔子问道,老子答:"仁义,先王之蘧庐也,止可以一宿而不可以久处,觏而多责。"②意为执政者不应当过分追求仁义的完美,仁义是国家政务管理的工具,却不能僵化地使用,只有道是永恒不变的,是比仁义更高的准则。此典故的引用颇有深意,何乔远赞赏艾儒略和其学说,却始终与其学说保持着距离,"各自返茅屋",即每个人都会回到属于自己的道上,他发出了各种学说"并存宇宙内,谁复加臣仆"的感叹,这在崇尚"夷狄之防"的传统中国社会不啻为一种进步的声音。中国人对传教士的看法因社会阶层、文化水平、互动时空呈现出不一样的情况,这两位诗人在晚明政坛和福建地方享有较高声望,从他们所使用的典故来看,受儒学理性特质的影响颇深,善用先秦和宋明儒学语典来表达中西方文化存在契合之处,甚至提出不同文化可以并存,且没有优劣之分的观点。他们以理性的眼光看待西方他者和中华自我的关系,能够较为客观地、敏锐地看到对方的特点和自我的不足,与宗教世界保持着一定距离,这些都是儒家世俗理性的特质。士大夫重视现世和个体修为,尊重五伦纲常,向往天下太平和秩序,追求经济富足和家庭、家族的安全,他们对传教士的好感更大程度上是出自追寻真相和重视学问的传统,这种理性和传统成为上层人士入教偏少的原因,尽管他们是传教士的支持者、同情者和观察者。

---

① 林金水、吴怀民:《艾儒略在泉州的交游与传教活动》,《海交史研究》,1994年第1期,第64页。

② 郭庆藩、王孝鱼点校:《庄子集释》,北京:中华书局,1961年,第517页。

/第四章 天学诗与晚明士人心态/

值得一提的是周之夔,他的诗歌创作于1631年之前,诗中表达了对西学的惊叹之情,并赞赏了艾儒略的口才。《赠诗》中第13首赠诗由周之夔所作。周之夔,字章甫,福州人,崇祯四年(1631年)进士。为人负气节,任事敢言,授苏州推官。忤当道弃官归。佣书、画自给,后居潜寺中卒。

赠诗应创作于1631年之前。周之夔将传教士万里来华与"河图"出现联系起来,又将中国古代历法的制定和晚明西安唐代景教碑的出土比照,指西方天文学和地理学知识的可信性。首联"河图告帝期"语出《太平御览》:

> 仲尼曰:"吾闻尧舜等游首山观河渚,乃有五老游河渚。一老曰:'河图将来告帝期。'二老曰:'河图持龟告帝谋。'三老曰:'河图将来告帝书。'四老曰:'河图将来告帝图。'五老曰:'河图将来告帝符。'龙衔玉苞,金泥玉检,封盛书,五老飞为流星,上入昴。"①

五老预言河图出世,暗示着将要有圣人为王,预言之后,尧传位于舜。典源可追溯至《易·系辞》:"河出图,洛出书,圣人则之。"②伏羲按照龙马背上花纹绘制八卦,称为"河图",后有神龟从洛水出现,依据其花纹绘制的图称为"洛书",并称"河图洛书"。伏羲是中华文明的始祖,在三皇五帝谱系中居首位,不仅先秦典籍中都有大量记述,后世也有各种与之相关的神话故事。《赠诗》中伏羲氏出现的概率非常高,表达的内容各不相同。如林登瀛的"羲文

---

① (宋)李昉:《太平御览》卷383《人事部二十四》,北京:中华书局,1960年,第4页。
② (唐)孔颖达:《尚书正义》卷1《尚书序》,(清)阮元:《十三经注疏附校勘记》,北京:中华书局,1980年,第4页。

未笄,孔孟未啼",①说明天学早于伏羲时代;何乔远的"维此艾公学,千古人旸谷"引用了伏羲在旸谷传授给百姓农业种植方法的传说,②将艾儒略的功绩与伏羲氏相提并论;柯昶诗云"函丈自兹远,先天不可名",③"先天"指伏羲所作之《易》,"伏羲氏之先天,神农易之为中天;神农之中天,黄帝易之为后天。岂非《易》道广大,变通不穷,有非一法之所能尽?"④诗中"先天"也可理解为《易经》所包含的关于宇宙的本体和万物的本原的内容,涉及传教士关于宇宙本源的论述;薛瑞光诗云:"掌中象数穷河洛,心上珠玑测宿缠";又有林光元的"坟索劫秦灰,异说始蜂起",⑤"坟索"是"三坟八索"的略语,"三坟",指伏羲、神农、黄帝所作的古书,"八索"指八卦,与《易经》和伏羲都有关联,将后世异端学说蜂起和经典遗失归因为秦始皇焚书坑儒。⑥

  诗人对伏羲氏和《易经》的援引符合当时晚明福建士人对《易经》研究风尚。自古以来,《易经》被认为蕴含着有关宇宙奥秘和自然法则的知识,同时拥有辟邪的作用,在古代国家典礼、仪式和占卜上发挥重要作用,是王权的标志,《易经》的"卦象"被认为是中国古代数学、天文的开端。中国士人很容易将《易经》与西方天文学联系在一起。赠诗颈联提到的"浑天"和唐尧历,都与中国古代天

---

① 《闽中诸公赠诗》,法国国家图书馆抄本部,编号中文7066号,第17页。
② (唐)孔颖达:《尚书正义》卷2《虞书》,(清)阮元:《十三经注疏附校勘记》,北京:中华书局,1980年,第119页。
③ 《闽中诸公赠诗》,法国国家图书馆抄本部,编号中文7066号,第4a页。
④ 朱之俊:《周易纂》卷6,清顺治刻本,第3b页。
⑤ 《闽中诸公赠诗》,法国国家图书馆抄本部,编号中文7066号,第12、6页。
⑥ (唐)孔颖达:《尚书正义》卷1《尚书序》,(清)阮元:《十三经注疏附校勘记》,北京:中华书局,1980年,第113页。

文有关,"唐尧历"典出《书·尧典》:"尧乃命羲和,钦若昊天,历象日月星辰,敬授人时",①为中国历法之肇始。

周之夔作诗之时,正是西方天文学为世人所知、备受推崇之时,艾儒略入闽后,地方文人有机会近距离聆听西方天文学知识,诗人蔡国铤、徐𤊹、邓材、黄鸣晋、许日升等人都作诗褒扬。随着叶向高、何乔远等有影响力的护教派人士相继去世,礼仪之争初露端倪,反教气氛渐浓,周之夔应佛教弟子黄贞的邀请,行文驳斥天学,宣称:"西洋本猾黠小夷,多技巧……若其为教,最浅陋无味,而人多从之,何哉?盖利欲相诱。……视天主教与从其教者,只宜视如禽兽,不当待以夷狄之礼",虽然态度发生了巨大的改变,但依旧认可西方天文学,称"其天文尚可用"。②

1638年,福建教案爆发,周之夔应"白衣弟子"黄贞的邀请,做了反教的文章,后收入《圣朝破邪集》中。③ 在序言中,他批判道:

> 西洋本猾黠小夷,多技巧,能制玻璃为千里镜,登高远望,视邻国所为,而以火炮伏击之。故他夷率畏其能,多被兼并,以此称雄于海外。若其为教,最浅陋无味,而人多从之,何哉?盖利欲相诱。夷先以金啖愚而贪者,虽士大夫非无欲亦堕其术耳。病端实实如此,别无玄妙奇异也。孟子待横逆妄人,以为与禽兽奚择,于禽兽何难?夔愚每谓:"视天主教与从其教者,只宜视如禽兽,不当待以夷狄之礼。"何则?夷狄犹腼然人也,而诸君子犹鳃鳃焉引圣贤与之析是非,此不亦待之过厚?

---

① (唐)孔颖达:《尚书正义》卷1《尚书序》,(清)阮元:《十三经注疏附校勘记》,北京:中华书局,1980年,第119页。

② (明)周之夔:《破邪集序》,夏瑰琦编:《圣朝破邪集》卷3,香港:建道神学院,1996年,第146~148页。

③ (明)周之夔:《破邪集序》,夏瑰琦编:《圣朝破邪集》卷3,香港:建道神学院,1996年,第146~148页。

与佛慈悲等,而非吾孟子所以自处乎?夔又谓:"吾儒之有孟子,犹禅释之有达摩,皆直指人心见性。孟子学孔子,吾辈只宜学孟子,学孟子而天下之能事矣。"孟子救人类先救人心,而又谆谆告戒曰:"人之所以异于禽兽者几希。"又曰:"夜气不足以存,则其违禽兽不远。"又曰:"饱食暖衣,逸居而无教,则近于禽兽。"又曰:"杨墨之道,无父无君是禽兽,而率兽食人。"其言痛切几于一字一泪。则以禽兽视天主教与从其教者,诚非刻而可以佐天香辟邪之本心矣。虽然邪教之乱儒、乱佛也,吾与天香诸君子能以口舌为功。至于严不轨之防,芟除殄灭,无俾易种,则当事之责,庙廊之权。即佛慈悲,尚判五逆七遮不通忏悔,况吾儒治世者乎?倘谓其天文尚可用,则不主休咎,已明绝吾儒恐惧修省一脉。且彼以尧舜、周孔皆入炼清地狱矣,其毁吾圣贤,慢吾宗祖至此,而尚为宽大不较,羁縻勿绝之语,此之谓失其本心,而违禽兽不远也![1]

这个序言作于 1638 年,这一年,福建教案爆发,艾儒略和其他传教士被驱逐,教堂被移作他用。艾儒略在护教文人和官员的帮助下,先后藏于泉州府和兴化府。周之夔的序言与赠诗完全对立,在当中他批判了西方文化,维护儒教和佛教学说。之前他所称颂的西学,不过是西方武力征服的工具。他的态度转变很可能与当时的社会氛围有关,一方面也与他所在的学者圈子变化相关,之前叶向高的政治影响力消失殆尽,周之夔先前所依赖的圈子也不见了。佛教人士把传教士与在东南亚的侵略者联系在一起,特别是

---

[1] (明)周之夔:《破邪集序》,夏瑰琦编:《圣朝破邪集》卷3,香港:建道神学院,1996年,第146~148页。

在菲律宾吕宋岛 1602 年事件,西班牙对华侨的屠杀事件之后。①周之夔的态度与时局变化密切相关。

官员、文人和民间对传教士的看法因社会阶层、文化水平、互动时空呈现出较大差异和变动,地方文化也是影响对外来文化看法的因素之一。对传教士抱有好感的闽人,无法忽视欧人在东南亚的殖民行为,但是,明王朝海禁政策限制了福建民间接触西方的可能,不难理解,诗人们希望通过确定传教士的使者身份和意图,来确认自身的安全和稳定。《赠诗》反映了受主流文化和地方文化双重影响下的儒士群体对外来文化的心态的复杂性和多变性。

二、三教杂糅

明代后期,社会生活环境、生活风尚变化巨大,程朱理学、阳明心学,佛道家各种思想并存局面已经形成,政权力量已经无法阻挡儒释道三教通融之势,士人心态亦呈现多元并存的格局。② 这种思潮也影响到诗文创作,三教思想杂糅在天学诗用典中体现得最为明显。林宗彝,籍贯晋安(今福州),史传、地方志均无与其有关的记载。其诗多处用佛道语典,两处化用唐诗,两处援引神话人物,一处引用先秦典籍,全诗如下:

> 太西法界仟栖栖,未挖金绳路转迷。何处真人嘘紫气,云道欧逻西复西。炎汉于今千百劫,耿耿相传青玉笈。行藏非

---

① 林东阳:《利玛窦的世界地图及其对明末士人社会的影响》,《纪念利玛窦来华四百周年中西文化交流国际学术会议论文集》,台北:辅仁大学出版社,1983 年,第 358 页。
② 罗宗强:《明代后期士人心态研究》,天津:南开大学出版社,2006 年,第 527 页。

释亦非仙,九万烟波乘一叶。我闻西方白帝主,谓君炼石随天补。割尽业火鹈光寒,鼎猴蕉鹿都尘土。辙遍滇南与蓟北,为挽风华还古色。谈天一炷醒群蒙,羲驭长驱照中国。①

"未控金绳路转迷"化用了李白《春日归山寄孟浩然》诗句:"金绳开觉路,宝筏度迷川"②,该句涉及佛典,《妙法莲华经》(卷2)中有"离垢"国,"琉璃为地,有八交道,黄金为绳,以界其侧",③意为佛法能开启众生觉悟的道路,能超度众生脱离迷川,到达理想的彼岸世界。"谓君炼石随天补"化用李贺《李凭箜篌引》"女娲炼石补天处,石破天惊逗秋雨",典出《淮南子·览冥训》。④除了女娲,诗人提到的"白帝"是古神话中统治西方的神。⑤"蕉鹿"指梦幻,语出《列子·周穆王》:"郑人有薪于野者,遇骇鹿,御而击之,毙之。恐人见之也,遽而藏诸隍中,覆之以蕉,不胜其喜。俄而遗其所藏之处,遂以为梦焉",⑥表明只有孔子、黄帝这样的圣人才能分别出现实和梦幻之间的差异。除此之外,诗人引用了"业火""伽蓝鸟""真人"等语。

再如寓闽人士吴士伟的诗歌,该诗记录他在福建结识传教士,表达了对传教士的赞赏之情:

---

① 《闽中诸公赠诗》,法国国家图书馆抄本部,编号中文7066号,第14页。
② (唐)李白:《李太白全集》,第2册,北京:中华书局,2012年,第683页。
③ 《妙法莲华经》第2卷,CBETA汉文大藏经,http://tripitaka.cbeta.org/T09n0262_002.2019年6月25日。
④ 何宁:《淮南子集释》,北京:中华书局,1998年,第479页。
⑤ (汉)郑玄:《周礼注疏》卷2,(清)阮元:《十三经注疏附校勘记》,北京:中华书局,1980年,第649页。
⑥ 杨伯峻:《列子集释》,北京:中华书局,1979年,第107~108页。

第四章　天学诗与晚明士人心态

　　到得三山欲避尘,相看浑是个中人。高谈纵复空千古,名理依然重六亲。海若有天朝甲子,支祈无路见庚申。长安回首春明外,柳色莺声几度新。①

　　颈联涉及道家和神仙故事,采用了互文的修辞手法,此句在诗中显得突兀,如果不了解典故的话,就无法理解诗人所要表达的意思。诗中的"海若"是海神名,②"支祈"是淮河河神名,又称无支祁。参见唐代《岳渎经》:

　　水神名无支祁,善应对言语,辨江淮之浅深,原隰之远近,形若猿猴,缩鼻高额,青躯白首,金目雪牙,颈伸百尺,力逾九象,搏击腾踔,疾奔轻利,倏忽闻视不可久。禹授章律,不能制。授之乌木由,不能制授之。庚辰能制。庚辰持戟逐去。颈锁大索,鼻穿金铃,徙之淮阴龟山之足,俾淮水永安。③

　　"庚申"应为"庚辰"笔误。有趣的是,庚申、庚辰和甲子都是民间道教信仰"六十甲子神"系统中的神祇,又称为"岁神"或"太岁"。庚申太岁是天神将军毛梓,其样貌类猴,甲子太岁是天神金辨,样貌类鼠,而庚辰太岁是董德将军,对应龙年。此外,道家中又有关于"三尸神"的说法,称三尸神在人体内作祟,每于庚申日向天帝呈

---

①　《闽中诸公赠诗》,法国国家图书馆抄本部,编号中文 7066 号,第 19 页。

②　郭庆藩、王孝鱼点校:《庄子集释》,北京:中华书局,1961 年,第 562 页。

③　(宋)李昉:《太平广记会校》卷 467,张国风校注,第 19 册,北京:燕山出版社,2011 年,第 8404 页。

奏人的过恶。①

诗句杂糅了道教民间信仰中妖怪被降伏的典故,以教导世人应断除恶念,心存善念。"天""善恶""贫贱""公义"等概念,艾儒略在闽的各个时期的论著中都出现过,如《西方问答》《口铎日抄》。在福建区域内讨论善恶的命题具有重要的意义。中国传统文化在讨论人性时都与贫贱、富贵联系在一起,管子说:"仓廪实而知礼节,衣食足而知荣辱。"他们都把人追求富贵安适的本能看作一种自然现象。闽人对公义和贫贱尤为关注,闽地"负山滨海,平衍膏腴之壤少,而崎岖硗确地多",人们"非市舶无以助衣食",只好从事"恬波涛而轻生死"的海上贸易。长期的海外经商活动渐渐养成了闽文化外向性和商儒并重的价值观,以及富贵在人的人生观。

大量的佛道用语和天学术语混合现象在《赠诗》十分常见,林传裵的"十诫尘心净,三仇灰劫空",即包含了佛教语"灰劫"(指大三灾中火劫后的余灰),又有天学术语的"三仇"("三仇"指的是魔鬼、肉身和世俗),②林一儁的诗中也有出现:"总被异端迷,多因三仇沮"。诗人不再遵循诗歌格律,作诗更像是闲暇乐事,他们擅长多典连用,以此在山林雅会和宴集唱和中展现才学,这无形中呈现了天学诗中三教杂糅的思想体系。诗人们在创作中融合了佛道的思想,他们一方面热衷谈禅悟道,追求洒脱自然,偏爱隐士典故来描述传教士远离俗世、擅长道术、不落世俗,近乎仙人隐士的品行,将西方世界描述成与世无争、远离尘世的隐逸仙境,从而抒写自己逍遥自在之志、于人间寻得知音的快意,符合道家思想的精神内核;另一方面,他们不愿脱离现实世界,也不愿笃守教义,反而批驳

---

① 《太上感应篇》卷1,《正统道藏》,台北:译文印书馆,1962年,第15页。
② [意]利玛窦:《天主教要》,钟鸣旦、杜鼎克主编:《耶稣会罗马档案馆明清天主教文献》,第1册,台北:利氏学社,2002年,第355页。

佛道消极的人生态度,呈现了晚明士人对宗教文化宽容接纳精神,追求质朴的人生观念。

许多诗人逞才肆情,恣意使用三教典故,为了用典而用典,使诗句显得较为突兀,没有与之相匹配的诗文才华来驾驭三教思想之复杂,无法达到融会贯通、辞约意丰的境界,导致诗歌的审美趣味大大降低,在艺术上存在着一些欠缺。诗人频繁用典,以复古为文学立场,以道德风化为归属,在展示了个人才学的同时,体现他们面对异质文化丰富的思想情感。

下编

《闽中诸公赠诗》笺注

本笺注以法国国家图书馆抄本部手抄本(Chinois 7006)为底本。诗人名字之前的数字代表诗歌在诗集里出现的顺序。

1.叶向高(福唐)[一]

天地信无垠,小智安能拟。
爰有西方人,来自八万里。
蹑屦历穷荒,浮槎过弱水。[二]
言慕中华风,深契吾儒理。
著书多格言,结交皆名士。
俶诡良不矜[三],熙攘乃所鄙。[四]
圣化被九埏[五],殊方表同轨[六]。
拘儒徒管窥,达观自一视[七]。
我亦与之游,泠然得深旨。

注释:

[一]福唐:唐初,福建万安县改名"福唐",隶属长乐郡,后唐长兴四年(933)改名"福清"。

[二]弱水:由于水道水浅或当地人民不习惯造船而不通舟楫,只用皮筏济渡的,古人往往认为是水弱不能载舟,因称弱水。

[三]俶诡:意为奇异,特别,特殊。不矜:不骄傲,不夸耀。《书·大禹谟》:"汝惟不矜,天下莫与汝争能。"

[四]熙攘:形容人群的喧闹和嘈杂,语本《史记·货殖列传》:"天下熙熙,皆为利来;天下攘攘,皆为利往",这里指追求功名利禄的强烈愿望。

[五]九埏:本义是"九州岛的边际",指包括中央和八个方向;古代中国分为九州岛,不同典籍分法不同,《尚书·禹贡》分为:冀、兖、青、徐、扬、荆、豫、梁、雍;在《尔雅·释地》中,青和梁分别被"幽"和"营"取代,"九州岛"一词逐渐演变为中国的代名词。诗集中,出现了多种指称中国的名称,如苏负英的"八埏",曾楚卿的"九州岛",张瑞图的"九原",林珝的"九垓",陈衎和李文宠的"中州",郑凤来的"震旦"。

[六]同轨:《礼记》:"今天下车同轨,书同文,行同伦",意为统一、相同的方法和原则。见孔颖达:《礼记正义》卷53,(清)阮元:《十三经注疏附校勘记》,北京:中华书局,1980年,第1634页。

[七]达观(1543—1603):紫柏达观,与云栖袾宏(1535—1615),憨山德清(1546—1623),蕅益智旭(1599—1655)并称为明朝四大僧人;在万历三十一年的妖书事件中遭到株连,死于狱中,是朝廷政治派阀斗争的牺牲者。憨山德清与紫柏弟子收集其文,辑成《紫柏老人集》。Goodrich, L. Carrington, Fang Chaoying: *Dictionary of Ming Biography* 1368—1644(《明代名人传》), 2Vols., New York/London: Columbia University Press, 1976, pp.244-246.

2.张瑞图(温陵)

昔我游京师,曾逢西泰氏。
贻我千篇书,名编畸人以[一]。
我时方少年,未省究生死。
徒做文字看,有似风过耳。
及兹既老大,颇知惜余齿。
学问无所成,深悲年月驶。
取书再三读,低徊抽厥旨。
始知十篇中,篇篇皆妙理。
九原不可作[二],胜友乃嗣起。
著书相羽翼,河海互原委[三]。
孟氏言事天,孔圣言克己。
谁谓子异邦,立言乃一揆[四]。
方域岂足论,心理同者是[五]。
诗礼发冢儒,操戈出弟子[六]。
口诵圣贤言,心营锥刀鄙。
门墙堂奥间,咫尺千万里。

注释:

[一]畸人:即利玛窦的《畸人十篇》,初刻于万历戊申(1608),次年在南京和南昌重印,汪汝淳校梓,后收入李之藻的《天学初函》(1629)和《四库全书》子部杂家存目。1694年的版本包含了李之藻的"刻畸人十篇"抄序(1608)和王征的两则序言(1621),勾吴冷石生演的"畸人十规"、周炳谟和王家植的引言,以及刘胤昌的后序。结尾附有张瑞图的《附温陵张二水赠西泰》一首,又

有附录王家植的《题畸人十篇小引》和书末附利玛窦的《西琴曲意八章》,汪汝淳和李之藻的文章。梵蒂冈教廷图书馆、法国国家图书馆均有收藏。"畸人"为言行奇特的人,周炳谟认为所谓的"畸人",就"在不怖死。……而去来之际,自无弗洒然也。夫世之芒于死生者,骤闻若说,有不骇以为吊诡者耶?即谓之'畸人',宜也"。该书共十篇,记录了利玛窦与八位明代儒士之间关于时间、生命与死亡、希言有益、善用金钱、修身禁欲等有关人生的根本问题的讨论。利玛窦在书中引用了大量的西方哲人、学者们的名言警句以及《圣经》训诫,该书被认为是利玛窦最受欢迎的中文著述,有助于人们过道德的生活,远胜于许多其他书籍的总和。

[二]九原可作:源自《国语·晋语八》:"赵文子与叔向游于九原曰:'死者若可作也,吾谁与归?'"后谓设想已死的人再生为"九原可作"。晚明社会时局动荡,或追名逐利,或遁入佛老,困于时局的士大夫们向往上古社会贤王治世的时代,渴望恢复古儒道德、伦理秩序,思想界和文学界出现了复古倾向,诗句反映出他对这种思想倾向的纠正态度。(上海师范大学古籍整理研究所:《国语》卷14,上海:上海古籍出版社,1978年,第471页。)

[三]羽翼:引申为辅佐、帮助、维护,也指提供辅佐力量的人。"原委"原指水的发源和归宿,后引申为事情的始末和先后顺序。

[四]一揆:《孟子·离娄下》:"地之相去也,千有余里;世之相后也,千有余岁。得志行乎中国,若合符节,先圣后圣,其揆一也。"意谓古代圣人舜和后代圣人文王的作为是完全相同的,此处指传教士著书立说与中国圣贤一致。[赵岐:《孟子注疏》卷8,(清)阮元:《十三经注疏附校勘记》,北京:中华书局,1980年,第2725页。]

[五]心理:中国古代哲学名词,谓心与理。程颐和朱熹称:"性即理",陆象山称:"心即理"。明代王阳明将心学发扬光大。明王守仁《传习录》卷中:"此区区心理合一之体,知行并进之功,所以异于后世者,正在于是。"

[六]诗礼发冢:比喻儒生们用诗礼来挖掘他人坟墓,比喻口是心非、言行不一的伪君子,源自《庄子·外物篇》:"儒以《诗》《礼》发冢。"(郭庆藩、王孝鱼点校:《庄子集释》卷9,北京:中华书局,1961年,第927页。)

3.何乔远(镜山)[一]

天地垂广运,日月转双毂。
谁谓有覆帱,光明不照烛。
其间名为人,谁不同性欲[二]?
有欲必有性,完本在先觉[三]。
艾公九万里,渡海行所学。
其道在尊天,岂异洙泗躅[四]。
天地大矣哉,不是无胫足。
安得一人教,普之极缅邈。
惟此一性同,不在相贬驳。
且吾孔圣尊,其西则葱竺。
并存宇宙内,谁复加臣仆。
维此艾公学,千古入旸谷[五]。
吾喜得斯人,可明人世目。
顾虽兼行持,蘧庐但一宿[六]。
善哉艾公譬,各自返茅屋。
临岐申赠辞[七],证明在会续。

注释:

[一]镜山:何乔远屏居镜山(泉州府清源山五台峰西南麓)二十七载,足迹不入城市。释经纂史,著述千卷。学者称之"镜山先生",室名自誓斋、天听阁。

[二]性欲:自先秦以来,历代皆有对人性的讨论,人性包含了自然性和社会性两个方面,前者是人的生理、机能和欲望,后者是人的道德属性,也是人

的价值所在,儒家人性论承认人的欲望的存在,同时把它视为改造的对象,强调人道德属性的价值。宋明理学的人性论将人性分为天理之性和气质之性,实际上把人性归结为人的道德属性,把感性欲望排斥在外,提出"存天理,灭人欲"的教条。佛教中"性欲"谓习性、乐欲。[赵岐:《孟子注疏》卷9,(清)阮元:《十三经注疏附校勘记》,北京:中华书局,1980年,第2738页。]

[三]先觉:事先认识觉察。[赵岐:《孟子注疏》卷11,(清)阮元:《十三经注疏附校勘记》,北京:中华书局,1980年,第2748页。]

[四]洙泗:原指"洙水"和"泗水",古时二水自今山东省泗水县北合流而下,至曲阜北,又分为二水,洙水在北,泗水在南。春秋时属鲁国地。孔子在洙泗之间聚徒讲学,后世指代孔子或儒学。[孔颖达:《礼记正义》卷7,(清)阮元:《十三经注疏附校勘记》,北京:中华书局,1980年,第1282页。]

[五]旸谷:日出之处。《书·尧典》中记载:"分命羲仲,宅嵎夷,曰旸谷,寅宾出日。"孔颖达疏:"日所出处,名曰旸明之谷。"传说伏羲在此教授百姓农业种植。[孔颖达:《尚书正义》卷2,(清)阮元:《十三经注疏附校勘记》,北京:中华书局,1980年,第119页。]

[六]此句中"顾"表示顾虑,兼表示同时。"行持"为佛教术语,表示精勤修行,持守佛法戒律。"蘧庐"指古代驿传中供人休息的房子,即旅馆。《庄子·天运》中记载了老子与孔子的一段对话,孔子问道,老子回道:"仁义,先王之蘧庐也,止可以一宿而不可以久处,觏而多责"。诗人此处用此典故,意为批评过分追求仁义完美的人。仁义是历代帝王管理国家的工具,相比之下,道是永恒不变的,有超越工具的重要性和优越性,是比仁义更高的准则。何乔远此处引用此典,可以理解为何乔远虽然赞赏艾儒略和他的学说,但是他并不会以之为"道",从侧面可看出他敬而远之的态度。(郭庆藩、王孝鱼点校:《庄子集释》卷5,北京:中华书局,1961年,第517页。)

[七]临岐:本意为面临歧路,后亦用为赠别之辞。

4.张维枢(温陵)

浮槎碧汉水云乡[一],直到东南建法场[二]。
望国遥看沧海涨,尊天代演物原章。
一枝筇杖扶双屐,数卷灵编度十方[三]。
若至三山须计日[四],好来江濑访柴桑[五]。

注释:

[一]"水云乡""水云"为诗歌常见意象,用来描绘多云,美丽的风景和平静的环境,可以指仙人居住的场所。

[二]法场:宗教术语,是举行佛教或道教法事的场所。

[三]十方:佛经称东、西、南、北、东南、西南、东北、西北、上、下,为十方,每一方都有无量无边的佛国。

[四]三山:福州旧称。福州有三座山,西部闽山,东部九仙山,北部越王山,南宋淳熙九年(1182),梁克家在其福建地方志《淳熙三山志》中首次将福州称为"三山"。艾儒略在福州建了福建第一座教堂,在此讲学,著有《三山论学记》,后成为该省的传教中心。

[五]柴桑:今江西九江,东晋文学家陶潜(365—427)的故乡,他的晚年在柴桑度过,自称"柴桑",此后用来指隐士。诗中指代艾儒略,艾儒略在1629年到达泉州,在当地名流教徒张赓的帮助下,建立了教堂。张维枢来自温陵,城中有晋江,教堂可能建在晋江附近。

5.林欲楫(温陵)

畏天箴[一]

皇矣上帝,居高听卑,何以事之,念念勿欺[二]。
居心勿净,浊魔为祟,举头见天,云何勿畏。
彼夜而告,以省其私,吾谓帝心,未告已知。
虽有旃檀,香不盈室,德馨所闻,靡远弗格。
虽有鲍鱼,臭不越肆,秽念所触,诸天掩鼻[三]。
世人佩芳,以袭其体,我衷吾芬,惟心是洗。
洗之又洗,如涤腥膻,庶几不滓,以对于天。

注释：

[一]箴：古代文体，产生于西周初年，与诗、赋、颂、赞等同类，可用韵；引申为规谏的应用文体，或以颂美，或以讽刺，以期用文章起到干预现实政治和生活的作用。

[二]念念：佛教语，谓极短的时间，犹言刹那，或可以理解为一个心念接着一个心念，后引申为一心一意。

[三]诸天：天神。

6.曾楚卿(莆阳)

九州岛游其八,昔人亦以寡。
乃有泰西人,一苇浮中夏[一]。
日穷章亥步[二],九万风斯下。
入门粲玉齿,名理恣所写。
生民溯厥初[三],粉黛一切假。
十分婆子心,千古开聋哑。
吾儒徒蠡测[四],著辩夸非马[五]。
所见域所闻,学问亦聊且。
宝筏良在兹[六],洪炉同一冶[七]。

注释:

[一]一苇:小舟的代称,《诗·卫风·河广》:"谁谓河广,一苇杭之。"孔颖达疏:"言一苇者,谓一束也,可以浮之水上而渡,若桴筏然,非一根苇也。"

[二]章亥:大章和竖亥并称,两者为古代传说中善走的人。见《淮南子》:"禹乃使大章步自东极,至于西极,二亿三万三千五百里七十步;使竖亥步自北极,至于南极,二亿三万三千五百七十里。"(何宁:《淮南子集释》,北京:中华书局,1998年,第321~322页。)

[三]生民:犹言人类诞生。《诗·大雅·生民》:"厥初生民,时维姜嫄。"姜嫄是中国神话中后稷的母亲,踩了巨人的足迹而生育。[孔颖达:《毛诗正义》卷17,(清)阮元:《十三经注疏附校勘记》,北京:中华书局,1980年,第528页。]

[四]蠡测:"以蠡测海"的略语,用瓢量海水,比喻以浅陋之见揣度事物,典出《汉书·东方朔传》(班固:《汉书》卷65,北京:中华书局,1962年,第2867页)中的:"以管窥天,以蠡测海。"

[五]非马:名家公孙龙(约前320—前250)的哲学辩题"白马非马说"。

[六]宝筏:佛教语。比喻引导众生渡过苦海到达彼岸的佛法。唐李白《春日归山寄孟浩然》诗云:"金绳开觉路,宝筏渡迷川。"明孙梅锡《琴心记·锦江晓发》:"恒沙渺,彼岸平,从教宝筏济众生。"清赵翼《题王摩诘〈渡水罗汉图〉诗》:"我闻释氏妙变化,宝筏能引迷津断。"

[七]洪炉:引申为天地环境、氛围,意为人在某个环境下可以发展积极的人格。唐薛逢《送西川杜司空赴镇》诗云:"莫遣洪炉旷真宰,九流人物待陶甄。"明陈继儒《读书镜》卷7:"君子以善服人,不如以善养人,养人至于盗贼使之改过,真是一具大洪炉也。"

7.黄鸣乔(莆阳)

沧溟西渡片帆轻,涉尽风涛不算程。
为阐一天开后学,才能万里见先生。
觞传月下姿如鹤[一],麈拂花边屑是琼[二]。
何幸得频承绪论,知君愿作圣人氓[三]。

注释:

[一]觞传:行觞、传杯,为古代文人宴会饮酒形式。"鹤"有长寿之意,通常是仙人坐骑。

[二]麈拂:指麈尾,又称拂子,即古代僧人说法及士大夫清谈时,持以指授听众的拂子。"花边屑是琼"借用佛经中的传说故事,反映释迦牟尼说经,讲至真妙处,天雨花遍落佛祖及听众身上。

[三]氓:自外地迁来之民,典出《孟子·滕文公上》:"有为神农之言者许行,自楚之滕,踵门而告文公曰:'远方之人,闻君行仁政,愿受一廛而为氓。'"

8.庄际昌(温陵)

有客自西来,芒踪遍八垓。
文将重译著,性指上玄胎[一]。
万国车书会,千灵谛义开。
知君饶远志,宁我独殊才。

注释:

[一]玄胎:犹玄根,指道家所称的道的根本。宋沈辽《古兴》诗:"俯仰方自适,为谁指玄胎。"

9.彭宪范(古莆)

华夷无异道,况是超凡身。
西字成蝌蚪,心源晤圣神[一]。
披图罗万国[二],受学溢千人。
读罢玄言论,潇然洒世尘。

注释:

[一]心源:犹心性。佛教视心为万法之源。
[二]万国:指利玛窦的《坤舆万国全图》(1602),在此之前,利氏已多次绘制世界地图,但都已失传,在冯应京的《月令广义》中,保存着一幅《山海舆地全图》的摹绘本。

10.柯昶(古莆)

人从西海至,乍晤识高情。
见道能超世,乘风又出城。
树低禽语少,霜薄马蹄轻。
函丈自兹远[一],先天不可名[二]。

注释:

[一]函丈:师父的故称。
[二]先天:指伏羲所作之《易》。宋罗泌《路史·发挥一·论三易》:"伏羲氏之先天,神农易之为中天;神农之中天,黄帝易之为后天。岂非《易》道广大,变通不穷,有非一法之所能尽?"此处先天亦可指宇宙的本体,万物的本原。[(宋)罗泌:《路史》卷1,《四部备要·史部》,第135~136册,台北:中华书局,1965年,第17页。]

11.徐景濂(古莆)

闻道西方有圣人,先生教泽百年新。
三山卜筑高山仰[一],四海传经滨海亲。
浪说昆仑浑一脉[二],惊看壶峤久为邻[三]。
端阳高斾翩翩至[四],嫩柳垂堤契凤因。

注释:

[一]高山仰:语出《诗·小雅·车辖》:"高山仰止,景行行止。"后用以谓崇敬仰慕。[孔颖达:《毛诗正义》卷14,(清)阮元:《十三经注疏附校勘记》,北京:中华书局,1980年,第482页。]

[二]昆仑:昆仑山,古代神话传说中,昆仑山上有瑶池、阆苑、增城、县圃等仙境。常见于道家用语,见《庄子·天地》:"黄帝游乎赤水之北,登乎昆仑之丘。"

[三]壶峤:传说中仙山方壶、员峤的并称,与蓬莱、瀛洲和岱舆同为中国传说中的仙山。

[四]端阳:端午节。据《口铎日抄》(李九标:《口铎日抄》卷3,钟鸣旦、杜鼎克主编:《耶稣会罗马档案馆明清天主教文献》,第7册,台北:利氏学社,2002年,第216页)记载,1632年7月12日,艾儒略到达福建莆田,在当地住了3天,在此期间,许多人慕名而来问道,但是无人入教。翩翩:原指飞动轻快的样子,后引申为美好的风度或文采。夙因:为前世的因果、根源。据此诗可推测,诗人在这个时间与艾儒略见过面。

12.陈玄藻(莆阳)

毖祀尊天主,穷搜极地维。
三年孤棹远,四海一杯窥。
度世身为客,传心道是师。
高山勤仰止,愿莫计归期[一]。

注释:

[一]诗人在末联表达了与友人告别的场景。此诗位于柯昶、徐景濂的诗歌之后,作诗时间可能相近,1632年,艾儒略曾在兴化府逗留三日,据时间记载应在端午前后,这与诗中描写的场景相吻合。

13.周之夔(三山)

捧出河图告帝期[一],经行万里有谁知。
浑天尚有唐尧历[二],中国犹传景教碑。
地转东南分昼夜,人非仙佛识君师。
金声玉齿悬河舌,沧海茫茫不可疑。

注释:

[一]河图告帝期:化用《太平御览》中的一个传说:"仲尼曰:'吾闻尧舜等游首山观河渚,乃有五老游河渚。一老曰:'河图将来告帝期。'二老曰:'河图持龟告帝谋。'三老曰:'河图将来告帝书。'四老曰:'河图将来告帝图。'五老曰:'河图将来告帝符。'龙衔玉苞,金泥玉检,封盛书,五老飞为流星,上入昴。"五老预言河图出世,暗示着将要有圣人为王,此后尧传位于舜。[李昉:《太平御览》卷5,北京:中华书局,1960年,第26页;孔颖达:《尚书正义》卷18,(清)阮元:《十三经注疏附校勘记》,北京:中华书局,1980年,第239页;孔颖达:《周易正义》卷7,(清)阮元:《十三经注疏附校勘记》,北京:中华书局,1980年,第82页。]

[二]唐尧:古帝名,为五帝之一,是陶和唐地区的首领。据《尚书正义》,传说尧"乃命羲和钦若昊天历象日月星辰,敬授人时",他命羲和测定推求历法,制定四时成岁,为百姓颁授农耕时令,测定出了春分、夏至、秋分、冬至,制定了中国的历法。浑天:中国古代天体学说之一,《晋书》载:"古言天者有三家;一曰盖天,二曰宣夜,三曰浑天",中国古代将天地看作形状浑圆的鸟卵,天包地外,就像壳裹卵黄一样。天半在地上,半在地下,其南北两极固定在天的两端,日月星辰每天绕南北两极的极轴旋转。[孔颖达:《尚书正义》卷2,(清)阮元:《十三经注疏附校勘记》,北京:中华书局,1980年,第119页;《晋书》卷11,北京:中华书局,1974年,第285页。]

14.陈天定(清漳)

汗漫来南国,辛勤欲度人。
苍苍原有主,墨墨奈何身。
把认金针颖[一],敲磨铁杵尘[二]。
吾忧斯未信,辟谬汝扶真[三]。

注释:

[一]金针:比喻技巧、才艺和技术。《桂苑丛谈·史遗》中有一段关于"金针"的故事:"女年十六名采娘,淑贞其仪,七夕夜陈香筵,祈于织女。是夕梦云与雨,盖蔽空驻车。命采娘曰:'吾之女祈何福?'曰:'愿丐巧耳。'乃遗一金针长寸余缀于纸上,置裙带中,令三日勿语。"又有南朝梁宗懔《荆楚岁时记》:"七月七日为牵牛织女聚会之夜。是夕,人家妇女结彩缕,穿七孔针,或以金银鍮石为针,陈瓜果于庭中以乞巧,有喜子网于瓜上则以为符应。"后来发展为成语"金针度人",指教授他人技巧。

[二]敲磨铁杵:后发展为成语"铁杵磨针",典故见《方舆胜览》[祝穆:《方舆胜览》卷53,第3b页,《(文渊阁)钦定四库全书·史部·地理类》,Digital Heritage Publishing Limited,http://www.sikuquanshu.com]。陈天定指传教士愿意将他们的技艺传授给人们,这需要有坚强的意志和耐力去学习。

[三]许理和将陈天定的最后一联翻译成英语:"Alas that these[people] do not believe you/and refute and revile your[efforts]to support the Truth." Zürcher, Erik: Giulio Aleni's Chinese Biography, In: Tiziana Lippiello, Roman Malek(ed.), "*Scholar from the West*": *Giulio Aleni S.J.(1582—1649) and the Dialogue between Christianity and China*(Monumenta Serica Monograph Series;42), Nettetal: Steyler Verlag, 1997, p.126.

15.周廷鑛(温陵)

西海先生艾,东游直至华。
有天常作主,无地不为家。
白眼藏奇服[一],玄珠托指车[二]。
知君犹未晚,使我寸心遐。

注释:

[一]奇服:新奇的服装。《周礼·天官·阍人》:"奇服怪民不入宫。"汉贾谊《新书·服疑》载:"奇服文章,以等上下而差贵贱。"后又比喻高洁的志行。白眼:指多白的眼睛。《易·说卦》云:"其于人也,为寡发,为广颡,为多白眼。"按照孔颖达注:"取躁人之眼,其色多白者"的解释,"躁人"指的是急躁的人。此处强调传教士的外貌与服饰特征,又与其适应政策联系(传教士以儒生形象示人)。林金水认为,闽南语中的"白"的发音与"碧"的发音接近。(林金水:《〈闽中诸公赠诗〉初探》,陈村富主编:《宗教文化》,第3辑,北京:东方出版社,1998年,第91页。)

[二]玄珠:道家、佛教比喻道的实体,或教义的真谛。《庄子·天地》:"黄帝游乎赤水之北,登乎昆仑之丘而南望,还归,遗其玄珠。"(郭庆藩、王孝鱼点校:《庄子集释》卷5,北京:中华书局,1961年,第414页。)

16.柯宪世(莆阳)

别去几经岁,离怀可具陈。
无元该大道,有主是真因。
日旦临惟汝,居高听每亲。
大千宁净土[一],三一信分身[二]。
景宿祥长普[三],波斯曜转新[四]。
七时勤礼赞[五],十字俨持循。
重译来中土,流行仰大秦。
念余宗孔圣,友德愿为邻。

注释:

[一]大千:佛教语。按佛教宇宙观,四大洲、日、月、诸天为一世界,世界的中心是须弥山,周围有海环绕,海上有四大部洲和八小部洲。一千世界名小千世界,小千加千倍名中千世界,中千加千倍名大千世界。净土指圣者所住之国土也。无五浊之垢染,故云净土,又称佛界、佛国、佛土、净国等。(丁福保:《佛学大辞典》,上海:上海书店出版社,2015年,第375～376页。)

[二]分身:见《景教碑》:"于是我三一分身,景尊弥施诃,戢隐真威,同人出代。"[韩琦、吴旻校注:《熙朝崇正集·熙朝定案(外三种)》,北京:中华书局,2006年,第7页。]

[三]景宿:为星辰名。此联与景教碑文有关:"神天宣庆,室女诞圣于大秦,景宿告祥,波斯睹耀以来贡。"

[四]波斯:指波斯人或波斯帝国,贞观(627—649)年间,波斯帝国与唐朝建立了联系,互派使臣。713至755年间,共有超过10个波斯使臣来华,波斯和阿拉伯商人居住在长安。中国史书中的"大秦"是对罗马帝国及近东地区的称呼,并经历了多次名称的变化:黎轩、骊轩、犁靬、拂菻等。唐朝时期拜

占庭帝国首都君士坦丁堡,具体所指范围,学界历来颇有争议,一般认为是指东罗马帝国的东部省份,今以色列所在地方。[范晔:《后汉书》卷 88,(唐)李贤等注,北京:中华书局,1971 年,第 2919~2920 页;刘昫:《旧唐书》卷 198,北京:中华书局,1975 年,第 5311~5313 页;宋祁、欧阳修、范镇、吕夏卿:《新唐书》卷 221,北京:中华书局,1975 年,第 6258~6260 页。]

〔五〕七时勤礼赞:景教碑记录:"七时礼赞,大庇存亡。"[韩琦、吴旻校注:《熙朝崇正集·熙朝定案(外三种)》,北京:中华书局,2006 年,第 7~8 页。]

17.徐渤(闽海)[一]

历尽沧溟九万程,廿年随处远经行[二]。
教传天主来中夏,恩沭先朝见盛明。
五大部州占广狭[三],两轮日月验亏盈。
猗欤有美西方彦,包括天人学已成。

注释:

[一]徐渤:即徐𤊹。

[二]经行:佛教用语,表示旋绕往返或径直来回于一定之地,佛教徒作此行动,为防坐禅而欲睡眠,或为养身疗病,或表示敬意。

[三]艾儒略的《职方外纪》中有"五大洲总图度解",记录五大洲为:亚细亚(亚洲)、欧罗巴(欧洲)、利未亚(非洲)、亚墨利加(南、北美洲)和墨瓦蜡尼亚(大洋洲)。[意]艾儒略:《职方外纪校释》,谢方校,北京:中华书局,1996 年,第 142 页。

18.黄文炤(同安)[一]

绝檄梯航来献琛[二],袖珍一箧胜球琳[三]。
八行译出全倾橐[四],六籍参同总盍簪[五]。
沧海无波风最远,西方有圣信而今。
吾徒休讶亚尼玛[六],邃古虞廷这道心[七]。

注释:

[一]炤:同"昭",黄文炤,晚明著名理学家。

[二]绝檄:应为"绝徼"笔误,意为边远地区。梯航:是梯和航的并称,为登山渡河的工具,后引申为跋山涉水,唐玄宗《赐新罗王》诗:"玉帛遍天下,梯航归上都。"

[三]袖珍:指古时候可以藏在袖子里的书籍。

[四]八行:儒家的八种道德:孝,悌,睦,姻,任,恤,忠,和。八行是选拔官员的品行标准。传教士的著作以"八行"为中心,符合儒家的道德标准。

[五]盍簪:朋友的聚会。

[六]亚尼玛:拉丁语 anima(灵魂)的音译。诗人把"亚尼玛"等同于"道心",并声称类似的说法在中国古代已经存在。"道心"是宋明儒学的核心概念,与"人欲"相对,代表的是人性、诚实、礼仪、智慧、信任、伦理,以及遵循正确道路的心,又常与天理、仁联系在一起,实际上,"亚尼玛"与"道心"存在本质差别。早期的"灵魂"的翻译没有统一,亚尼玛、灵性、灵明、魂灵和灵魂常常混合使用。罗明坚的《天主实录》使用"魂灵"一词来表达"灵魂"的概念。《天主实录》中有两个章节论及灵魂:《论人魂不灭大异于禽兽》和《解释魂归四处》。利玛窦在《天主实义》中解释"灵魂三品说":"彼世界之魂,有三品。下品名曰生魂,即草木之魂也。此魂扶草木以生长,草木枯萎,魂亦消灭。中品名曰觉魂,则禽兽之魂也。此能附禽兽长,而又使之以耳目视听,以口鼻啖

嗅,以肢体觉物情,但不能推论道理,至死而魂亦灭焉。上品曰灵魂,即人魂也。此兼生魂、觉魂,能扶人长养,使人知觉物情,而又使之能推事物,明辨理义。人身虽斯,而魂非死,盖永存不灭者焉。"［意］罗明坚:《天主实录》,钟鸣旦、杜鼎克主编:《耶稣会罗马档案馆明清天主教文献》,第1册,台北:利氏学社,2002年,第37~50页;Chan Albert,*Chinese Books and Documents in the Jesuit Archives in Rome：A Descriptive Catalogue：Japonica Sinica* Ⅰ-Ⅳ, Armonk/New York/London：M.E.Sharpe,2002,p.70。

1619年,葡萄牙耶稣会士罗儒望(João da Rocha,1565—1623)在南京时将葡文《教理单元》翻译为《天主圣教启蒙》,刊刻出版。在最后一章,他使用音译"生亚尼玛""觉亚尼玛"和"灵亚尼玛"来解释"灵魂"。据推测,《天主圣教启蒙》在葡萄牙传教士罗儒望去世后才得以出版,他将葡萄牙籍传教士Marco Jorge(1524—1571)的著作 *Cartilha*,翻译成中文。(Chan,Albert, *Chinese Books and Documents in the Jesuit Archives in Rome：A Descriptive Catalogue：Japonica Sinica* Ⅰ-Ⅳ, Armonk/ New York/ London：M.E. Sharpe,2002,pp.70-71.)

1624年,由毕方济口授,徐光启编撰的《灵言蠡勺》一书刊刻,从书名看出,该书是围绕对于"灵魂"的理解而展开的。该书共有二卷,上卷包括论灵魂之体和灵魂之能,下卷由论灵魂之尊和灵魂所同美好之情,他在书中详细描述了亚尼玛的特征,将亚里士多德的"灵魂三层论"和奥古斯丁(St.Augustine of Canterbury,354—430)的"灵魂三功能论"相结合,认为人的灵魂具有记忆、明悟(理智或理性)和爱欲(情欲意志)三个功能,"超轶万类,卓然首出",又阐述了灵魂和肉体的关系,即人的灵魂控制着身体,五官是灵魂的附加功能。毕方济认为灵魂学是哲学中最重要的学问,了解灵魂可以"认己",最终达到"齐家治国平天下"的目的。［易鑫:《浅谈古希腊灵魂论在明清之际的接受——以〈灵言蠡勺〉为参照》,《中国天主教》,2019年第5期,第19~21页。(明)毕方济:《灵言蠡勺》,朱维铮、李天钢主编:《徐光启全集》,第3册,上海:上海古籍出版社,2011年,第381~382页。］

毕方济反对佛教轮回的观点,即人类作为动物或植物的重生,反之亦然。这是中国第一部专论灵魂的著作,由于其论证严谨,被《四库全书》编者评为论灵魂的诸多著作中的最为出色的。然而,讽刺的是《四库总目提要》编者评价《灵言蠡勺》,认为它多从佛经摘取概念:"亚尼玛者,华言灵性也;……而总归于敬事天主以求福;其实则即释氏觉性之说,而巧为敷衍耳。明之季年,心学盛行,西士惨黜,因摭佛经而变幻之,以投时好,其说骤行,盖由于此;所谓物必先腐,而后虫生,非尽持论之巧也。"(徐宗泽:《明清间耶稣会士译著提要》,北京:中华书局,1989年,第203、200~201页。)

此外,相关著作还有艾儒略的《性学粗述》,这是关于人类本性知识的一般性介绍,也涉及灵魂论,1624年就已经写成,但是直到1646年才得以刊刻。此后,又有上海慈母堂重刊本(1873),1922年和1935年上海土山湾印书馆等版本,此书是属于心理学范畴的著作,采用问答体介绍心理学常识,被认为是西方最早输入的心理学。还有龙华民的《灵魂道体说》,利类思(von Lodovico Buglio,1606—1682)的《性灵说》和卫匡国(Martino Martini,1614—1661)的《灵魂理证》。西士试图证明灵魂的教导对社会和个人都是有决定性意义的,这很适合中国学者。(梅谦立、黄志鹏:《灵魂论在中国的第一个文本及其来源——对毕方济及徐光启〈灵言蠡勺〉之考察》,《肇庆学院学报》,2016年第1期,第1~12页。)

中国的"魂"和"魄"正好可以对应亚里士多德的"感觉灵魂"和"理性灵魂"。这种对应不是最完美的,毕竟中国的"魂魄"和西方的灵魂存在着根本上的不同,但是"魂"的用法简单,也更容易理解。汉语中,也有许多相近的词汇存在,如精气、游魂、灵魂等。在中国语境中,"魂魄"一词经常与人的精神和生命力联系在一起,在古代的祭祖仪式中提及的魂和魄,存在于每个活着的人身上,人死后,魄回到地上,而魂则返回天上。孔颖达从儒家角度对此详细评论:"人之生也,始变化为形,形之灵者名之曰魄也。既生魄矣,魄内自有阳气。气之神者名之曰魂也。魂魄,神灵之名,本从形气而有。形气既殊,魂魄亦异。附形之灵为魄,附气之神为魂也。附形之灵者,谓初生之时,耳目心识,手足运动,啼呼为声,此则魄之灵也。附气之神者,谓精神性识,渐有所知,此则附气之神也。是魄在于前,而魂在于后。……魂魄虽俱是性灵,但魄识少而魂识多。……以魂本附气,气必上浮;故言魂气归于天。魄本附形,形既入土,故言形魄归于地。圣王缘生事死,制其祭祀。存亡既异,别为作名。改生之魂曰神,改生之魄曰鬼。……是故魂魄之名为鬼神也。"[孔颖达:《春秋左传正义》卷44,(清)阮元:《十三经注疏附校勘记》,北京:中华书局,1980

年,第 2050 页。]

孔颖达阐释了儒家关于魂魄的基本观点,魂魄的产生有一个顺序,两者都拥有"识",同时有一个感官和精神力量塑造的过程。魂魄的原始状态是气,民间称为鬼神。中国语境下的"魂"可以升天,这一点被西士所附会,被解释为和西方"灵魂"具有相似之处。但是两者最根本的区别却往往被忽视或避而不谈,基督教的灵魂是不灭的,可以脱离肉体存在的,而中国的"魂魄"却必须依附于身体。另一个区别在于对灵魂类型的阐述。西士知道,对上帝功劳的接受和认可的前提是对灵魂不灭的认可,人类灵魂具有高于植物灵魂和动物灵魂的优越性,这就强调了人死后上帝赏罚的重要性;基督教强调人的灵魂优于动植物,而儒学则提出"万物一体"的概念,这可以追溯到孟子的"万物皆备于我"的说法。根据宋明儒学的解释,人的本性与其他人的本性是相同的,有一个共同遵从的"理"的原则。在宇宙学的层面上,万物的存在被解释为取决于气聚散。它们的本质区别只在于聚散时所依靠的力。程颢将"万物一体"与"仁"的概念结合在一起,认为"仁者,浑然与物同体",并声称礼义智信是仁的表现。仁又以"万物为一体"为前提。[Standaert, Nicolas, *Yang Tingyun, Confucian and Christian in Late Ming China: His Life and Thought* (Sinica Leidensia, 19), Leiden: E.J.Brill, 1988, pp.194-195.]王阳明认为至人是具有大仁的仁,能够把天地万物连接起来,把世界看作一个大家庭,把天下看作一个人。由此,人类和动植物之间没有割裂开。尽管人类有着敏锐的洞察力和智慧,但对于人类在动植物上的优越性却没有一个明确的说法。在儒家思想中,不存在不朽的灵魂,诗人们因为了解不深产生了误解,在当时是十分常见的。从皈依者董邦彛的赠诗中,也许能看到他对灵魂意义的理解。像黄文昭这样的非皈依者对基督教灵魂的理解与否与耶稣会的音译还是意译的关系不大,基督教术语的传播方式并不是中国人是否接受基督教信仰的决定性因素。

[七]虞廷:指舜的朝代。舜与黄帝、颛顼、喾、尧并称为五帝,他来自虞地,由此称为虞舜,虞廷指贤君的当政。道心:人天生的仁、义、礼、智、信之心,语出《书·大禹谟》:"人心惟危,道心惟微,惟精惟一,允执厥中。"[孔颖达:《尚书正义》卷 4,(清)阮元:《十三经注疏附校勘记》,北京:中华书局,1980 年,第 136 页。]蔡沈集传:"心者,人之知觉,主于中而应于外者也。指

其发于形气者而言,则谓之人心,指其发于义理者而言,则谓之道心。"宋明儒学将之演化为天理、义理,与人心、人欲相对。佛教中也有道心一词,谓菩提心,悟道之心。

19.林叔学(三山)

敬天立教本吾曹[一],仍识唐碑景教高。
地界沧溟争昼夜,学窥衡管折丝毫[二]。
五州形胜披图狭,八万舟车计路劳。
笑杀汗廷张博望[三],乘槎徒自说波涛。

注释:

[一]曹,此处意为"世代"。

[二]衡管:古代天文仪器上用以观测的长管。

[三]张博望:汉朝张骞(前164年—前114年)的封号。《汉书·张骞传》:"骞以校尉从大将军击匈奴,知水草处,军得以不乏,乃封骞为博望侯。"(司马迁:《史记》卷111,北京:中华书局,1972年,第2929页。)张骞出使西域各国,带回中亚的信息,为汉与中亚建立了政治、经济交流的通道。后世出现许多关于张骞的神话、传说和戏曲。《太平御览》(李昉:《太平御览》卷51,北京:中华书局,1960年,第250页)中记载:"《荆楚岁时记》曰:张骞寻河源,得一石示东方朔。朔曰:'此石是天上织女支机石,何至于此?'"这个典故也可见《诗话总龟后集》[阮阅:《诗话总龟后集》卷8,第5a~5b页,《(文渊阁)钦定四库全书·集部·诗文评类》,Digital Heritage Publishing Limited,http://www.sikuquanshu.com]:《荆楚岁时记》载:"汉武帝令张骞穷河源,乘槎经月而去,至一处,见城郭如官府,室内有一女织,又见一丈夫牵牛饮河,骞问云:此是何处,答曰:可问严君平。织女取榰机石与骞而还。后至蜀问君平,君平曰:某年月日客星犯牛斗。所得榰机石,为东方朔所识,并其证焉。"这个故事

暗示着张骞曾经到过天宫。诗集中多引用张骞典故,或通过对比传教士与张骞的功绩,来赞扬传教士。张骞典故后世多入诗,如杜甫的《夔府咏怀》诗曰:"途中非阮籍,槎上似张骞",又《秋兴》诗曰:"奉使虚随八月槎。"

20.林光元(莆阳)

大道早未闻,彳亍随波靡[一]。
诵法尼山徒[二],操戈满前是。
作者有西贤,异地通心理。
发钥开我扃,天衢平如砥。
唐子还故都[三],望家骤惊喜。
钦崇定一尊,纷纷敢妄疑。
圣学无二门,心传只顾諟[四]。
坟索劫秦灰[五],异说始蜂起。
语怪与谈空[六],听舌而食耳。
徒爱尽龙形[七],百呈山鬼技。
尔建堂正师,众义一时圮。
破彼疑关陈[八],迷我圣域址。
低徊绎诗书,乃愈有深旨。
隔世相鼓吹,出门合辙轨。
世福若缀疣,令人惜年齿。
顾影莽奔鞭,请事从兹始。

注释:

[一]彳亍:形容小步慢走或时走时停,引申为犹疑不定。

[二]尼山:即尼丘,在山东曲阜县东南,连泗水、邹县界。相传孔子父亲

叔梁纥，母亲颜氏祷于此而生孔子。故孔子名丘，字仲尼。《史记·孔子世家》："纥与颜氏女野合而生孔，祷于尼丘得孔子。"后指孔子。

[三]唐子还故都：《庄子·徐无鬼》中记载："齐人蹢子于宋者，其命阍也不以完，其求鈃钟也以束缚，其求唐子也而未始出域，有遗类矣夫！楚人寄而蹢阍者，夜半于无人之时而与舟人斗，未始离于岑，而足以造于怨也。"郭象注："唐，失也。失亡其子，而不能远索。"（郭庆藩、王孝鱼点校：《庄子集释》卷8，北京：中华书局，1961年，第840页。）

[四]顾諟：语出《书·太甲上》："先王顾諟天之明命，以承上下神祇。"孔传："顾谓常目在之，諟，是也。言敬奉天命，承顺天地。"孔颖达疏："《说文》云：顾，还视也。諟与是，古今之字异，故变文为是也。言先王每有所行，必还回视是天之明命。"后以"顾諟"指敬奉、禀顺天命。

[五]坟索："三坟八索"的略语，亦泛指古代典籍，是传说中我国最古的书籍。《左传·昭公十二年》："是能读三坟、五典、八索、九丘。""三坟"指伏羲、神农、黄帝所作的古书。《书序》："少昊、颛顼、高辛、唐、虞之书，谓之五典。""八索"指八卦之说。晋葛洪《抱朴子·逸民》："穷览坟索，著述粲然，可谓立言矣。""秦灰"指的是秦始皇焚书坑儒，后引申为历史变迁。[孔颖达：《春秋左传正义》卷45，(清)阮元：《十三经注疏附校勘记》，北京：中华书局，1980年，第2046页。]

[六]语怪：谈论怪异。语出《论语·述而》："子不语怪、力、乱、神。"谈空或称清谈，指魏晋时期崇尚老庄，空谈玄理的一种风气。南朝梁陶弘景《题所居壁》诗："夷甫任散诞，平叔坐谈空。"后又指谈论佛教义理。佛教以诸法无实性谓"空"，与"有"相对。[何晏集解，邢昺注疏：《论语注疏》卷7，(清)阮元：《十三经注疏附校勘记》，北京：中华书局，1980年，第2483页。]

[七]龙形：可联系"虎步龙行"和"龙行虎变"，常用来形容皇帝。前者形容帝王的仪态不凡，如龙虎之姿。《易·干》："飞龙在天……云从龙。风从虎，圣人作而万物睹。"又《革》："大人虎变。"孔颖达疏："损益前王，创制立法，有文章之美，焕然可观，有似虎变，其文彪炳。"后遂以"龙行虎变"喻帝王革故鼎新，创制建业。

[八]关陈：为张载（1020—1077）和陈献章（1428—1500）并称。张载，字子厚，号横渠先生，理学代表人物，是北宋时期关学学派创始人。关学与宋代

二程的洛学、周敦颐的濂学、朱熹的闽学齐名,为宋代儒学的主流。在宇宙和世界本原方面,提出气本论,他引入阴阳概念,发展"太虚"的范畴,提出万物在阴阳二气的交互运动中产生的宇宙观。由于气有清、浊、精、粗的不同性质,导致了人和万物的气质的不同,气质之性有善恶、有清浊之分,这是张载人性二元论的来源。张载的气一元论哲学体系,开辟了朴素唯物主义哲学,对后世影响巨大,历代有传承者。陈献章(1428—1500),字公甫,号实斋,广东新会县白沙人,因而称白沙先生,著名哲学家,诗人,岭南心学创始人。(Fung Yu-Lan,*A History of Chinese Philosophy*,Vol.I.The Period of Philosophers(from the beginnings to circa 100 B.C.),translated by Derk Bodde,Princeton:Princeton University Press,1952,pp.594-596)

21. 郑玉京(福唐)

其一

西来亿万泛烟涛[一],披映中华雅范高。
理到事天宗脉正,功归实义主心劳[二]。
六根随处皆提醒[三],片席何人不解毼。
圣学从知原无异,芳声诚缦恬相操[四]。

注释:

[一]烟涛:描绘了海上云雾缭绕的场景,表示遥远,不清晰,无法捉摸。

[二]实义:《天主实义》。郑玉京的赠诗首联描绘了西士千辛万苦航海来华的历程,认为他们以"事天"为宗旨,《天主实义》包含了正统的道理;在接下来的诗句中,他使用了佛教的"六根"一词,用来表示西学对自己的益处。最后,表示它和中国儒学有相似之处。郑玉京在诗中提到的利玛窦的《天主实义》,是中西文化交流史上具有跨时代意义的重要著作。万历二十三年(1595),《天主实义》初刻于南昌,又名《天学实义》,万历二十九年(1601)校正

重刻于北京,凡二卷。重刻本有李之藻的序言;1604、1605、1606、1630年均有重刻本,某些刻本前有徐光启、冯应景等撰序,先后被译为日语、高丽语和法语。[法]费赖之:《在华耶稣会士列传及书目》,冯承钧译,北京:中华书局,1995年,第41页。在利玛窦20多部作品中,它的影响最大且最为长久。该书有上下卷,共有8篇。第一篇论述了关于天主存在的证明;第二篇反驳了佛教空的概念和道教无的概念,以及关于自然创造和太极概念的辩论、四书五经中"上帝"的存在和中国人对"天"的祭拜;第三篇记录了与冯琦关于人生观的对话,驳斥了佛教极乐世界,介绍了灵魂的构成和精神性的六个根据以及灵魂不朽的五个根据;第四篇驳斥了宋明理学万物一体说法和泛神论,并通过经典和理性论证鬼神的存在;第五篇驳斥佛教轮回观念;第六篇讨论了天堂地狱、回报等问题;第七篇涉及修行和宗教的唯一性,反对偶像崇拜、三教合一;第八篇解释了西方天主教国家的风俗习惯、传教士不娶之意及天主耶稣降生的由来。《天主实义》引用了《天主实录》《日本要理本》和中国儒家经典的一些语句,对宋明理学在宇宙观、人性论方面的讨论都比较深入。利玛窦将纯粹的教理和礼仪内容去掉,强化了其中用平常之理可以讲清楚的内容,融合了经院哲学的教授方法和中国文化内容。利玛窦保留了罗明坚的"天主"一词,因为其有天地主宰的意思。之后,利玛窦在《诗经》《中庸》等一些中国古代典籍中发现"上帝"一词的含义与"天主"(Deua)非常接近,于是他即以"上帝""天主"等说法来称呼造物主,这些译法一直沿用至今。"天主"一词的出现可以追溯至1584年。这一年,罗明坚在肇庆出版了一卷十六章的《天主实录》(《天主圣教实录》),又称《新编西竺国天主实录》。这是在中国出版的第一本教理书,面向对基督教不熟悉的教外人士,内容介绍了根本教义;又对佛教、道教,以及新儒家太极和"理气"的批判,"不一年而流布达一千余册"。罗明坚的汉语水平受到范礼安(Alessandro Valignano,1539—1606)的质疑,认为"此书文理不甚清顺,名词亦多牵强",([法]费赖之:《在华耶稣会士列传及书目》,冯承钧译,北京:中华书局,1995年,第108页)语言艰涩难懂,又使用了大量的佛教用语,"其语言质量较为粗鄙,术语常常是极不合适的"。(Chan, Albert: *Chinese Books and Documents in the Jesuit Archives in Rome: A Descriptive Catalogue: Japonica Sinica* Ⅰ-Ⅳ, Armonk/New York/London: M.E.Sharpe, 2002, pp.94-95.)例如,他把"天使"翻译成

"天人",将亚当翻译成"祖公哑当",将"耶稣"音译为"热所",又自称"天竺国僧"。在耶稣会执行合儒政策之后,罗明坚《天主圣教实录》多次修订,1640年的修订本《天主圣教实录》剔除了相关佛教术语,书中的"天竺国僧"也改成"远西耶稣会后学","天人"改为"天神","魂灵"改为"灵魂","寺"改为"天主堂"。尽管《天主实录》不是一本完美的书,但是它首次采用音译法及意译法等向中国人介绍了相关术语,其"天主""宠爱""天堂""魔鬼""十诫"等词汇使用至今。由于《天主实录》的语言问题,该书影响有限,因此,范礼安指示汉语水平更好的利玛窦重新编纂一本书,这就是著名的《天主实义》。[意]罗明坚:《天主实录》,钟鸣旦、杜鼎克主编:《耶稣会罗马档案馆明清天主教文献》,第1册,台北:利氏学社,2002年,第44,29,59,9页。

[三]六根:指眼、耳、鼻、舌、身、意六官。

[四]缦:为琴弦,《礼记》:"不学操缦,不能安弦"。{孔颖达:《礼记正义》卷36,(清)阮元:《十三经注疏附校勘记》,北京:中华书局,1980年,第1522页。}

其二

浮尘得筏见真玄[一],盛世同文更豁然。
万国舆图收掌上[二],一元星历灿玑穿[三]。
著书款款金针度[四],展象昭昭玉镜悬。
更喜芝山参悟迹[五],分灵妙奥入天先。

注释:

[一]浮尘:佛教术语,一切有为之诸法,浮尘不实,尘翳真性,故曰浮尘。

[二]1602年,利玛窦在万历皇帝授意下完成《坤舆万国全图》制图。

[三]一元:天文历法单位,指46717年。(班固:《汉书》卷21,北京:中华书局,1962年,第984页。)

[四]款款,意为忠实、和乐的样子。

[五]芝山位于福建福州城东北部,艾儒略在福州建的第一座教堂为"三山堂",也称"福堂",坐落于福州城宫巷,叶向高孙子叶益蕃捐赀建盖。(黄仲昭:《八闽通志》卷4,福建省地方志编纂委员会,福州:福建人民出版社,1989年,第63页。)

22.董邦凛(樵阳)

世儒竞谈生,先生独谈天。
谈生生趣有穷期,谈天天乐无尽纪。[一]
虽然天也生,虽然生也天。
天不生兮天不天,生不天兮生不生。
生天生地生山川,日月星辰并填埏。
天于生人心更怜,更生天神照护焉。
世人逐生忘本原,谁知天主有常先。
先生悯恻迷主人,高挂西帆九万程。
囊油橐水最辛勤,抹额除愆广设津。
先生丰韵温如玉,春溶暖气香满腹。
宿秽触之即消除,融融泄泄登天国[二]。
先生襟度海样深,含纳无分浊与清。
倒翻今古从头洗,肯忍灵魂点半尘。
先生学问浩无垠,罗络华夷掌上看。
寂然敛摄浑无事,拯世丹心引福堂。
先生在西亦有家,岂无侪侣与桑麻[三]。
情知世乐非常享,故向中华涤众邪。
先生高架光明烛,照见人心受世毒。
苦心苦口代驱除,拔跻天堂享真禄。
天生先生生世间,可认先生作等闲。
天路有人须息走,莫待无人思却难。

先生引世识真主,真主至真无有伪。
若将伪念妄承当,失去先生当面里。
我习先生句因探,先生藏长歌与世[四]。
共商量,大家挣起升天力,莫负西来一片肠。

注释:

[一]生趣:"趣"亦是"道",指六道轮回中四种生命形态(四生),可理解为轮回转生。"四生"指三界六道有情所产生之四种类别,即胎生,如人类在母胎成体而后出生者;卵生,如鸟在卵壳成体而后出生者;湿生,如虫依湿而受形者;化生,指无所依托唯依业力而忽起者,如诸天与地狱及劫初众生皆是也。此有五道分别,人趣与畜生趣各具四种。

[二]融融泄泄:形容和乐舒畅。

[三]桑麻:泛指农作物或农事。

[四]长歌:意为歌唱或长诗,表示对传教士著作的赞赏。

23.邓材(樵阳)

万汇天为主,太初独主天。
清宁资奠粗,物我藉生全。
德贯无形外,功施未有先。
现身诠至道,渡海阐重玄。
正教同周孔,妖邪却鬼祆[一]。
灵芽非养汞,贝叶不谭禅[二]。
文字通唐制,衣冠仿古贤。
语言休待译,经史岂随笺。
晬貌浑藏璞,微辞沸涌泉。
守真超色界[三],度世混尘缘。

自结欧逻僕,宁烦亚细钱。
著书镌琬琰,制作侔玑璇。
笔准量天尺,图开测海篇。
金钟鸣刻漏[四],宝鉴映全偏。
敬信传通国,交游竟受廛。
司空隆客席[五],承相让宾筵。
自愧沉愚贱,深惭积愆愆。
礼瞻当此日,修省记兹年。
向善惟精进[六],生天非偶然。
性情知不昧,意气永相怜。

注释:

[一]祆:指祆教,又称琐罗亚斯德教,是古代波斯帝国的国教,唐朝 518 年至 519 年间传入中国,武宗灭佛后不存。该教信奉火神,以及其他光源,如日月星辰,被称为拜火教。(陈垣:《火祆教入中国考》,《国学季刊》,1923 年第 1 卷第 1 期,第 27~47 页;张星烺:《中西交通史料汇编》,第 4 册,北京:京城印书馆,1930 年,第 126~129 页。)

[二]贝叶:古代印度的书写材料,用于抄写经文,这里指的是传教士的著作。

[三]色界与欲界、无色界称三界,色界在欲界之上,在色界的众生摆脱了欲望,但是还受形体的限制。无色界的众生既摆脱了依赖感官的欲望,不受形体所限,但是还保留着精神的欲望。

[四]刻漏:为中国古代定时器。

[五]司空:官名,秦时为六卿之一,掌管工程。汉时与大司马、大司徒并列三公,历代因之,明废。

[六]精进:佛教术语,意为勇猛,猛修善法,通过身体和精神的行持,以达到扬善,去掉欲望和恶的目的。(《大智度论》卷 16,卷 80,CBETA 汉文大藏经,http://tripitaka.cbeta.org/T25n1509_016 和 http://tripitaka.cbeta.org/T25n1509_080;《大明三藏法数》卷 7,CBETA 汉文大藏经,http://tripitaka.cbeta.org/P181n1615_007。)

24.刘履丁(梁浦)[一]

相逢白首国交深[二],不为无弦废鼓琴。
绕桂欲寻公子意[三],和匏喜得道人心[四]。
巢由入世犹辞聘[五],颜闵凭谁来铸金[六]。
独有髓毛堪共证,却离山水亦清音[七]。

注释:

[一]刘履丁,籍贯梁浦(今漳州),1638年"辟懋林知州"。(沈定均修、吴联熏纂:《光绪漳州府志》卷18,《中国地方志集成·福建府县志辑》,第29册,上海:上海书店出版社,2000年,第49a页。)

[二]首句化用唐末五代诗人韦庄《与东吴生相遇》:"十年身事各如萍,白首相逢泪满缨。"

[三]使用意象"桂""鼓琴",描绘了诗人与传教士月下桂花树边对酌的场景。桂花象征高洁的情操和纯洁的友谊,"绕桂"与"和匏"相对,描绘了诗人与传教士的友谊。[孔颖达:《毛诗正义》卷9,(清)阮元:《十三经注疏附校勘记》,北京:中华书局,1980年,第405页。]

[四]匏:中国传统笙竽类乐器;道人:指道德极高之人,又指修道、炼丹的道士。(脱脱、阿鲁图:《宋史》卷129,北京:中华书局,1977年,第3010页。)

[五]巢由:巢父和许由的并称。相传皆为尧时隐士,尧让位于二人,皆不受。因用以指隐居不仕者。见《汉书·薛方传》:"尧舜在上,下有巢由"。(班固:《汉书》卷72,北京:中华书局,1962年,第3095~3096页。)

[六]颜闵:为颜回和闵损并称,前者为孔子弟子,后者为有德之人。铸金:语出《庄子·大宗师》:"今之大冶铸金,金踊跃曰:'我且必为镆铘'。大冶必以为不祥之金。今一犯人之形,而曰'人耳人耳',夫造化者必以为不祥之人。今一以天地为大炉,以造化为大冶,恶乎往而不可哉!成然寐,蘧然觉。"

意为经过熔炉锻炼成为有用之才。从诗歌内容看来,诗人颇有出世之意,他连用尧时隐士巢父和许由、有德之人颜回和闵损等数典,抒写自己逍遥自乐之志,挥洒自如,于人间寻得知音的快意;又暗示贤人隐逸后,世间再难找到合适的替代者。(郭庆藩、王孝鱼点校:《庄子集释》卷3,北京:中华书局,1961年,第262页。)

[七]髓毛:为"伐毛洗髓"略语,谓仙人涤除尘垢,脱胎换骨。见《太平广记》卷6引《洞冥记》:"俄而有黄眉翁,指母以语朔曰:'……三千年一返骨洗髓,二千年一剥皮伐毛,吾生来已三洗髓五伐毛矣。'"末联化用左思的《招隐》:"非必丝与竹,山水有清音",表达寻得知己的欢喜之情和不与世俗同流合污的态度。诗人用著名隐士典故来描述传教士远离俗世,擅长道术,近乎仙人隐士的品行,同时也将西方世界描述成与世无争、远离尘世的隐逸仙境。(李昉:《太平广记会校》卷6,张国风校注,北京:燕山出版社,2011年,第83~84页;欧阳修:《艺文类聚》卷36,北京:中华书局,1965年,第641页。)

25.林焌(龙浔)[一]

吾爱艾夫子,梯航九万里。
风律驰险艰[二],好学前无比。
匪不爱其躯,闻道夕堪死。
脱身入中华,遍求读经史。
经目不再披,参同怀来理。
八法习同文[三],何论细言语。
知天而事天,孔孟一宗旨。
独有天主像,浏览今伊始。
主像亦非支[四],降生原有纪。
异星三君朝,神天宣庆祉。
掘地得唐碑,贞观天教起。
沉埋乱世非,昭明清朝喜。

嗟哉齷齪人,西镐共讪诋[五]。
华裔无定名,修身可一拟。
氐羌有异鸾,肃慎有奇矢。
卜人丹砂贵,权扶玉自美[六]。
中土众咸珍,玩好未佩齿。
性命亦至宝,曷云而独鄙。
在唐壮事钦,在明授室侈。
景净既开先,泰西从利氏。
分教托诸邦,一派宗门是。
瞻星献异书,何如越裳雉[七]。

注释:

[一]龙浔:今泉州德化县。[怀荫布修,郭赓武、黄任纂:《(乾隆)泉州府志》卷4,《中国地方志集成·福建府县志辑》,第22~24册,上海:上海书店出版社,2000年,第4b页。]

[二]风律:喻风教律令。

[三]八法:周代管理百姓的通法。《周礼·天官·大宰》:"以八法治官府:一曰官属,以举邦治;二曰官职,以辨邦治;三曰官联,以会官治;四曰官常,以听官治;五曰官成,以经邦治;六曰官法,以正邦治;七曰官刑,以纠邦治;八曰官计,以弊邦治。"诗人意为,耶稣会所传学问与先儒相符。(郑玄:《周礼注疏》卷2,阮元:《十三经注疏附校勘记》,北京:中华书局,1980年,第645页。)

[四]非支:无形的、脱离形体的。

[五]西镐:西周国都镐京。故址在今陕西西安市西。周平王东迁洛邑,因称镐京为"西镐"。后亦用以泛指国都。

[六]氐羌、肃慎、卜人和权扶:是中国古代的少数民族,《大戴礼记》《国语》《逸周书》中均有记载其来华朝贡事迹。《大戴礼记》载:"舜崩,有禹代兴,禹卒受命,乃迁邑姚姓于陈。作物配天,修使来力。民明教,通于四海,海之外,肃慎、北发、渠搜、氐、羌来服。"氐羌是氐族与羌族的并称,都居住在今西

北一带。《诗·商颂·殷武》:"自彼氐羌,莫敢不来享,莫敢不来王。"孔颖达疏:"氐羌之种,汉世仍存,其居在秦陇之西。"《国语》中记:"肃慎氏贡楛矢"。《逸周书》中有"氐羌以鸾鸟""权扶玉目"的记载。(王聘珍撰、王文锦校:《大戴礼记解诂》,北京:中华书局,1983年,第217页;上海师范大学古籍整理研究所:《国语》卷5,上海:上海古籍出版社,1978年,第214~215页;黄怀信、张懋镕、田旭东:《逸周书汇校集注》卷59,上海:上海古籍出版社,2007年,第859~860、865、889~890页。)

[七]越裳:越裳国位于交趾(今越南)南部,多次遣使来华。《后汉书·南蛮西南夷列传》:"交趾之南有越裳国。周公居摄六年,制礼作乐,天下和平,越裳以三象重译而献白雉。"[范晔:《后汉书》卷86,(唐)李贤等注,北京:中华书局,1971年,第2835页。]

26.陈宏已(三山)

西国有异人,其来九万里。
三岁风涛中,岸得才到彼。
为我中国言,行我中国礼。
读我中国书,友我中国士。
顾倡天学名,所传悉利氏。
谓天有真主,安得不敬止。
必酬真主恩,乃尽生人理。
度世以为用,出世以为体[一]。
本末始有归,性命方不诡。
予每是其言,不觉烦口耳。
顷携所著书,访我龙江涘。
图开五大州,一一为我指。

其国无斗争,其人鲜奸宄。
仁义固本性,罔不同亹亹[二]。
身绝嗜欲根,家视如脱屣。
故乡无梦到,二十八周矣。
予昔慕居夷,闻之觉欣喜。
大庭不可见,此国曾足拟。
微言讽师归,请纳西方履[三]。
不囿世法中,方能出生死。

注释:

[一]体、用:中国哲学史上的一个重要范畴。唐代崔憬说:"凡天地万物,皆有形质,就行质之中,有体有用。体者,即形质也。用者,即行质上之妙用也。"宋代程颐以理为体,以理之象(理的外表)为用,"至微者,理也;至著者,象也。体用一源,显微无间。"他们所概括的体用关系,是实体与功能的关系,是本质与现象的关系。在西学传入之前,在中国学者的思辨中,"体用一源",并无中西之分。如果用"体用"这对范畴看科学本身,我们可以说,科学之"体"在知识层面就是它的理论体系;科学之"用"就是它的各种社会功能。(樊鸿业:《耶稣会士与中国科学》,北京:中国人民大学出版社,第232、237页。)另一方面,体和用的不同在于,"用"是功能,其本质是使用和服务;"体"是具有本质性、根本性特质的事物。诗人以此说明,"度世"是传教士的行为和功能,"出世"是其根本。

[二]亹亹:意为勤勉不倦,不停向前。

[三]纳履:有多种含义,在此处意为告别。

27.蔡国铤(晋江)

地轴圆球自利君,年来西学又奇闻。
周天日表图中见,二极星枢眼底分。
宛转金声开八面,依微绿字起三坟[一]。
生身我亦欧逻氏[二],此日定交在水云。

注释:

[一]绿:通"箓"。帝王自称其所谓天赐的符命之书,又称箓图,似汉之谶纬书,盖预言人世祸福之书,常指河图。(房玄龄:《晋书》卷14,北京:中华书局,1974年,第408页。)

[二]生身:佛教语,肉体、肉身。

28.李文宠(温陵)

风航九万里,挟策到中州。
麈拂衡今古,兰芳佩鲁邹[一]。
天原腔子里,人自儒家流。
老我皆萍侣,萧然物外游。

注释:

[一]兰芳:兰花的芳香,比喻贤人。鲁邹:借指孔孟。

又

昔欲乘槎去[一]，而今跨海来。
委通洙泗脉，漫作鹫峰猜[二]。
星纬掌端见，玄文笔底开。
鸿蒙语未破[三]，平等历非灰。

注释：

[一]乘槎：乘坐竹、木筏。据晋张华《博物志》卷10记载，传说天河与海通，有人居海渚者，年年八月见有浮槎去来，不失期，遂立飞阁于查上，乘槎浮海而至天河，遇织女、牵牛。此人问此是何处，答曰："君还至蜀郡访严君平则知之。"后至蜀，君平曰："某年月日有客星犯牵牛宿。"正是此人到天河时。后与张骞乘槎典故相关，用以比喻奉使，又称"星槎""浮槎"。

[二]鹫山：又称灵鹫山，位于古印度摩揭陀国王舍城东北，相传释迦牟尼曾在此居住和说法多年，因代称佛地。

[三]鸿蒙：宇宙形成之初的混沌状态。

29.林维造（晋江）

西方有至人，所谈皆主天。
闻道尽钦式，疑此翁是天。
天乎不可问，吾儒自有天。
不是昭昭多，不是苍苍天。
孔子言知命，孟子言事天[一]。
至于紫阳氏[二]，谓是主宰天。
足方而履地，顶员而戴天。
安受之为顺，徼幸曰逆天。
如何世嗤顽，所行多违天。

腑肺多欺昧,平旦失所天。
曷试才闭目,开目即见天。
开目便入妄,闭目寻真天。
发念常如在,方信溥博天。
笑彼狂奔者,不知我有天。
亦有尊奉之,为别一洞天。
若言血气者[三],则皆可配天。
我本中国产,我家有父天。
父教未能习,焉能知主天。
大愿世间人,修身莫怨天。
下学而上达,知我者其天[四]。

注释:

[一]知命,即懂得事物生灭变化都由天命决定的道理。《论语·尧曰》:"子曰:'不知命,无以为君子也。不知礼,无以立也。不知言,无以知人也。'"《孟子·尽心上》:"孟子曰:'尽其心者,知其性也。知其性,则知天矣。存其心,养其性,所以事天也。殀寿不贰,修身以俟之,所以立命也。'"

[二]紫阳氏:指朱熹(1130—1200),宋明理学集大成者,朱熹之父朱松曾在紫阳山(在安徽省歙县)读书,后来朱熹在福建崇安讲学,将自己的书斋取名为"紫阳书室",因而得名。后人因以"紫阳"称朱熹。

[三]血气:《礼记·三年问》:"凡生天地之间者,有血气之属,必有知;有知之属,莫不知爱其类。"此处有血气者指人。孟贲是战国时期的勇士,《孟子·公孙丑上》载:"夫子过孟贲远矣。"朱熹集注:"孟贲血气之勇。"后来指有血性和勇气的人。洞天:道教称神仙的居处,意谓洞中别有天地。诗人在这里罗列了三种人,狂奔者、尊奉"洞天"的人和血气者,这三者都不能正确的事天、敬天。(朱熹:《孟子集注》卷3,《四书章句集注》,北京:中华书局,1983年,第229页。)

[四]全诗由天主起笔,引入中国经典中对"天"的讨论,当中多处援引诸子典籍中的语典和事典,末句出自《论语》:"子曰:'不怨天,不尤人,下学而上

达。知我者其天乎?'"(何晏集解,邢昺注疏:《论语注疏》卷14,阮元:《十三经注疏附校勘记》,北京:中华书局,1980年,第2513页。)诗人描述了孔子、孟子、朱熹对"天"的阐释,最后将"天"落实到"父教"所代表的儒家的伦理纲常,强调对天命的顺从,批评了狂奔者和以孟贲为代表的血气者,因为这两种人要么违背天命,要么行事只凭一时血气,毫无对天的敬畏之心。在诗人看来,虽然耶稣会士是至人,而且他们的学说和儒学存在密切的联系,但是儒学是学习"主天"的前提,践行儒家修身规范才是知晓西方天主的必经途径,现世伦理大于宗教意义。他的两首诗歌有明显的娱乐性质,以戏谑的手法描绘出西方的天主与中国的"天"存在的差别,对西方宗教意味谈不上有深刻的理解。自古以来中国人眼中的"天",首先是敬拜祭祀礼仪中高高在上、可畏不可知的天,正如曹学佺与艾儒略在三山论学时说道:"吾中国人事难,虽奉佛未尝不敬天,如元旦、启寅,必拜天地,后及祖考百神,即丧葬婚娶亦然,岂有含齿戴发,均为覆载中人";在宋明理学体系中,"天理"虽然支配着人和万物、宇宙,却不是有意志的创造者;西方的天主是创造者、主宰者,具有无始无终、"赡养万物"的特性,两者的差别是中国人接受上帝观念的问题所在。两者差异无法消弭。[意]艾儒略:《三山论学记》,吴相湘主编:《天主教东传文献续编》(《中国史学丛书》,第40册),第1册,台北:学生书局,1966年,第439~440页。

右论天[一]

　　天主教传普众生,驾舟南来一蓬轻。
　　年年抛断扫情事,篇篇着乘永净莹。

右回文

注释:

　　[一]右论天:是回文诗,能够回还往复,正读倒读皆成章句的诗篇,是我国古典诗歌中独特的体裁。在创作手法上,呈现了诗反复咏叹的艺术特色,产生强烈的回环迭咏的艺术效果。该诗回文之后为:"莹净永乘着篇篇,事情扫断抛年年,轻蓬一来南舟驾,生众普教传主天。"

30.陈圳(三山)

自是西方一伟儒,载将文教入中区。
发挥原本几何理,指示微茫万国图。
大道繇来传竹简,迷川何处问金桴[一]。
因君一意尊天主,未卜凡胎可度无。

注释:

[一]金桴:通常与佛教联系在一起,喻意佛学如木筏引导众生脱离苦海,到达极乐彼岸。

31.薛瑞光(福州)

曾是西方正觉师[一],久来东土度愚痴。
中朝天子同文日,真主耶稣广化时。
景教却侬儒教近,至人莫作异人疑。
不逢指点披明镜,法界遥遥那得知[二]。

注释:

[一]正觉:意为大智慧和佛的全能。又有北宋著名禅师宏智正觉(1091—1157),为曹洞宗门下,开创了默照禅法,弟子将其著作收录为《宏智正觉禅师广录》。[Jones, Ryan John, The Biography of the Chan Master Hongzhi Zhengjue: A Translation from the Great Ming Biographies of Eminent

Monks, In: *Ming Studies: Journal of the Society for Ming Studies*, 2012 (66), pp.44-55.]

[二]法界:又曰法性、实相,有多种释义,通常泛指各种事物的现象及其本质。

又

真宰聻来别有天,不关玄术不关禅[一]。
掌中象数穷河洛[二],心上珠玑测宿缠[三]。
三载危涛孤叶渡,千年暗室一灯燃。
探囊多少灵文秘,欲乞指南教内传。

注释:

[一]玄术:意为神秘的法术,这里和道教有关系。

[二]象数:"象"指卦象、爻象,表示卦爻所象代表的事物及其时位关系;"数"指阴阳数、爻数,是占筮求卦的基础,指代《易经》。河洛:河图洛书,《易·系辞》:"河出图,洛出书,圣人则之。"

[三]珠玑:珠玉,以喻传教士的天文学著作如美玉。

32.王一锜(福清)

几译重来迥作师,可能唤醒尽蒙痴。
此心此理何分地[一],同轨同文自一时。
教自先天悬有统,揆之后圣更无疑[二]。
不逢声调相参契,觉海茫茫那得知[三]。

注释:

[一]这句语出心学著作《陆九渊集》(《陆九渊集》卷22,钟哲校注,北京:

中华书局,2012年,第273页):"四方上下曰宇,往古来今曰宙,宇宙便是吾心,吾心即宇宙。千万世之前有圣人出焉,同此心同此理也。千万世之后有圣人出焉,同此心同此理也。东南西北海有圣人出焉,同此心同此理也。"

[二]后圣:语出《孟子·离娄下》:"得志行乎中国,若合符节,先圣后圣,其揆一也。"

[三]觉海:为佛教术语,指悟界。觉性甚深,湛然如海,故称觉海。

其二

已解先天太始天,周行直指岂玄禅[一]。
肩摩日月双轮转[二],胸剖璇玑几度缠[三]。
鲛室涉来孤棹稳[四],磷墟踏遍一灯悬[五]。
可知宇宙非长夜,吾道如丝有嫡传。

注释:

[一]周行:至善之道。《诗·小雅·鹿鸣》:"人之好我,示我周行。"毛传:"周,至;行,道也。"[孔颖达:《毛诗正义》卷9,(清)阮元:《十三经注疏附校勘记》,北京:中华书局,1980年,第405页。]

[二]肩摩:比喻拥挤的人群,引申为靠近。

[三]璇玑:此处指的是浑天仪。(房玄龄:《晋书》卷11,北京:中华书局,1974年,第284页。)

[四]掉:应是"棹"笔误。《搜神记》(干宝:《搜神记》卷12,马银琴校,北京:中华书局,2014年,第288页)载:"南海之外,有鲛人,水居如鱼,不废织绩,其眼泣,则能出珠。"鲛室:鲛人处所。通过这个典故来描述传教士经历危险的航海行程。

[五]磷墟:意为死者或坟墓。

33.李世英(晋江)

道德文章洽,如公复几人。
行将师百代,岂第表泉闽[一]。
宣圣堪齐语[二],昌黎的此身[三]。
尊前握手别[四],绛帐何时亲[五]。

注释:

[一]第,表示"但是"的意思。泉闽:泉州府。
[二]齐语:鲁国的语言;宣圣:汉平帝元始元年谥孔子为褒成宣公。此后历代王朝皆尊孔子为圣人,诗文中多称为"宣圣"。
[三]昌黎:湖北颖川昌黎,韩愈故里,宋熙宁七年,其被追封为昌黎伯。
[四]尊前:尊称老师或长辈。
[五]绛帐:师门、讲席的敬称。

不识西方教,安知观海深。
逢人非所愿[一],觉世固其心。
字字钧天响,编编掷地音。
公真师百代,仪羽老尤醒[二]。

注释:

[一]逢人:即"逢人说项",赞扬别人或为人求情。
[二]仪羽:凤凰的别称,比喻美德善行可为人表率。

34.张开芳(莆田)

西来景主与天通,麈却沙门立教宗。
重译解儒挥圣语,虔修奉象迥僧空。
旨明十诫[一]功行满,道本一尊心理同。
始信大灵归实地,不须唤醒一鸣钟。

注释:

[一]"十诫"一词原为佛教术语。罗明坚的《天主实录》的附录《祖传天主十诫》中最早引用了它。1605年,利玛窦和范礼安编订的《天主教要》刊刻,成为17世纪至19世纪教理书的基础,在此期间该书修订和改动很少,许多措辞和翻译被确定下来,并且广泛地使用,对之后的著作产生了重要的影响。17世纪耶稣会、方济各会和多明我会出版了20多本类似的著作。[徐宗泽:《明清间耶稣会士译著提要》,北京:中华书局,1989年,第180~183页;Standaert, Nicolas(ed.), *Handbook of Christianity in China*, Volume one, 638—1800, Leiden/Boston/Köln: Brill, 2001, p.610.]罗明坚在解释西方十诫时,使用了佛教用语,如"戒""功夫""祭拜"等,这在《天主教要》中被删除或修改。同时,利玛窦尽量避免使用口语成分。但是一些佛教术语还是得到保留,给十诫赋予了西方的涵义,又有五诫、七诫和八诫等语。[意]罗明坚:《天主实录》,钟鸣旦、杜鼎克主编:《耶稣会罗马档案馆明清天主教文献》,第1册,台北:利氏学社,2002年,第83页;[意]利玛窦:《天主教要》,钟鸣旦、杜鼎克:《耶稣会罗马档案馆明清天主教文献》,第1册,台北:利氏学社,2002年,第326页;Criveller, Gianni, *Preaching Christ in Late Ming China: The Jesuit's presentation of Christ from Matteo Ricci to Giulio Aleni*(Variétéssinologiques-New Series 86), Taipei: Ricci Institute, 1997, p.101.没有其他的数据可以佐证张开芳的宗教倾向。即使诗人使用了这些术语,但是重点还是在表达天学与儒学

的契合以及对传教士的行为的赞赏。很明显,他们对基督教十诫并不是完全理解。传教士通过描绘十诫来强调"爱天主万有之上"和"爱人如己"。教徒王征(1571—1644)在《畏天爱人极论》(1628)中用"畏天爱人"一词来总结十诫。教徒董邦禀和林一儁认为,耶稣会士传教、著述和助人是敬天爱人的绝佳表现。西方十诫的内容和中国儒学、佛教有相吻合之处,叶向高在写给杨廷筠的序言《西学十诫初解》中说道:"公又出其十诫初解示余。余读之而有当于心曰:此即吾孔氏畏天命戒慎恐惧之正学,世人习焉不察,乃不意西士能发明之。"叶向高文中所指的杨廷筠出示的《十诫初解》一文已不可考,叶向高序言《西学十诫初解序》收入《苍霞余草》中。西方汉学家钟鸣旦将序言翻译成英语,并称叶向高的序言在稍微改动之后,被收入闽版的《天学(天主)十诫解略》中。叶向高:《苍霞余草》卷5,《四库禁毁书丛刊》,第125册,北京:北京出版社,1997年,第22～23页;Standaert, Nicolas, *Yang Tingyun, Confucian and Christian in Late Ming China: His Life and Thought*(Sinica Leidensia,19),Leiden:E.J.Brill,1988,pp.186-187.

35.薛馨(三山)

泛海三年徂,传灯万岛来[一]。
教从天主立,道本地灵开。
披镜蒙争耀,随机朽亦材。
何当授一偈[二],同此浣尘埃。

注释:

[一]传灯:佛家指传法。佛法犹如明灯,能破除迷暗,故称。

[二]一偈:佛经中的颂词,规定字数句数,以三字乃至八字为一句,以四句为一偈。

36.朱之元(莆阳)

天所以为天,孔贤曾此传。
乃知大主宰,万物托以光。
如子父为本,似家翁有权。
本来若未认,瞎者临深渊。
偶遇艾高士,云居西极边。
行程九万里,渡海两三年。
授我真原册[一],读之竹窗前。
絪缊不敢秘[二],太极失其玄。
起步闲游月,云开处处圆。

注释：

[一] 真原：艾儒略的《万物真原》。朱之元诗中的"真原册"指的是艾儒略的十一卷《万物真原》，这是继利玛窦《天主实义》之后又一本影响力较大的书籍，1628年初刻，后来多次重刻。《万物真原》全书以对话形式书写而成，阐述了包括人类、天地在内的万物的本源，从经验论和逻辑学角度论述"物不能自生"，元气和理无法生人、天地，因为气是"造物之材料"，不可造物，理则是"虚字"，更不能生物。这本书是西士对当时盛行的"理气观"的反驳。1624年，艾儒略在福州一次公开的辩论中回答了太极、气和理不能产生万物世界的原因，这些论述后来被收入《三山论学记》中。他们的辩论和推论被后来的传教士不断重复和扩展。利玛窦和艾儒略深刻地理解了西方宗教和儒学、道家、佛家的异同，有意识地以中国人可以接受的视角来阐释西方哲学，完成了书籍传教的"文化层次"的适应，是这两本书拥有巨大影响力的根本原因。虽然后来的传教士也学习中国哲学，却未及深入，也没有对流传于中国的其他宗教进行研究。Criveller, Gianni, *Preaching Christ in Late Ming China: The*

Jesuit's presentation of Christ from Matteo Ricci to Giulio Aleni (Variétéssinologiques-New Series 86), Taipei: Ricci Institute, 1997, p.167.

〔二〕缊缊：古代指天地阴阳二气交互作用的状态。《易·系辞下》："天地缊缊，万物化醇；男女构精，万物化生。"朱之元在诗歌中表明，他在阅读了艾儒略所赠送的《万物真原》之后，才了解了万物起源和太极的深奥涵义。他将天人的关系比作"父子"，明显受到艾儒略以"大父母"比拟造物主的影响。尾联用"云""月"的意象构造了一种广大的、深远的意味，以展现破解奥秘之后的喜悦之情。

37.林世芳(莆阳)

海上南来一至人〔一〕，胸中淳朴抱天真〔二〕。
快闻高论甘如醴，喜接清风煦若春。
衣钵自能非墨翟〔三〕，源流应识拔沉沦。
至尊初御调干日，珍重皇家作上宾。

注释：

〔一〕至人：语出《庄子·齐物论》："啮缺曰：'子不知利害，则至人固不知利害乎？'王倪曰：'至人神矣：大泽焚而不能热，河、汉沍而不能寒，疾雷破山、风振海而不能惊。若然者，乘云气，骑日月，而游乎四海之外。死生无变于己，而况利害之端乎！'"《庄子·外物》中云："唯至人乃能游于世而不僻，彼教不学，承意不彼。"（郭庆藩、王孝鱼点校：《庄子集释》卷1，北京：中华书局，1961年，第96页；卷9，第938页。）

〔二〕天真：不为世俗所拘束的品性，佛教中称天真为天然之理，非人之造作者。

〔三〕衣钵：佛家以衣钵为师徒传授之法器，因引申指师传的思想、学问、技能。墨翟：即墨子(468—376)，为墨家创始人，提出"兼爱""非攻"等观点。

未缘荆识已交神,倾盖投欢即故人。
杨柳堤头才系马[一],芙蓉花外又寻津。
别来尺素凭鱼雁[二],到处丰标想凤麟[三]。
多少英才门下士,深惭老大不堪抡。

注释:

[一]杨柳:古代诗文常用意象,意为惜别怀远。
[二]尺素:古人多用以写信或文章;鱼雁:指代书信,也指传递书信的人。
[三]凤麟:凤凰和麒麟并称,指罕见杰出的人才。

38.林绍祖(莆中)

吾师论道乌山前[一],开卷不空也不玄。
一苇波涛八万里,半生砥柱六千年[二]。
中州天地重开辟,西国衣冠自圣贤。
别后应知各努力,那堪分袂意潸然。

注释:

[一]乌山:位于福州。
[二]砥柱:形容危急关头可以委托重任的人;六千年:以形容历史之长久。

39.林宗彝(晋安)

大西法界任栖栖,未控金绳路转迷[一]。
何处真人嘘紫气[二],云道欧逻西复西。
炎汉于今千百劫[三],耿耿相传青玉笈。
行藏非释亦非仙,九万烟波乘一叶。
我闻西方白帝主[四],谓君炼石随天补[五]。
割除业火鹎光寒[六],鼎猴蕉鹿都尘土[七]。
辙遍滇南与蓟北,为挽风华还古色。
谈天一炷醒群蒙,羲驭长驱照中国。

注释:

[一]未控金绳路转迷:化用了李白的诗歌《春日归山寄孟浩然》,诗云:"金绳开觉路,宝筏度迷川。""金绳"一词有两种含义,一种指用于装订书籍的、使用金子或者其他金属制成的金线。第二是源自佛门语典,典出《妙法莲华经》(卷2,http://tripitaka.cbeta.org/T09n0262_002)中记载名为"离垢"的国家,"琉璃为地,有八交道,黄金为绳,以界其侧"。佛法能开启众生觉悟的道路,能超度众生脱离迷川,到达理想的彼岸世界。[范晔:《后汉书》卷82,(唐)李贤等注,北京:中华书局,1971年,第2703页。]

[二]真人:道家用语,称存养本性或修真得道的人,亦泛称"成仙"之人。紫气:为紫色云气,古代以紫气为祥瑞之气,认为是帝王、圣贤等出现的预兆。

[三]炎汉:汉民族,指中国。笈:古代碧玉作的书袋。

[四]白帝:古神话中五天帝之一,是统治西方的神。(郑玄:《周礼注疏》卷2,阮元:《十三经注疏附校勘记》,北京:中华书局,1980年,第649页。)

[五]炼石补天:古代神话传说,语出《淮南子·览冥训》:"往古之时,四极废,九州岛裂,天不兼覆,地不周载……于是女娲炼五色石以补苍天。"唐李贺

《李凭箜篌引》:"女娲炼石补天处,石破天惊逗秋雨。"(何宁:《淮南子集释》卷6,第3册,北京:中华书局,1998年,第479页。)

[六]业火:谓恶业害身如火,亦指地狱焚烧罪人之火。鹈:即佛教中"伽蓝鸟"。

[七]鼎猴:王权的象征。蕉鹿:语出《列子·周穆王》:"郑人有薪于野者,遇骇鹿,御而击之,毙之。恐人见之也,遽而藏诸隍中,覆之以蕉,不胜其喜。俄而遗其所藏之处,遂以为梦焉。"蕉,通"樵"。后以"蕉鹿"指梦幻。指出只有孔子、黄帝这样的圣人才能分别出现实和梦幻之间的差异。尘土:是细小的灰土,后引申指尘世、尘事。(杨伯峻注:《列子集释》,北京:中华书局,1979年,第107~108页。)

40.李师侗(三山)

去国八万里,离家三十年。
西海如一揆,北学未之先[一]。
羁旅禄随地,逢人主有天。
喜图王绘盛,不事使张骞。

注释:

[一]北学:最早指周代设在京城的最高学府之一。《大戴礼记·保傅》:"帝入东学,上亲而贵仁,则亲疏有序而恩相及矣;帝入南学,上齿而贵信,则长幼有差民不诬矣;帝入西学,上贤而贵德,则圣智在位而功不遗矣;帝入北学,上贵而尊爵,则贵贱有等而始下不踰矣;帝入太学,承师问道,退习而端于太傅,太傅罚其不则而达其不及,则德智长而理道得矣。"相传夏、商、周三代的最高学府内分东西南北四学和太学。北学后指北朝的经学。清许宗彦《记南北学》:"经学自东晋后,分为南北。自唐以后,则有南学而无北学。"自西汉中期起,有今文经学和古文经学两个学术流派,前者研究先秦时期的古文,依

靠在秦始皇焚书之后民间保留下来的古文。今文经学则以两汉间以儒家经书研究为中心而形成今文学派,与古文经学相对立。南北朝时期(420—589)经学分为南学和北学。《北史·儒林传序》:"大抵南北所为章句,好尚互有不同……南人约简,得其英华;北学深芜,穷其枝叶。"南学多受佛教影响,推崇王弼注释的《周易》,北学以汉代学术为经,以郑玄(127—200)的版本为范。(李延寿:《北史》卷81,北京:中华书局,1974年,第2708~2709页。)

41.陈燿(晋安)

西域产畸人,汗漫游中国。
五州小于点,万里轻如翼。
装束欧罗云,餐供大田稷。
标旨主维天,笃行士所则。
不慕爵禄荣,求与圣贤特。
推历嗣重黎[一],利物疑子墨[二]。
变夷既从夏,图南还徙北。
倾盖缔交缘,促席发吾覆[三]。
卓哉绝世才,壮此三山色。
古初诚可复,景教思无极。

注释:

[一]重黎:重、黎为羲、和二氏之祖先。《书·吕刑》:"乃命重黎,绝地天通,罔有降格。"孔传:"重即羲,黎即和。尧命羲和世掌天地四时之官,使人神不扰,各得其序。"孔颖达疏:"羲是重之子孙,和是黎之子孙,能不忘祖之旧业,故以重黎言之。"林金水将这首诗解读为,传教士穿着颜色鲜艳的西服,吃的是中国农民种出来的粮食。[林金水:《〈闽中诸公赠诗〉初探》,陈村富主编:《宗教文化》,第3辑,北京:东方出版社,1998年,第93页;孔颖达:《尚书

正义》卷2,(清)阮元:《十三经注疏附校勘记》,北京:中华书局,1980年,第119页。]

［二］子墨:汉代扬雄作品中虚构的人名,后借指文章、文辞。

［三］发吾覆:语出《庄子·田子方》:"微夫子之发吾覆也,吾不知天地之大全也",意为揭除蔽障。(郭庆藩、王孝鱼点校:《庄子集释》卷7,北京:中华书局,1961年,第716页。)

42.郑璟(桃源)

深隐桃源见美人[一],西方怀我好音春。
兢兢七克同邹吻[二],翼翼千篇敷教神。
一事主天分苦乐,偏惊处世易缁磷。
得君载授珠玑日,寤寐欢吟又日新。

注释:

［一］深隐:表示偏僻隐蔽。首联引用了"美人"的意象,将西士看成是隐逸桃源的美好人物,怀抱与"我"(我们)一样美好的情怀。

［二］七克:《七克》由庞迪我与徐光启合著,成书于万历甲辰(1614),文中涉及七罪的概念,郑璟从《七克》中读到了与儒家学说相契合的内容。他始终是站在中国文化的立场,以儒学为标准来审视西方文化和宗教思想的。他认为"七克"与"邹"相吻合。郑璟诗中"邹"所指何人,并无定论。(李之藻:《天学初函》,吴相湘主编,第2册,台北:学生书局,1965年,第715～716页。)

"邹"有多种涵义,一方面指的是周代的国家,位于山东省东南部的邹鲁,为孟子的出生地,孟子以性善说,认为每个人都有四种心:恻隐之心,羞恶之心,辞让之心,是非之心,这四种心分别对应着四种道德:仁、义、礼、智。孟子所描述的基本道德可以与基督教的七德对应起来。另外一方面,"邹"也可能指邹衍,战国时期哲学家。《赠诗》中多次提到了邹衍,如陈鸿的诗歌。邹衍是阴阳家创始人,他将宇宙和世界用五行说、阴阳说来描述。同时,又提出了"五德始终说",即五种自然物质,一种物质的上升意味着其他物质的下降,从而产生了不断的循环:木克土,土克水,水克火,火克金,金克木。人类世界的构成和结果都是由这五种物质不断运动产生的。每个统治者都代表者一种德。如果他们的行为和国家的管理失序,会影响到"天时",他所代表的德便下降,统治走向衰弱。很有可能,相应于"七克",诗人强调邹衍学说中"克"的行为,教导人们要顺应天时和自然的规律。赵岐:《孟子注疏》卷3,(清)阮元:《十三经注疏附校勘记》,北京:中华书局,1980 年,第 2690~2691 页;Fung Yu-Lan, *A History of Chinese Philosophy*, Vol.I. *The Period of Philosophers* (*from the beginnings to circa* 100 B.C.), translated by Bodde, Princeton: Princeton University Press, 1952, pp.159-169.

庞迪我(Diego de Pantoja,1571—1618),字顺阳,西班牙籍耶稣会教士,1597 年 7 月抵达澳门,1599 年 11 月进入中国内地,先后在南京、北京传教,后遭流放,1618 年 1 月卒于澳门。他在中国传教 21 年,一直协助利玛窦的"合儒"的传教工作,在利玛窦去世之后,为其申请墓地,继承了"适应"政策和合儒的传教方针。庞迪我撰写了《七克》《天主实义续篇》《奏疏》《庞子遗诠》等作品,传播西方地理学知识,绘制《万国地海全图》,协助艾儒略完成《职方外纪》,参与天文观测、修历、《几何原本》的翻译工作,并且介绍了欧洲医药学的药露制作法、种植葡萄和酿制葡萄酒的技术,被中国人称为"庞公""庞子""庞君"。他通过书信向西方介绍了自己所观察的中国,包括中国地理和城乡概貌、中国的贸易、货币制度、社会风俗和礼仪、等级制度和妇女地位、政府机构设置和司法状况、儒家知识分子的社会地位、明帝国的朝贡和对外国人的限制等,对门多萨(Juan Gonzádles de Mendoz,1545—1618)《大中华帝国史》一书的错误进行了纠正和补充,被当代学者称为"最伟大的西班牙汉学家"。庞迪我于 1602 年 3 月 9 日致西班牙托莱多主教刘易斯·德·古斯曼(Luis de Gusman,1546—1605)神父的长信——《几位耶稣会神父入华,遇到的特殊情况及在该国所见到的十分引人注目之事纪实》被认为是门多萨《中华大帝国史》的重要补充。(叶农、罗诗雅:《与巨人同行者——西班牙籍耶稣会士庞迪我及其中文著作》,《世界宗教研究》,2015 年第 6 期,第 136 页。)

庞迪我影响最大的中文著作是《七克》,他着意寻找天学与儒家学说之间的契合点,在书中联系了儒家的观点,反对佛教的轮回说,介绍了西方古代圣贤的言论和他们的行迹,欧洲国家同样被描绘成理想的所在。(张铠:《庞迪我与中国》,郑州:大象出版社,2009年,第247～253页。)该书初刻于万历四十二年(1614),"有自序和杨廷筠、郑以伟、曹于汴、陈亮采等作序,熊明遇作引;卷七末有汪汝淳跋,每卷前又有崔淐序,曹于汴序载其《仰节堂集》。明清间教外学者,多为教士撰书籍作序,但各家文集都不收录,或雍干禁教后删去。曹序之存于其集中,可谓空谷足音。"(方豪:《中国天主教史人物传》,北京:中华书局,1988年,第140页。)《七克》为庞迪我赢得了巨大的声望,陈亮采、熊明遇、杨廷筠、郑以伟、曹于汴都为其作序,汪汝淳题跋。针对这个话题,徐光启写了四言赞诗《克罪七德》。[(明)徐光启:《徐光启诗文集》,朱维铮、李天钢主编:《徐光启全集》,第9册,上海:上海古籍出版社,2011年,第422页。]一些中国士大夫阅读了《七克》等著作后,把"天学"当作一种近似于儒家学说的道德说教而接受它。李嗣玄读完《七克》后感叹道:"至哉,言乎!夫以德报德,报施适足相偿,何功之有?必爱仇庶(始)克,当主心耳。乃惩忿熄傲,从家庭始。"([意]艾儒略:《艾儒略汉文著述全集》,叶农整理,桂林:广西师范大学出版社,2011年,第388页。)关乎道德伦理的话题,很容易在中国古代经典中找到相对应的内容,这也是《七克》在士大夫圈中受欢迎的重要原因。此外,七克符合儒学修身和达到至善之道的要求。陈亮采在《七克篇序》中写道:"其书精实,切近多吾儒,所雅称至。其语语字字刺骨透心则儒门鼓吹也,其欲欲念念息息皈依上帝以冀享天报而永免沉沦,则儒门羽翼也。且夫克之为义,孔颜称之矣:一日克己天下归仁,并育并行圣神极事而其工夫。惟曰:非礼勿视、听、与言、动而已。无高词,无侈说,真积既久,上与天通。是故孔门之教期于达天,颜子之学谓之干道。故四勿也,七克也。"[张铠:《庞迪我与中国》,郑州:大象出版社,2009年,第247～253页;(明)陈亮采:《七克篇序》,(明)李之藻:《天学初函》,吴相湘主编,第2册,台北:学生书局,1965年,第705～706页。]

43.方尚来(桃源)

周孔不可作[一],天学亦已徂。
爰有西贤者,教铎振中区[二]。
浮沉八万里,将以慰吾徒。
真主谩相识,疑信任所趋。
晨夕叨引治,我亦破其愚。
分手三山外,肯把寸心渝。

注释:

[一]周孔:指周公和孔子。
[二]铎:古代乐器,宣布政教法令或遇战事时用之。

44.潘师孔(桃源)

鸿濛本无象,造物谁为主。
千圣既云没,此义少认取。
昔闻西来学,谓可相翼羽。
而今见其人,倏尔开朦瞽。
大都溯厥初,现前真宰睹。
但思罔极恩,毋乃识吾父。
昭事自宜然,谆谆不嫌鲁[一]。
凡我执经者,恍已亲恃怙。

况以证儒书,标旨符中土。
独怜九万程,畏途安可数。
孰赐我先生,耶稣意良苦。
肖子吾所期,有力应须努。

注释：

[一]嫌,表示怀疑,猜忌。(段玉裁注:《说文解字注》,许惟贤整理,第2册,南京:凤凰出版社,2012年,第1083页。)

45.谢懋明(清源)

何处异香过,繇来天主祥。
碑留十字篆,架隐百年章。
方慰趋承近,俄惊别恨长。
三山需后会,教在不言中。[一]

注释：

[一]杜鼎克将这首诗歌翻译成英语："From where did the unusual fragrance come? An auspicious sign sent by the Lord of Heaven. A stele engraved with an cross[sic], For centuries it had been hidden. Just to console [us], it presented itself in this time. Suddenly we realize how long the bitter parting was. In Sanshan(Fuzhou) we had to meet later. The teachings are contained not speaking." (Dudink, Adrian Cornelis, Zhang Geng, Christian Convert of Late Ming Times, In: *Christianity in Late Ming China*: *Five Studies*, Leiden University, Diss., 1995, p.313.)

46.薛一唯(福清)[一]

主教何缘入海滨,缊缊实义仰儒绅[二]。
谁人会证西来意,有客欣寻此学津。
九万行程称岁月,三千负笈出风尘。
中天抱愧宫墙望[三],那日开蒙善此身。

注释:

[一]目录缺"薛一唯"。

[二]实义:利玛窦的著作《天主实义》,初稿题名《天学实义》,1601年改为现名,由冯应京整理作序,1603年经过果阿主教审查批准,在北京正式刊刻出版,后多次经历重刻。1629年,李之藻将它收入《天学初函》,后《四库全书》子部杂家类存目。作者大量引用先秦儒家经典作为根据,论述天学的基本信仰和根本教义,驳斥宋明理学和佛道的世界观,较为系统地展现利玛窦的神学思想,引起明清思想界的广泛兴趣,有不少人受到影响而入教,反教者称之为"妖书"。

[三]宫墙:指师门,典出《论语·子张》:"叔孙武叔语大夫于朝曰:'子贡贤于仲尼。'子服景伯以告子贡。子贡曰:'譬之宫墙,赐之墙也及肩,窥见室家之好。夫子之墙数仞,不得其门而入,不见宗庙之美,百官之富。'"子贡以"数仞"比喻孔子之学,后以"万仞宫墙"比喻孔子的学说。(何晏集解,邢昺注疏:《论语注疏》卷19,阮元:《十三经注疏附校勘记》,北京:中华书局,1980年,第2532页。)

47.薛凤苞(福清)

一叶航来渡海滨,闽中文献俨书绅。
西方有圣咸称主,此学无人不问津。
万里迢迤频带水,千秋炳蔚不生尘。
诸儒仰止钦山斗,至教原能善世身。

48.林登瀛(三山)

维彼泰西,另辟学梯。大原不迷,天主为题。
是训是稽,可端可倪。鸿并海犀[一],纤同醯鸡[二]。
如震鼓鼙,如捧玻璃。如出云霓,如达川溪。
羲文未笄[三],孔孟未啼。恧我孩齯,羞乃子妻。
铎声在闺,胡不闻撕。

注释:

[一]海犀:中国古代神话中的水中神兽,象征灵性和幸运,又形容人具有坚强的品格。在民间传说中,犀牛不但能够辨别毒物,犀牛皮做成的腰带也为传说中八仙之一的曹国舅所佩戴,用来挡住龙王的去路。

[二]醯鸡:醯鸡是醋瓮中的蠛蠓,一种小虫,以喻见识浅陋的人。典出《庄子·田子方》:"孔子出,以告颜回曰:'丘之于道也,其犹醯鸡与!微夫子之发吾覆也,吾不知天地之大全也。'"郭象注:"醯鸡者,瓮中之蠛蠓。"(郭庆藩、王孝鱼点校:《庄子集释》卷7,北京:中华书局,1961年,第716页。)

［三］羲文：伏羲和周文王，两人都与《易经》有关系。

49.王标（福唐）[一]

载道南来一客身，艰关廿岁不知贫。
胸吞汗索参今古，思入风云泣鬼神。
天上昭明知有主，人间矫举叹非真。
而今唤醒密谛诀，始信先生作渡津。

注释：

［一］目录中"王标"写作"王樑"。

50.翁际豊（莆田）

九万里西来，天学开远照。
玉界跂玲珑，金骢郁缥缈。
万物乃天生，何物生天表。
叩礼天主前，意象转幽悄。
灵风似飒然[一]，屋角红云绕[二]。
真诠揭昊冥，会心苦不早。
若能认何主，应空普弘愿[三]。
主教开鸿濛，源脉揭昏旦。
世界非长住，百年奔骇电。
学海浩无际，沉迷君所叹。

丹台与圯城[四]，此理尚为幻。
嗟哉天下人，宗旨曷繇见。
茫茫浮世中[五]，得君乃无患。

注释：

[一]灵风：指教化，又意为修道者或神灵的风范。

[二]红云：红色的云。传说仙人所居之处，常有红云盘绕。

[三]弘愿：佛教语，弘大之誓愿，愿救一切众生也，如阿弥陀佛之四十八愿。

[四]丹台：道教指神仙的居所。林金水认为，"丹台"与"圯城"分别指天堂和地狱，意为信耶稣则升天堂，否则永堕地狱。（林金水：《〈闽中诸公赠诗〉初探》，陈村富主编：《宗教文化》，第3辑，北京：东方出版社，1998年，第83页。）

[五]浮世：人间，人世，人世间是浮沉聚散、短暂不定的，故称。

51.林传裘（莆中）

西洋有教主，夷夏仰鸿功。
十诫尘心净，三仇灰劫空[一]。
辞家敷帝训，渡海印儒宗。
安得汉天子，论经白虎通[二]。

注释：

[一]三仇：魔鬼、肉身和世俗。［意］利玛窦：《天主教要》，钟鸣旦、杜鼎克：《耶稣会罗马档案馆明清天主教文献》，第1册，台北：利氏学社，2002年，第355页。灰劫：佛教语。指大三灾中火劫后的余灰。

[二]白虎通：又称《白虎通义》《白虎通德论》《白虎议奏》。东汉建初四年

(79年),在汉章帝旨意下于洛阳举办的一场经学辩论,班固(32—92)等人据此汇集成书,因地点在白虎观得名。该书是统一今文经义的一部重要著作,以阴阳、五行为基础,解释自然、社会、伦理、人生和日常生活的种种现象,对宋明理学的人性论产生了一定影响。(黄开国编:《经学辞典》,成都:四川人民出版社,1993年,第158～159页。)

52.苏负英(温陵)

吾师海外至,海道与云连。
亿万风波阻,孤舟岁月悬。
瞻星随所指,测景看何躔。
掉理流沙界[一],帆飞弱水前。
鳅旗时靡靡,蜃气更翩翩。
秘籍翻朱焰[二],宝函泛绿烟。
直探周孔奥,高揭昊旻巅。
传经皆最上[三],得解已通玄。
至教谁能掩,大文终必宣。
荒碑关陕涌[四],古石武荣妍[五]。
石锓圣架迹,碑纪贞观年。
明旦振千载,璋圭达八埏[六]。
无人堪自弃,有路欲登天。
昭事自兹凛,淳风日以还。
圣朝赞美化[七],正学契真诠。
唤醒迷空色,敲回点汞铅。
渊明如可作,八社自应先[八]。

注释:

[一]沙界:佛教术语,恒河沙之世界也,比喻世界如恒河沙之多。
[二]朱焰:指仙人所居地方有红色烟云缭绕。
[三]传经:传授经学。
[四]关陕:陕西关中。
[五]武荣:泉州府南邑西山。
[六]璋圭:玉器名,古代朝聘、祭祀、丧葬、治军时用作礼器或信玉,此处比喻国家栋梁或贤者。
[七]圣朝:古时用以尊称本朝,亦作为皇帝的代称。
[八]八社:指八闽。

53. 郑之铉(温陵)

铎音敷至教,户屦满公卿。
每与俗尘接,总关慈悯情。
我固漫浪者,君毋靳共盟。
频将承指点,宗尚不为名。

54. 贾允元(无锡)

君浮西洋来,三岁九万里。
冉冉风涛间,茫茫水云里。
讵止观国光[一],意且行教尔。
问尔教何宗,举念一主起。

我观中华人,圆顶履方趾[二]。
岂不美彝常[三],有时斁伦纪。
君自海外人,不读我书史。
而怀翼小心,而具规绳履。
未学孔宣门[四],居然入室子[五]。
恭唯千古心,一月印万水[六]。
性光摄法界,何地无杰士。

注释:

[一]国光:本指国家的礼乐文物,后多指国家的威望和荣誉。

[二]圆颅方趾:圆头方足。《淮南子·精神训》:"故头之圆也象天,足之方也象地。"后即以"圆颅方趾"指人。

[三]彝常:《说文·糸部》:"彝,宗庙常器也。"(段玉裁注:《说文解字注》,许惟贤整理,第1册,南京:凤凰出版社,2012年,第1151页。)

[四]孔宣:即孔子,唐代追谥为"文宣王"。

[五]入室:语出《论语·先进》:"由也升堂矣,未入于室也。"邢昺疏:"言子路之学识深浅,譬如自外入内,得其门者。入室为深,颜渊是也;升堂次之,子路是也。"后以"入室"比喻学问或技艺得到师传,造诣高深。

[六]禅师玄觉(615—713)在《永嘉证道歌》中记载:"一性圆通一切性。一法遍含一切法。一月普现一切水。一切水月一月摄。"这个表达后来发展为"月印万川"和"万川摄一月",表示事物以不同形象展现出来,但是他们的本质是一样的。朱熹用这句话来解释新儒家的"理一分殊"的概念。黎靖德编:《朱子语类》卷18,杨绳其、周娴君校点,长沙:岳麓书社,1997年,第356页;卷94,第2164页。Standaert, Nicolas, *Yang Tingyun, Confucian and Christian in Late Ming China: His Life and Thought* (Sinica Leidensia, 19), Leiden: E. J. Brill, 1988, p.195.

55.吴士伟(寓闽)

到得三山欲避尘,相看浑是个中人。
高谈纵复空千古,名理依然重六亲[一]。
海若有天朝甲子[二],支祈无路见庚申[三]。
长安回首春明外,柳色莺声几度新。

注释:

[一]关于六亲历来说法不一:《老子》:"六亲不和有孝慈。"王弼注:"六亲,父、子、兄、弟、夫、妇。"(楼宇烈:《老子道德经注校释》,北京:中华书局,2008年,第43页);《左传·昭公二十五年》"为父子、兄弟、姑姊、甥舅、昏媾、姻亚,以象天明"[孔颖达:《春秋左传正义》卷51,(清)阮元:《十三经注疏附校勘记》,北京:中华书局,1980年,第2108页]。

[二]海若:海神名。(郭庆藩、王孝鱼点校:《庄子集释》卷6,北京:中华书局,1961年,第562页。)

[三]支祈:淮河河神名,又称无支祁。在唐代《岳渎经》中有关于支祈的传说:"水神名无支祁,善应对言语,辨江淮之浅深,原隰之远近,形若猿猴,缩鼻高额,青躯白首,金目雪牙,颈伸百尺,力踰九象,搏击腾踔,疾奔轻利,倏忽闻视不可久。禹授章律,不能制。授之乌木由,不能制援之。庚辰能制。……庚辰持戟逐去。颈锁大索,鼻穿金铃,徙之淮阴龟山之足,俾淮水永安。"(李昉:《太平广记会校》卷467,张国风校注,北京:燕山出版社,2011年,第8404页。)诗中的"甲子"和"庚申"与道教的神仙系统"六十甲子神"有关,属于中国的民间信仰。按照六十年为一轮回,每年当值的神仙成为岁神或者太岁。古代数术家认为太岁亦有岁神,凡太岁神所在之方位及与之相反的方位,均不可兴造、移徙和嫁娶、远行,犯者必凶。此说源于汉代,传至后世,说愈繁而禁愈严。庚申年的当值太岁神是将军毛梓,其样貌酷似猴子,被称为

"庚申太岁"。甲子年的当值神仙称金辨,样貌类鼠。在《太上感应篇》(《太上感应篇》卷1,《正统道藏》,第834~839卷,台北:译文印书馆,1962年,第15页)中记载,到了庚申日,藏于人身体中的三尸神会到天庭汇报人的罪过。

56.池显芳(同安)[一]

尊天天子贵,绝徼亦来庭。
邹衍无斯识[二],张骞所未经。
五洲穷足力,七政佐心灵[三]。
旨与吾儒似,人疑是杳冥。

注释:

[一]该诗经过修改以《致远西艾思及》为题收录于《帝京景物略》,第二联是"邹衍之余说",末联是"何必曾相见,成言在窅冥"。(刘侗、刘奕正:《帝京景物略》,北京:北京古籍出版社,1983年,第154页。)

[二]邹衍(公元前324年—公元前250年),战国末期齐国临淄人。阴阳家代表人物、五行创始人,主要学说是五行学说、"五德终始说"和"大九州岛说",又是稷下学宫著名学者。

[三]七政:古天文术语。一般指日、月和金、木、水、火、土五星。

57.林一儁(福清)

德因慈世方称大,道以寻源始见宗。
百亿辛人开慧眼[一],万千蹊径劈迷踪。
多缘大主恩无外,亦赖吾师志不慵。
自此中天明宝鉴,上扶治化到黄农[二]。

注释：
[一]慧眼：佛教术语，即智慧之目，亦泛指能照见实相的智慧。
[二]黄农：黄帝和神农。

又

普天同大父，斯人皆吾与。
真原久不明，魔役纷如许。
宣尼悲悯秋，禹稷宁安处[一]。
泰西有至人，梯航几寒暑。
奉彼正教来，救兹陷溺侣。
苦劳既不辞，宁复知艰阻。
无量超性光，朗如幽室炬。
哀矜十四端[二]，到处勤施予。
愿拯众灵魂，同入天堂所。
想彼一片心，是何惓惓绪。
嗟我此方人，何为分尔汝。
屡以锥刀争，户庭生越楚[三]。
幸闻仁者言，反欲加诽语。
总被异端迷，多因三仇沮。
拨云一见日，痛悔应难御。
旷观斯世内，兄弟若相序。
倘存远迩情，便同小邾莒[四]。
矧吾教中俦，切勿微生龉。
善功相劝勉，过失互箴矩。
期酬大主恩，立表为人伫。
沥血与披肝[五]，和声同律吕[六]。

注释：

　　[一]禹稷：禹和后稷，夏禹后稷受尧舜命整治山川，教民耕种，称为贤臣。《孟子·离娄下》："禹稷当平世，三过其门而不入，孔子贤之。"

　　[二]哀矜十四端：是西方慈善传统的一部分，分为"形哀矜七端"和"神哀矜七端"。形之七端：一食饥者，二饮渴者，三衣裸者，四顾病者及囹圄者，五舍旅者，六赎虏者，七葬死者；神之七端：一以善劝人，二启诲愚蒙，三慰忧患者，四责有过失者，五赦侮我者，六恕人之弱行，七为生死者祈天主。(《圣经约录》，钟鸣旦、杜鼎克主编：《耶稣会罗马档案馆明清天主教文献》，第 1 册，台北：利氏出版社，2002 年，第 101～103 页。)"哀矜十四端"较早见于《圣经约录》，通过耶稣会士往来书信得知，利玛窦应中国教徒要求著作此书，以满足日常祷告所需。该书结尾注明，此书经历多次的修改以求能够完美阐释基督宗教概念，采用了音译法将拉丁语的教堂翻译成"厄格勒斯亚"（Ecclesia），圣徒翻译成"亚玻斯多罗"（Apostoli），圣事翻译成"撒格勒孟多"（Sacramentum）。利玛窦在《天主实义》中，将"哀矜"实践与儒家的仁爱思想结合起来。他指出仁爱观念包括两个方面：爱天主超乎万有之上和爱人如己。爱天主的具体表现就是爱人如己。"哀矜"又可译为"仁慈"或"施舍"，明末清初耶稣会士罗雅谷撰写的《哀矜行诠》一书，论述"十四哀矜"思想，在当时的儒家基督徒的著述中，如杨廷筠的《代疑续篇》《天释明辨》、陈熏的《开天宝钥》、张星曜的《天儒同异考》等，均有所引述。王征不仅在其《畏天爱人极论》论述了哀矜思想，而且还身体力行，创办了"仁会"赈济贫穷，说明当时"哀矜"思想在教内的影响甚大。诗人对此多有描述，郑之铉认为传教士是道德楷模，拥有慈悲情怀；董邦廪也赞颂了西方天主教的慈爱怜悯之情。罗雅谷（Giacomo Rho, 1592—1638）在《哀矜行诠》(1634)中进一步阐释了相关概念，这本书也成为明末清初基督教慈善机构的指导思想。相比利玛窦的论述，行文顺序有所调整：在形哀矜中，"及囹圄者"一词被删去，神哀矜中的第一端和第二端顺序对调了。Chan, Albert, *Chinese Books and Documents in the Jesuit Archives in Rome: A Descriptive Catalogue: Japonica Sinica I-IV*, Armonk/New York/London: M. E. Sharpe, 2002, pp. 107, 193-195; Zürcher, Erik, *Kouduorichao: Li Jiubiao's Diary of Oral Admonitions* (Monumenta Serica Monograph Series LVI/1), Vol. 1, Nettetal: Steyler Verlag, 2007, p.

567;徐宗泽:《明清间耶稣会士译著提要》,北京:中华书局,1989年,第70～73页;罗雅谷:《哀矜行诠》,钟鸣旦、杜鼎克主编:《耶稣会罗马档案馆明清天主教文献》,第5册,台北:利氏出版社,2002年,第35～37页。

张星曜(1633—1715)在《天儒异同考》中将"哀矜"与中国传统的家族观念结合在一起,并认为佛教入华之后,这种传统消失不见了:"先王立政,四闾为族,使之相葬;五族为党,使之相救;五党为州,使之相赒。四闾一百家也,五族五百家也,五党二千五百家也。夫以一百家之众,使之周旋一家葬事;以五百家之众,使之救一家患难;以二千五百家之众,使之济一家缓急;则众擎易举,无不可者。当时之民,彼以此施,此以彼报,百姓亲睦,风俗淳良。自秦弃礼义尚首功,此风微矣。然说者犹云,汉治近古。五胡云扰,佛入中国,创为布施沙门之说,以为今生作福来生受,于是天下无识之徒皆动心于福田利益,群布施于缁流之室,而相赒相救之风息矣。虽使孔子复生,告之曰'君子周急,不继富'而不顾也。若天教则不然,教人行十四哀矜行,其以财施者,先宗党,后闾里,尊崇上帝,则天下皆昆弟也。必如是,而后还我中国相赒相救之风也。此天教之有补于儒教者四也。"(张星曜:《天儒异同考》,钟鸣旦、杜鼎克、蒙曦主编:《法国国家图书馆明清天主教文献》,第8册,台北:利氏学社,2009年,第487～488页。)哀矜思想在中国的实践转化为各种"会",救助穷人、病人、鳏寡孤独者,这被认为是慈善机构的早期形式。许理和对晚明福建教徒结会进行了论述[Zürcher, Erik, The Jesuit Mission in Fujian in Late Ming Times: Levels of Response, In: Eduard B. Vermeer (ed.), *Centuries* (Sinica Leidensia; 22), Leiden: Brill, 1990, pp.440-443]。教徒王征把哀矜思想作为建立"仁会"的会约和原因。(王征:《仁会约》,钟鸣旦、杜鼎克、蒙曦主编:《法国国家图书馆明清天主教文献》,第6册,台北:利氏学社,2009年,第526～527页。)

[三]锥刀:指追逐微利。

[四]邾莒:春秋时期两个小国,位于山东省。

[五]披肝沥血:比喻竭尽忠诚。

[六]律吕:古代用竹管制成的校正乐律的器具,引申为法规、规则等。

58.郑凤来(莆中)

　　君乃舫西海,九万里而至,颇演天公最上义[一]。绿瞳缁鬓肃有神,麈挥霏玉纷相示[二],释迦咋舌李耳喑,仿佛尼宗无二致,怀宝欣观上国光[三],火浪颠翻只苇寄。巨鱼卷鬣乍辞舻[四],指点土风身欲试,道德医算俱邃良,碧翁划成一方治,寸铜晷纬走呈晖[五],活现虞家玑玉器[六],褐斯巾舄起欧逻[七],百译遥联同指臂[八]。帡幪亿国共为家[九],意者其天辟初邃,十年震旦又重逢,寒雨生窗芭叶翠。

注释:
　　[一]天公:以天拟人,对天的称呼。
　　[二]麈:古人执麈尾而谈,犹高论、教诲。霏玉:形容语言如美玉。
　　[三]上国:春秋时称中原各诸侯国为上国,与吴楚诸国相对而言。引申为外藩对帝室或朝廷的称呼。
　　[四]巨鱼卷鬣:海里生物,以形容航海历程艰险。
　　[五]寸铜晷纬:古代天文仪器,测日影以定时辰或行星运行轨迹。
　　[六]虞家:指虞舜。
　　[七]巾舄:头巾和鞋子,指代文人学者。
　　[八]指臂:手指与臂膀,比喻得力的助手。
　　[九]帡幪:帐幕,引申为覆盖。

59.许日升(晋江)

西来使者储奇诠,地脉乘风摄八埏。
万国山河归一掌,四方朝贡拱三天[一]。
漫将印度悬尖指,遂尔乾坤纳只拳。
何多问楂张骞昨,只今海宇擎鸿篇。

注释:

[一]三天:指中国古代三种宇宙观,第一,盖天说,第二,浑天说,第三,宣夜说。《晋书·天文志上》:"古言天者有三家:一曰盖天,二曰宣夜,三曰浑天。"盖天又称"周髀","其本庖牺氏立周天历度,其所传则周公受于殷高,周人志之,故曰《周髀》。髀,股也;股者,表也。其言天似盖笠,地法覆盘,天地各中高外下。""前儒旧说,天地之体,状如鸟卵,天包地外,犹壳之裹黄也;周旋无端,其形浑浑然,故曰浑天也。"所谓宣夜,主张天无一定形状,也非物质造成,其高远无止境,日月星辰飘浮空中,动和静都依靠"气"。Wong, George Ho Ching: *China's oppositions to Western religion and science during late Ming and early Ch'ing*, Diss., University of Waschington, 1958, pp.26-27;(唐)房玄龄:《晋书》卷11,北京:中华书局,1974年,第278页。

60.郭熷(温陵)

恍惚西方九万里,驰驱海内几多年。
风波到处皆吾地,祸福繇来主自天。
省戒焚香堪悟道,清心洒水胜谈禅。
殷勤指引先生在,难把真宗对俗传。

61. 林洞(莆中)

先生居在欧逻都,西渡沧溟引舳舻。
道阐天人臻众义,教翻佛老契吾儒。
五洲阅历风涛幻,十诫皈依识力俱。
谁说殊方辙轨异,鎔来冶铸一烘炉[一]。

注释:

[一]冶铸:冶炼铸造,后引申为教育培养。

62. 黄鸣晋(温陵)[一]

乾坤异物有何私,四表同瞻日正丽。
五大部州归一统,欧逻巴国应昌期。
铁舸泛海传真教,璇管窥天识巧思。
译出方言皆至味,黄农醇化见于斯。

注释:

[一]黄鸣晋从何乔远受业,参与修《闽书》。

63.金嘉会(寓闽)

一堂微显表天人,绝似星槎作汉宾[一]。
开帙遥临星斗错,剖图快睹海山沦。
有怀纳履探鸿宝,近拟披襟向羽宸。
南国栖迟殷接引,方瞳碧眼几千春[二]。

注释:

[一]星槎:往来于天河的木筏。传说古时天河与海相通,晋张华《博物志》记载,汉代曾有人从海渚乘槎到天河,遇见牛郎织女。后泛指舟船。

[二]方瞳:长寿的象征。

64.王櫵(晋安)

有美西方彦,东来过七闽[一]。
学天尊一主,译地历三春。
晰理玄机秘,崇儒大道淳。
自惭居陋巷[二],今喜得芳邻。

注释:

[一]七闽:《周礼·夏官·职方氏》:"辨其邦国、都、鄙、四夷、八蛮、七闽、九貉、五戎、六狄之人民。"贾公彦疏:"叔熊居濮如蛮,后子从分为七种,故谓之七闽。"指古代居住在今福建省和浙江省南部的闽人,因分为七族,故称。

后称福建省为闽或七闽。(郑玄:《周礼注疏》卷 33,阮元:《十三经注疏附校勘记》,北京:中华书局,1980 年,第 861 页。)

[二]陋巷:简陋的巷子。《论语·雍也》:"贤哉,回也!一箪食,一瓢饮,在陋巷,人不堪其忧,回也不改其乐。"[何晏集解,(北宋)邢昺注疏:《论语注疏》卷 6,(清)阮元:《十三经注疏附校勘记》,北京:中华书局,1980 年,第 2478 页。]

又

学就天人理数工,过从中土慕华风。
赞宣宝历钦褒渥,尽瘁封疆忠义隆。
始信耶稣真有士,方知道教悉皆功。
圣朝两露宽如海,柔远恩波自不同。

65.林伯春(福唐)

暌违主教几冬春,有病未能识病因。
念昔曾知私淑艾[一],于今想见旧畴人。
熏风南至莺声巧,时雨西来草色新。
好似帝临为作宰,忻然礼请愿称臣。

注释:

[一]私淑艾:典出《孟子·尽心》:"君子之所以教者五:如时雨化之者,有成德者,有达财者,有答问者,有私淑艾者。此五者,君子之所以教也。"[赵岐:《孟子注疏》卷 13,(清)阮元:《十三经注疏附校勘记》,北京:中华书局,1980 年,第 2770 页。]

66.陈鸿(闽中)[一]

客从远方来,云历五春夏。
地既尽于兹,河汉已倒泻。
其国敦敬天,衣冠佩王化。
艾君早慕道,每每著声价。
若置碣石宫[二],谈锋倍惊讶。
利公乃齐名,腹笥何酝藉。
遗以数千言,读之手常把。
始知沧溟外,日月异昼夜。
神山信可登,弱水本堪跨。
泛海昔张骞,却是寻常者。

注释:

[一]陈鸿的诗后以《赠艾思及泰西人》为题收入《秋室编》,与此诗有不同,"每每"改为"遐荒","泛海昔张骞"改为"乘彼贯月槎"。(林金水:《艾儒略与〈闽中诸公赠诗〉研究》,《清华学报》,2014年第1期,第89页。)

[二]"碣石宫"指爱贤敬贤的燕昭王迎接邹衍的故事,典出《史记·孟子荀卿列传》:"(驺衍)如燕,昭王拥彗先驱,请列弟子之座而受业,筑碣石宫,身亲往师之。"邹衍(公元前324年—公元前250年),战国末期齐国临淄人,阴阳家代表人物,主要学说是五行学说、"五德终始说"和"大九州岛说"。(司马迁:《史记》卷74,北京:中华书局,1972年,第2345页。)

67.吴维新(昭武)

混辟初未判,神理渺难识。
泰西有畸人,貌古含灵粹[一]。
遥遥九万里,竟践中华地。
剖析天人奥,发明造化秘。
究始本源归,至道而无二。
玄义契儒宗,簪缨勤把臂[二]。
著书千百言,磨碑印十字。
沦溺患津梁,名区靡不至[三]。
上章作噩冬[四],振向昭阳辔[五]。
登坛依朔玻,共荷全能庇。
盛兹玫瑰花[六],翘首望重贲[七]。

注释:

[一]貌古:即古貌,意为古朴的形貌,通常用来形容品德高尚之人。

[二]簪缨:古代官吏的冠饰,后比喻显贵。把臂:表示亲密。

[三]名区:有名的地方,名胜。

[四]上章、昭阳、作噩为天干地支别称。中国古代书画作品中常以之为时令的雅称,如癸酉称"昭阳作噩",庚辰称"上章执徐"。宋代诗人周文璞的《正字南仲祭诗》:"昭阳作噩冬,愁云凝上苍。"[陈起:《江湖小集》卷58,第17a页,《(文渊阁)钦定四库全书·集部/总集类》,Digital Heritage Publishing Limited,http://www.sikuquanshu.com.]《口铎抄》第四卷末,李九标落款时间是"崇祯六年昭阳作噩之岁长至日",崇祯六年(1633)即癸酉年,"长至日"即"夏至"。诗中"上章作噩"并无对应的年份,疑为误写。(李九标:《口铎日抄》卷4,钟鸣旦、杜鼎克主编:《耶稣会罗马档案馆明清天主教文献》,第7

册,台北:利氏学社,2002年,第24页。)

[五]辔:振辔,为驾马前驱。

[六]玫瑰花:象征圣母玛利亚,艾儒略著有《玫瑰经十五端图经》,《玫瑰经》又称《圣母圣咏》,是敬献玛丽亚的祷文。

[七]重贲:贵宾驾临。

68.黄六龙(古宁)[一]

云山九万隔西东,孤舟三载莫期穷。
历尽千峰非为禄,浮游四海总崇公。
辟开天上生成境,剖破人间造化功。
谨告同盟揣是德,感荷先生不易逢。

注释:

[一]古宁,今同安,属泉州府。(《同安县志》卷6,《中国地方志集成·福建府县志辑》,第4册,上海:上海书店出版社,2000年,第42a页。)

69.陈衍(颍川)[一]

大秦自古远中州,几载孤帆海国秋。
腹有六经谁口授,心无一物与天游[二]。
葭灰玉管星文合[三],墨汁金壶宝气收[四]。
垂老童身婚娶断,教成门士遍阎浮[五]。

注释：

[一]颕:同"颖"。

[二]心无一物与天游:谓放任自然。《庄子·外物》:"胞有重阆,心有天游。室无空虚,则妇姑勃豀;心无天游,则六凿相攘。"郭象注:"游,不系也。"成玄英疏:"虚空,故自然之道游其中。"所谓人的心灵应放任自然,否则六窍就会扰攘壅塞。(郭庆藩、王孝鱼点校:《庄子集释》卷9,北京:中华书局,1961年,第939页。)

[三]葭灰:葭莩之灰,为古代中国预示气候的方法"葭灰占律"。古人烧苇膜成灰,置于律管中,放密室内,以占气候。某一节候到,某律管中葭灰即飞出,示该节候已到。《后汉书·律历志上》:"候气之法,为室三重,户闭,涂衅必周,密布缇缦。室中以木为案,每律各一,内庳外高,从其方位,加律其上,以葭莩灰抑其内端,案历而候之。气至者灰动。"[范晔:《后汉书》卷101,(唐)李贤等注,北京:中华书局,1971年,第3016页。]

律管通常称"灰管",诗人称之"玉管",可能示其材质为玉。星文:即星象。

[四]墨汁金壶:指珍贵罕见的书法绘画用品,此处指传教士的著作。

[五]门士:原指守门的士卒,后指追随者、学生。阎浮,佛教语,植物。又曰剡浮,琰浮。旧称阎浮。新称赡部。译曰秽。树名,其果实形如瓜大,紫色酢醋。"

70.柯而铉(清漳)

教铎从天振,灵槎自海来。
身贞偕白玉,世劫等浮灰。
引接婆心苦,弘扬帝力开。
缁谭真实理[一],昭事信无猜。

注释:

[一]缅:意为绵延、纷纭。用以形容文章或言谈连绵不尽。"谭"同"谈"。

又

学到知天处,前修道每因。
祇怜劳阐绎,为幸得参询。
盛世文同治,大原理一均。
殷勤席未暖,怅别此江滨。

71.林珣(三山)

韦布繇来道自尊,独燃宝炬照霾昏。
中朝天子频褒玺,南国公卿概及门[一]。
尚友云从环越海[二],传经雨化满中原[三]。
荀舆得御今亲炙,绛帐抠衣待讨论[四]。

注释:

[一]及门:语出《论语·先进》:"子曰:'从我于陈蔡者,皆不及门也'",后及门指弟子。[何晏集解,(北宋)邢昺注疏:《论语注疏》卷11,(清)阮元:《十三经注疏附校勘记》,北京:中华书局,1980年,第2498页。]

[二]尚友:指的是与古人为友。《孟子·万章下》中记载:"以友天下之善士为未足,又尚论古之人;颂其诗,读其书,不知其人,可乎?是以论其世也,是尚友也。"[赵岐:《孟子注疏》卷10,(清)阮元:《十三经注疏附校勘记》,北京:中华书局,1980年,第2746页。]

[三]化雨:长养万物的时雨。比喻循循善诱,潜移默化的教育。语本《孟子·尽心上》:"君子之所以教者五:有如时雨化之者,有成德者,有达财者,有答问者,有私淑艾者。"[赵岐:《孟子注疏》卷13,(清)阮元:《十三经注疏附校

勘记》,北京:中华书局,1980年,第2770页。]

[四]抠衣:指待人接物的行为礼仪,提起衣服前襟,迎接贵客到来。《礼记·曲礼》:"毋践屦,毋踏席,抠衣趋隅,必慎唯诺。"[孔颖达:《礼记正义》卷2,(清)阮元:《十三经注疏附校勘记》,北京:中华书局,1980年,第1238页。]

其二

逻巴圣化正中兴,万有真宗道以弘。
帝许迷方开宝筏[一],人湛长夜得玻灯。
海滨倡教开师席,濂洛传宗得服膺[二]。
小子春风中借坐,顿忘门外雪层层。

注释:

[一]迷方:佛教语。指令人迷惑的境界,迷津。唐李白《秋日登扬州西灵塔》诗:"玉毫如可见,于此照迷方。"

[二]濂洛:宋代理学的两个学派。"濂"指濂溪周敦颐(1017—1073),"洛"指洛阳程颢、程颐。此外,又有"关"指关中张载,"闽"指讲学于福建的朱熹。四者即宋代理学的四个学派。明李贽《德业儒臣前论》:"惟此言出,而后宋人直以濂、洛、关、闽接孟氏之传,谓为知言云。"

其三

婆心到处喜开堂[一],九万沧溟渡莽苍。
天主应身来下土[二],圣人立极出西方。
躯登十字怜黔首,学博三坟接素王[三]。
从此闽天开慧日[四],门人无复叹迷乡。

注释:

[一]开堂:原为宋代译经院翻译新经时的仪式,宋敏求《春明退朝录》卷上:"太平兴国中,始置译经院于太平兴国寺……每岁诞节,必进新经,前两月,二府皆集,以观翻译,谓之'开堂'。"后引申为开坛说法。耶稣会没有选择

带有浓厚佛道意义的庙、寺和观来指称教堂,选择了带有儒学色彩的"堂"。

[二]应身:佛教语。指佛、菩萨为度化众生,随宜显现各种形象不同的化身。

[三]素王:本意为上古帝王,或有帝王之德而未居帝王之位者。后指孔子,汉王充《论衡·定贤》:"孔子不王,素王之业在《春秋》。"

[四]慧日:佛教语。指普照一切的法慧、佛慧。

其四

先生愿力大西来[一],天语赍颁震九垓。

圣世凤麟今代出,人心日月此时开。

璇玑球转分天手,舆地图旋算海才。

圣水苍生当灌顶[二],可能雄猛得心斋[三]。

注释:

[一]愿力:佛教语,誓愿的力量。多指善愿功德之力。

[二]灌顶:佛教密宗礼仪,凡弟子入门或继承阿阇梨位时,必须先经本师以水或醍醐灌洒头顶。灌谓灌持,表示诸佛的护念、慈悲;顶谓头顶,代表佛行的崇高。

[三]心斋:谓摒除杂念,使心境虚静纯一。语出《庄子·人间世》:"回曰:''敢问心斋。'仲尼曰:'若一志,无听之以耳而听之以心,无听之以心而听之以气。听止于耳,心止于符。气也者,虚而待物者也。唯道集虚。虚者,心斋也。'"(郭庆藩、王孝鱼点校:《庄子集释》卷2,北京:中华书局,1961年,第147页。)

参考文献

一、中文文献

(一) 古籍类

［意］艾儒略:《大西西泰利先生行迹》,钟鸣旦、杜鼎克主编:《耶稣会罗马档案馆明清天主教文献》,第12册,台北:利氏学社,2002年,第200～240页。

［意］艾儒略:《性学粗述》,钟鸣旦、杜鼎克主编:《耶稣会罗马档案馆明清天主教文献》,第6册,台北:利氏学社,2002年,第45～378页。

［意］艾儒略:《西学凡》,(明)李之藻:《天学初函》,吴相湘主编,台北:学生书局,1965年,第21～60页。

［意］艾儒略:《职方外纪校释》,谢方校,北京:中华书局,1996年。

［意］艾儒略:《万物真原》,钟鸣旦、杜鼎克、黄一农、祝平一主

编:《徐家汇藏书楼天主教文献》,第1册,台北:辅仁大学神学院,1996年,第161~215页。

(汉)班固:《汉书》,12册,北京:中华书局,1962年。

(明)毕方济:《灵言蠡勺》,朱维铮、李天纲主编:《徐光启全集》,第3册,上海:上海古籍出版社,2011年,第377~428页。

(宋)陈起:《江湖小集》,《(文渊阁)钦定四库全书·集部/总集类》,Digital Heritage Publishing Limited,http://www.sikuquanshu.com。

(明)陈仁锡:《皇明世法录》,吴相湘主编,台北:学生书局,1986年。

(清)陈寿祺:《福建通志》,《中国省志汇编》,第9册,台北:华文书局,1968年。

(明)陈衎:《大江草堂二集》,18卷,福建省文史研究馆,扬州:江苏广陵刻印社,1996年。

(清)段玉裁注:《说文解字注》,许惟贤整理,2册,南京:凤凰出版社,2012年。

(宋)范晔:《后汉书》,(唐)李贤等注,12册,北京:中华书局,1971年。

(晋)干宝:《搜神记》,马银琴校,北京:中华书局,2014年。

(清)顾炎武:《天下郡国利病书》,《顾炎武全集》,第12~17册,上海:上海古籍出版社,2011年。

(清)顾炎武:《日知录》,32卷,《顾炎武全集》,严文儒、戴扬本主编,第18~19册,上海:上海古籍出版社,2011年。

(明)何乔远:《闽书》,厦门大学历史系古籍整理研究室《闽书》校点组校点,5册,福州:福建人民出版社,1995年。

(明)何乔远:《镜山全集》,陈节、张家庄点校,福州:福建人民出版社,2015年。

(明)黄鸣乔:《天学传概》,钟鸣旦、杜鼎克、黄一农、祝平一主编:《徐家汇藏书楼天主教文献》,第4册,台北:辅仁大学神学院,1996年,第1806~1814页。

(明)黄仲昭:《八闽通志》,福建省地方志编纂委员会,福州:福建人民出版社,1989年。

(清)黄宗羲:《南雷文案》,8卷,《四部丛刊初编·集部》,第50册,上海:商务印书馆,1919—1922年。

(清)怀荫布修,郭赓武、黄任纂:《(乾隆)泉州府志》,《中国地方志集成·福建府县志辑》,第22~24册,上海:上海书店出版社,2000年。

《皇清开国方略》,《(文渊阁)钦定四库全书·史部·编年类》,Digital Heritage Publishing Limited,http://www.sikuquanshu.com。

(清)金鉷修、钱元昌纂:《广西通志》,《(文渊阁)钦定四库全书·史部·地理类》,Digital Heritage Publishing Limited,http://www.sikuquanshu.com。

(清)冯桂芬:《显志堂稿》,清光绪二年(1876)冯氏校邠庐刻本。

(唐)房玄龄:《晋书》,10册,北京:中华书局,1974年。

(后晋)刘昫:《旧唐书》,16册,北京:中华书局,1975年。

(明)杨廷筠:《绝徼同文纪》,钟鸣旦、杜鼎克、蒙曦主编:《法国国家图书馆明清天主教文献》,第6册,台北:利氏学社,2009年,第1~324页。

(清)计六奇:《明季北略》,魏得良、任道斌点校,2册,北京:中华书局,1984年。

(唐)孔颖达:《春秋左传正义》,(清)阮元:《十三经注疏附校勘记》,北京:中华书局,1980年,第1697~2184页。

(唐)孔颖达:《礼记正义》,(清)阮元:《十三经注疏附校勘记》,北京:中华书局,1980年,第1221~1696页。

(唐)孔颖达:《周易正义》,(清)阮元:《十三经注疏附校勘记》,

北京:中华书局,1980年,第5～105页。

(南朝)刘勰:《文心雕龙注》,范文澜注,北京:人民文学出版社,1958年,第614页。

(明)俞汝楫:《礼部志稿》,《(文渊阁)钦定四库全书·史部十二·职官类一》,Digital Heritage Publishing Limited,http://www.sikuquanshu.com。

(明)李九标:《口铎日抄》,钟鸣旦、杜鼎克主编:《耶稣会罗马档案馆明清天主教文献》,第7册,台北:利氏出版社,2002年,第1～594页。

(明)林光元:《点金说》,钟鸣旦、杜鼎克、蒙曦主编:《法国国家图书馆明清天主教文献》,第7册,台北:利氏学社,2009年,第49～51页。

(明)刘侗、刘奕正:《帝京景物略》,北京:北京古籍出版社,1983年。

(明)罗雅谷:《哀矜行诠》,钟鸣旦、杜鼎克主编:《耶稣会罗马档案馆明清天主教文献》,第5册,台北:利氏出版社,2002年,第1～256页。

(宋)黎靖德编:《朱子语类》,杨绳其、周娴君校点,长沙:岳麓书社,1997年。

(明)李九功:《励修一鉴》,钟鸣旦、杜鼎克、蒙曦主编:《法国国家图书馆明清天主教文献》,第7册,台北:利氏学社,2009年,第67～326页。

(明)李九标:《口铎日抄》,钟鸣旦、杜鼎克主编:《耶稣会罗马档案馆明清天主教文献》,第7册,台北:利氏学社,2002年,第1～594页。

(唐)李白:《李太白全集》,(清)王琦注,3册,北京:中华书局,2012年。

(宋)李昉:《太平广记会校》,张国风校注,北京:燕山出版社,

2011年。

(宋)李昉:《太平御览》,北京:中华书局,1960年。

(明)李嗣玄:《西海艾先生行略》,钟鸣旦、杜鼎克主编:《耶稣会罗马档案馆明清天主教文献》,第12册,台北:利氏学社,2002年,第243~264页。

(明)李嗣玄:《思及艾先生行迹》,钟鸣旦、杜鼎克、黄一农、祝平一主编:《徐家汇藏书楼天主教文献》,第2册,台北:方济出版社,1996年,第919~937页。

(明)李之藻:《读景教碑后书》,韩琦、吴旻校注:《熙朝崇正集·熙朝定案(外三种)》,北京:中华书局,2006年,第11~13页。

(唐)李延寿:《北史》,北京:中华书局,1974年。

(明)李之藻:《读景教碑后书》,吴相湘主编:《中国史学丛书》,第1册,台北:学生书局,1965年,第77~92页。

(明)李贽:《李贽文集》,张建业、刘幼生编,第1册,北京:社会科学文献出版社,2000年。

(清)李清馥、徐公喜:《闽中理学渊源考》,管正平、周明华校,南京:凤凰出版社,2011年。

[意]利玛窦:《天主实义今注》,梅谦立注、谭杰校勘,北京:商务印书馆,2015年。

[意]利玛窦:《天主教要》,钟鸣旦、杜鼎克:《耶稣会罗马档案馆明清天主教文献》,第1册,台北:利氏学社,2002年,第307~374页。

[意]罗明坚:《天主圣教实录》,吴相湘主编:《天主教东传文献续编》(《中国史学丛书》,第40册),第2册,台北:学生书局,1966年,第755~838页。

[意]罗明坚:《天主实录》,钟鸣旦、杜鼎克主编:《耶稣会罗马档案馆明清天主教文献》,第1册,台北:利氏学社,2002年,第1~86页。

[葡]罗儒望:《天主圣教启蒙》,钟鸣旦、杜鼎克:《耶稣会罗马档案馆明清天主教文献》,第 1 册,台北:利氏学社,2002 年,第 375～514 页。

(宋)罗泌:《路史》,2 册,《四部备要·史部》,第 135～136 册,台北:中华书局,1965 年。

(宋)陆九渊:《陆九渊集》,钟哲校注,北京:中华书局,2012 年。

(三国)何晏集解,(北宋)邢昺注疏:《论语注疏》,(清)阮元:《十三经注疏附校勘记》,北京:中华书局,1980 年,第 2453～2536 页。

(唐)孔颖达:《毛诗正义》,(清)阮元:《十三经注疏附校勘记》,北京:中华书局,1980 年,第 259～628 页。

(宋)朱熹:《孟子集注》,《四书章句集注》,北京:中华书局,1983 年,第 197～364 页。

《闽中诸公赠诗》,法国国家图书馆抄本部(编号:Chinois 7006)。

《明太祖实录》,257 卷,《明实录》,第 1～8 册,台湾"中央研究院"历史语言研究所,1966 年。

(明)谢懋明:《弥克儿遗斑弁言》,钟鸣旦、杜鼎克、蒙曦主编:《法国国家图书馆明清天主教文献》,第 12 册,台北:利氏学社,2009 年,第 489～494 页。

苏镜潭纂修:《(民国)南安县志》,《中国地方志集成·福建府县志辑》,第 28 册,上海:上海书店出版社,2000 年。

吴栻等修,蔡建贤纂:《(民国)南平县志》,《中国地方志集成·福建府县志辑》,第 9 册,上海:上海书店出版社,2000 年。

石有纪修,张琴纂:《(民国)莆田县志》,《中国地方志集成·福建府县志辑》,第 16～17 册,上海:上海书店出版社,2000 年。

(宋)欧阳修:《艺文类聚》,2 册,北京:中华书局,1965 年。

(宋)阮阅:《诗话总龟后集》,《(文渊阁)钦定四库全书·集部·诗文评类》,Digital Heritage Publishing Limited, http://www.sikuquanshu.com。

(清)沈定均修、吴联熏纂:《光绪漳州府志》,《中国地方志集成·福建府县志辑》,第29册,上海:上海书店出版社,2000年。

[意]艾儒略:《三山论学记》,吴相湘主编:《天主教东传文献续编》(《中国史学丛书》,第40册),第2册,台北:学生书局,1966年,第419～494页。

(唐)孔颖达:《尚书正义》,(清)阮元:《十三经注疏附校勘记》,北京:中华书局,1980年,第109～257页。

《圣朝破邪集》,夏瑰琦主编,8卷,香港:建道神学院,1996年。

《圣经约录》,钟鸣旦、杜鼎克主编:《耶稣会罗马档案馆明清天主教文献》,第1册,台北:利氏出版社,2002年,第87～116页。

(元)脱脱、阿鲁图:《宋史》,40册,北京:中华书局,1977年。

上海师范大学古籍整理研究所:《国语》,上下册,上海:上海古籍出版社,1978年。

(北宋)宋祁、欧阳修、范镇、吕夏卿:《新唐书》,20册,北京:中华书局,1975年。

(汉)司马迁:《史记》,10册,北京:中华书局,1972年。

(明)宋濂、赵埙、王祎:《元史》,15册,北京:中华书局,1976年。

(明)陶珽:《续说郛》,《四部集要·子部》,2册,台北:新星书局,1964年。

《太上感应篇》,30卷,《正统道藏》,第834～839卷,台北:译文印书馆,1962年。

《同安县志》,《中国地方志集成·福建府县志辑》,第4册,上海:上海书店出版社,2000年。

(清)张星曜:《天儒异同考》,钟鸣旦、杜鼎克、蒙曦主编:《法国国家图书馆明清天主教文献》,第 8 册,台北:利氏学社,2009 年,第 429~558 页。

(清)薛凤祚:《天学会通》,王云五主编:《四库全书珍本四集》,台北:台湾商务印书馆,1973 年,第 165 册。

(明)钟始声:《天学初征》,吴相湘主编:《天主教东传文献续编》(《中国史学丛书》,第 40 册),第 2 册,台北:学生书局,1966 年,第 913~924 页。

(明)王征:《仁会约》,钟鸣旦、杜鼎克、蒙曦主编:《法国国家图书馆明清天主教文献》,第 6 册,台北:利氏学社,2009 年,第 521~616 页。

(明)王征:《畏天爱人极论》,《王征全集》,8 卷,西安:三秦出版社,2011 年,第 117~138 页。

(明)王阳明:《王阳明全集》,吴光、钱明、董平、姚延福编,3 册,上海:上海古籍出版社,2011 年。

(清)王琛:《光绪重纂邵武府志》,《中国地方志集成·福建府县志辑》,第 10 册,上海:上海书店出版社,2000 年。

(清)王聘珍撰、王文锦校:《大戴礼记解诂》,北京:中华书局,1983 年。

(明)王世懋:《闽部疏》,《四部集要·子部·续说郛》,台北:新星书局,第 2 册,1964 年,第 1112~1124 页。

(唐)温庭筠:《温飞卿集笺注》,秀野草堂本。

(明)徐光启:《几何原本杂议》,吴相湘主编:《天学初函》,第 4 册,台北:学生书局,1965 年,第 1941~1944 页。

(明)徐光启:《徐光启诗文集》,朱维铮、李天纲主编:《徐光启全集》,第 9 册,上海:上海古籍出版社,2011 年。

(清)徐干学:《资治通鉴后编》,《(文渊阁)钦定四库全书·史部·编年类》,Digital Heritage Publishing Limited,http://www.sikuquanshu.com。

（明）阳玛诺：《景教流行中国碑正诠》，吴相湘主编：《天主教东传文献续编》(《中国史学丛书》，第40册)，第2册，台北：学生书局，1966年，第653~754页。

（明）杨廷筠：《鸮鸾不并鸣说》，吴相湘主编：《天主教东传文献续编》(《中国史学丛书》，第40册)，第1册，台北：学生书局，1966年，第37~48页。

（明）叶春及：《惠安政书·崇武所城志》，福州：福建人民出版社，1987年。

（明）叶向高：《苍霞余草》，《四库禁毁书丛刊》，第125册，北京：北京出版社，1997年。

（明）叶向高：《说类》，明刻本。

（明）张维枢：《大西利西泰子传》，钟鸣旦、杜鼎克主编：《耶稣会罗马档案馆明清天主教文献》，第12册，台北：利氏学社，2002年，第187~199页。

（明）张燮：《东西洋考》，谢方校注，北京：中华书局，1981年。

（南宋）祝穆：《方舆胜览》，《(文渊阁)钦定四库全书/史部/地理类》，Digital Heritage Publishing Limited，http://www.sikuquanshu.com。

（汉）赵岐：《孟子注疏》，(清)阮元：《十三经注疏附校勘记》，北京：中华书局，1980年，第2659~2784页。

（清）张廷玉：《明史》，北京：中华书局，1974年。

（清）朱彝尊：《明诗综》，杨家骆编：《历代诗文总集》，第13~14册，台北：世界书局，1962年。

（清）周学曾纂修：《(道光)晋江县志》，福州：福建人民出版社，1990年。

（清）方鼎等修、朱升元等纂：《(乾隆)晋江县志》，乾隆三十年刊本。

（明）张赓、韩霖：《耶稣会西来诸位先生姓氏》，吴相湘主编：

《天主教东传文献三编》(《中国史学丛书续编》,第 1 册),台北:学生书书/史部/地理类》,Digital Heritage Publishing Limited, http://www.sikuquanshu.com。

(汉)郑玄:《周礼注疏》,(清)阮元:《十三经注疏附校勘记》,北京:中华书局,1980 年,第 631～937 页。

(明)钟始声:《天学再征》,吴相湘主编:《天主教东传文献续编》(《中国史学丛书》,第 40 册),第 2 册,台北:学生书局,1966年,第 925～958 页。

(二)论著类

陈超:《曹学佺研究》,长春:吉林人民出版社,2007 年。

邓恩:《从利玛窦到汤若望》,余三乐等译,上海:上海古籍出版社,2003 年。

陈拓:《文献层累与形象塑造——晚明首辅叶向高与天主教》,《新史学》,2018 年第 2 期,第 119～164 页。

汤开建、张中鹏:《晚明仁会考》,《世界宗教研究》,2010 年第 6 期,第 106～118 页。

范清靖:《晋江碑刻选》,厦门:厦门大学出版社,2002 年。

粘良图、陈聪艺编注:《晋江碑刻集》,晋江政协文史资料委员会编,北京:九州出版社,2012 年,第 297～311 页。

郭庆藩、王孝鱼点校:《庄子集释》,4 册,北京:中华书局,1961 年。

丁福保:《佛学大辞典》,上下册,上海:上海书店出版社,2015 年。

晁中辰:《明代海禁与海外贸易》,北京:人民出版社,2005 年。

陈庆元:《福建文学发展史》,福州:福建人民出版社,1996 年。

陈受颐:《明末清初耶稣会士的儒教观及其反应》,陶希圣主编:《明代宗教》,台北:学生书局,1968年,第67～123页。

陈垣:《火祆教入中国考》,《国学季刊》,1923年第1卷第1期,第27～47页。

董光璧:《中国近现代科学技术史》,长沙:湖南教育出版社,1997年。

董少新:《从艾儒略〈性学觕述〉看明末清初西医入华与影响模式》,《自然科学史研究》,2007年第1期,第64～76页。

董少新:《明末亚里士多德灵魂学说之传入——以艾儒略〈性学粗述〉为中心》,《西学东渐研究》,2015年第5期,第39～60页。

多洛肯:《明代福建进士研究》,上海:上海辞书出版社,2004年。

郭绍虞:《中国文学批评史》,上海:上海古籍出版社,1979年。

方豪:《方豪六十自定稿》,2册,台北:学生书局,1969年。

费赖之:《在华耶稣会士列传及书目》,冯承钧译,北京:中华书局,1995年。

顾保鹄:《熙朝崇正集影印本序》,吴相湘主编:《天主教东传文献》(《中国史学丛书》,第24册),台北:学生书局,1965年,第634～635页。

计翔翔:《明末奉教官员李之藻对"景教碑"的研究》,《浙江学刊》,2002年第1期,第130～136页。

韩琦:《关于十七十八世纪西方人对中国科学落后原因的探讨》,《自然科学史研究》,1992年第4期,第289～298页。

韩思艺:《明末清初耶儒慈善思想和实践的会通与转化》,《暨南学报(哲学社会科学版)》,2013年第9期,第58～65页。

黄开国编:《经学辞典》,成都:四川人民出版社,1993年。

黄一农:《明末清初天主教的"帝天说"及其所引发的论争》,《故宫学术季刊》1996年第2期,第43～75页。

黄怀信、张懋镕、田旭东:《逸周书汇校集注》,2册,上海:上海古籍出版社,2007。

何宁:《淮南子集释》,3册,北京:中华书局,1998年。

胡建华:《百年禁教始末——清末朝对天主教的优容与厉禁》,北京:中共中央党校出版社,2014年。

江文汉:《中国古代基督教及开封犹太人》,北京:知识出版社,1982年。

赖尚清:《程颢仁说思想研究》,《中国哲学史》,2014年第1期,第87~94页。

黎邦正:《明初"三途并用"选官制度述评》,《西南师范大学学报(哲学社会科学版)》,2015年第2期,第100~104页。

何宗美:《明代文人结社与文学流派研究》,北京:人民出版社,2016年,

楼宇烈:《老子道德经注校释》,北京:中华书局,2008年。

李玉栓:《明代文人结社考》,北京:中华书局,2013年,第6页。

朱维干:《莆田县简志》,北京:方志出版社,2005年。

李宝学:《晚明闽派对王世贞复古思想接受探微》,《集美大学学报(哲学社会科学版)》,2012年第1期,第73~78页。

李东华:《泉州与我国中古的海上交通》,台北:台湾学生书局,1986年。

李奭学:《中译的第一首英诗·艾儒略〈圣梦歌〉初探》,《中国文哲研究集刊》,2007年第30期,第87~142页。

李奭学、林熙强编:《晚明天主教翻译文学笺注》,第一卷,台北:"中央研究院"/中国文正研究院,2014年。

李玉栓:《明代福建文人结社考述》,《莆田学院学报》,2011年第1期,第72~78页。

梁子涵:《跋顾保鹄教授摄影的〈熙朝崇正集〉》,吴相湘主编:《天主教东传文献》(《中国史学丛书》,第24册),台北:学生书局,

1965年,第692～696页。

廖大珂:《福建海外交通史》,福州:福建人民出版社,2002年。

廖可斌:《明代文学复古运动研究》,上海:上海古籍出版社,1994年。

林国平:《林兆恩与三一教》,福州:福建人民出版社,1992年。

林国平、彭文宇:《福建民间信仰》,福州:福建人民出版社,1993年。

林金水:《利玛窦交游人物表》,《中外关系史论丛》,1985年第1期,第117～143页。

林金水:《曹学佺赠利玛窦诗》,《文史》,1990年第33期,第396页。

林金水、吴怀民:《艾儒略在泉州的交游与传教活动》,《海交史研究》,1994年第1期,第61～71页。

林金水:《艾儒略与福建士大夫交流表》,《中外关系史论丛》,1995年第5期,第182～202页。

林金水:《利玛窦与福建士大夫》,《文史知识》,1995年第4期,第45～49页。

林金水、谢必震编:《福建对外文化交流史》,福州:福建教育出版社,1997年。

林金水:《〈闽中诸公赠诗〉初探》,陈村富主编:《宗教文化》,第3辑,北京:东方出版社,1998年,第77～106页。

林金水:《艾儒略与〈闽中诸公赠诗〉研究》,《清华学报》,2014年第1期,第61～108页。

林金水:《以诗记事 以史证诗——从〈闽中诸公赠诗〉看明末耶稣会士在福建的传教活动》,《相遇与对话——明末清初中西文化交流国际学术研讨会文集》,北京:宗教文化出版社,2003年。

林东阳:《利玛窦的世界地图及其对明末士人社会的影响》,《纪念利玛窦来华四百周年中西文化交流国际学术会议论文集》,

台北:辅仁大学出版社,1983年,第311~378页。

林祖韩:《三一教史》,东山祖祠印行,1999年。

刘俊余,王玉川译:《利玛窦全集 I:利玛窦中国传教史》,台北:辅仁大学出版社,1986年。

刘宗贤:《试论王阳明心学的圣凡平等观》,《哲学研究》,1999年第11期,第69~77页。

梅谦立、黄志鹏:《灵魂论在中国的第一个文本及其来源——对毕方济及徐光启〈灵言蠡勺〉之考察》,《肇庆学院学报》,2016年第1期,第1~12页。

潘凤娟:《西来孔子艾儒略——更新变化的宗教会遇》,天津:天津教育出版社,2013年。

裴化行:《天主教十六世纪在华传教志》,萧浚华译,上海:商务印书馆,1936年。

戚福康:《中国古代书坊研究》,北京:商务印书馆,2007年。

[日]前野直彬:《中国文学史》,骆玉明、贺圣遂译,上海:复旦大学出版社,2012年。

邱诗雯:《张赓简谱》,《中国文哲研究通讯》,2012年第1期,第125~140页。

容肇祖:《明代思想史》(民国丛书第二编),第7册,上海:上海书店,1990年,第1~350页。

荣振华:《在华耶稣会士列传及书目补编》,第2册,耿昇译,北京:中华书局,1995年。

钟鸣旦:《中西文化交流的研究与本位化概念》,《辅仁大学神学论集》,1991年第88期,第291~307页。

钟鸣旦:《本地化:谈福音与文化》,陈宽薇译,台北:光启出版社,1993年。

苏萍:《谣言与近代教案》,上海:远东出版社,2002年。

苏新红:《晚明士大夫党派分野与其对耶稣会士交往态度无关

论》,《东北师范大学学报》,2005年第1期,第62～67页。

孙尚扬:《基督教与明末儒学》,北京:东方出版社,1994年。

韩琦:《通天之学:耶稣会士和天文学在中国的传播》,上海:三联书店,2018年。

唐文基:《福建古代经济史》,福州:福建教育出版社,1995年。

陶希圣、沈任远:《明清政治制度》,台北:商务印书馆,1977年。

唐力行:《家庭·小区·大众心态变迁国际学术研讨会论文集》,合肥:黄山书社,1999年。

田海华:《明末清初耶稣会士对"十诫"的译述》,《国际汉学研究》,2010年第19期,第186～195页。

吴寿彭译:《灵魂论及其他》,北京:商务印书馆,1999年。

吴巍巍:《明末艾儒略在莆田的传教活动及其影响》,《莆田学院学报》,2010年第3期,第89～94页。

吴文良:《泉州宗教石刻》,北京:科学印书馆,1957年。

向觉明:《明末闽中公卿赠艾思及诸西士诗选》,《上智编译馆馆刊》,1947年第2卷第4～5期,第361～362页。

谢国桢:《明清之际党社运动考》,台北:商务印书馆,1978年。

徐光台:《西学对科举的冲激与回响——以李之藻主持福建乡试为例》,《历史研究》,2012年第6期,第66～82页。

徐晓鸿:《闽中诸公赠诗与基督教(一)》,《天风:中国基督教杂志》,2010年第11期,第40～42页。

徐晓鸿:《闽中诸公赠诗与基督教(二)》,《天风:中国基督教杂志》,2010年第12期,第55～57页。

徐晓鸿:《闽中诸公赠诗与基督教(三)》,《天风:中国基督教杂志》,2011年第1期,第24～26页。

徐晓鸿:《闽中诸公赠诗与基督教(四)》,《天风:中国基督教杂志》,2011年第2期,第24～26页。

徐晓望:《福建通史:远古至六朝》,第1册,福州:福建人民出版社,2006年。

徐晓望:《福建通史:明清》,第4册,福州:福建人民出版社,2006年。

徐宗泽:《明清间耶稣会士译著提要》,北京:中华书局,1989年。

杨钦章:《元代南中国沿海的景教会和景教徒弟》,《中国史研究》,1992年第2期,第48～55页。

杨伯峻注:《列子集释》,北京:中华书局,1979年。

叶农:《〈大西利西泰子传〉与张维枢考述》,《福建师范大学学报(哲学社会科学版)》,2012年第4期,第125～131页。

岳娟娟:《唐代唱和诗研究》,上海:复旦大学博士学位论文,2003年。

展龙:《元明之际士大夫政治生态研究》,北京:人民出版社,2013年。

张德信:《明代铨选制度述论》,《史林》,1988年第2期,第40～47页。

张奉箴:《西学凡与天学十诫解略》,《神学论集》,1972年第11期,第149～155页。

张铠:《庞迪我与中国》,郑州:大象出版社,2009年。

章天钦:《吴渔山及其华化天学》,北京:中华书局,2008年。

张先清:《试论艾儒略对福建民间信仰的态度及其影响》,《世界宗教研究》,2002年第1期,第123～136页。

张星烺:《中西交通史料汇编》,6册,北京:京城印书馆,1930年。

张西平:《明清间西方灵魂论的输入及其意义》,《哲学研究》,2003年第12期,第28～34页。

赵文朝:《〈景教碑〉研究中张赓之辨》,《华夏文化》,2014年第

3期,第20~22页。

赵以武:《唱和诗研究》,兰州:甘肃文化出版社,1997年。

周天庆:《论明代福建朱子学派的理学史意义》,《厦门大学学报(哲学社会科学版)》,2010年第6期,第67~74页。

朱谦之:《中国景教》,北京:东方出版社,1993年。

钟鸣旦:《耶稣会进入中国的历史》,莫为译,《上海文化》,2019年第1期,第94~100页。

朱诚身、杨吉湍:《古代中西炼金术之比较》,《郑州大学学报(哲学社会科学版)》,1990年第1期,第20~23页。

二、西文文献

Berling, Judith A., *The Syncretic Religion of Lin Chao-en*, New York: Columbia University Press, 1980.

Bernard, Henri, *Matteo Ricci's Scientific Contribution to China*, translatedby Edward Chalmers Werner, Peking: Henri Vetch, 1935.

Bettray, P. Johannes, *Die Akkomodationsmethode des P. Matteo Ricci S. J. in China*, Romae: Apud Aedes Universitatis Gregorianae, 1955.

Brezzi, A./P. De Troia/A. Di Toro/LinJinshui, *Al Confucio di Occidente-Poesie cinesi in onore di P. Giulio Aleni S. J.*, Brescia: Fondazione Civiltà Bresciana, 2005.

Chan, Albert, *The glory and fall of the Ming dynasty*, Norman: University of Oklahoma Press, 1982.

Chan, Albert, Michele Ruggieri, S. J. (1543—1607) and his

Chinese poems, In: *Monumenta Serica*, 1993(41), pp.129-176.

Chan, Albert, Two Chinese Poems Written by Hsü Wei (1521—1593) on Michele Ruggieri, S.J. (1543—1607), In: *Monumenta Serica*, 1996(44), pp.317-337.

Chan, Albert, The Scientific Writings of Aleni, In: Tiziana Lippiello, Roman Malek (ed.), "*Scholar from the West*": *Giulio Aleni S.J. (1582—1649) and the Dialogue between Christianity and China* (Monumenta Serica Monograph Series; 42), Nettetal: Steyler Verlag, 1997, pp.455-478.

Chan, Albert, *Chinese Books and Documents in the Jesuit Archives in Rome: A Descriptive Catalogue: Japonica Sinica I-Ⅳ*, Armonk/New York/London: M.E.Sharpe, 2002.

Chang Pin-Tsun, Maritime trade and local economy in late Ming Fukien, In: Eduard B. Vermeer (ed.), *Development and Decline of Fukien Province in the 17th and 18th Centuries* (Sinica Leidensia; 22), Leiden: Brill, 1990, pp.63-82.

Chavers, Jonanthan, *Singing of the Source*, *Nature and God in the Poetry of the Chinese Painter Wuli*, Honolulu: University of Hawaii Press, 1993.

Chavers, Jonanthan, WU YÜ-SHAN 吴渔山: In Commemoration of the 250th Anniversary of his Ordination to the Priesthood in the Society of Jesus, Translated by Eugene Feifel, In: *Monumenta Serica*, 1938(3), pp.130-170.

Colpo, Mario, Aleni's Cultural and Religious Background, In: Tiziana Lippiello, Roman Malek (ed.), "*Scholar from the West*" *Giulio Aleni S.J. (1582—1649) and the Dialogue between Christianity and China* (Monumenta Serica Monograph Series), Nettetal: Steyler Verlag, 1997, pp.73-83.

Criveller, Gianni, *Preaching Christ in Late Ming China: The Jesuit's presentation of Christ from Matteo Ricci to Giulio Aleni* (Variétéssinologiques-New Series 86), Taipei: Ricci Institute, 1997.

D'elia Pasquale M., Double Stellar Hemisphere of Johann Schall von Bell, S.J.(Peking 1634), In: *Monumenta Serica*, 1958(18), pp.328-359.

Dudink, Adrian Cornelis, The Rediscovery of a Seventeenth-Century Collection of Chinese Christian Texts: The Manuscript *Tianxue jijie*, In: *Sino-Western Cultural Relations Journal*, 1993(15), pp.1-26.

Dudink, Adrian Cornelis, Zhang Geng, Christian Convert of Late Ming Times, In: *Christianity in Late Ming China: Five Studies*, Leiden University, Diss., 1995, pp.273-313.

Dudink, Adrian Cornelis, Giulio Aleni and Li Jiubiao, In: Tiziana Lippiello, Roman Malek(ed.), "*Scholar from the West": Giulio Aleni S.J.(1582—1649) and the Dialogue between Christianity and China* (Monumenta Serica Monograph Series; 42), Nettetal: Steyler Verlag, 1997, pp.129-200.

Dudink, Adrian Cornelis: The Chinese Books, sent by Andrzej Rudomina S.J., in the Japonica-Sinica Collection of the Roman Archives of the Jesuits(《庐安德寄往罗马耶稣会档案馆的中文书籍》), In: *Monumenta Serica*, 2012(60), pp.291-307.

Elman, Benjamina A., From Pre-modern Chinese Natural Studies 格致学 to Modern Science 科学 in China, In: Lackner, Michael/Natascha Vittinghoff (ed.), *Mapping Meanings: The Field of New Learning in Late Qing China* (Sinica Leidensia; Vol.64), Leiden/Boston: Brill, 2004, pp.25-75.

Elman, Benjamina A., *On Their Own Terms: Science in China, 1550—1990*, Cambridge/Massachusetts/London: Harvard University Press, 2005.

Franke, O.: *Li Tschi und Matteo Ricci* (Abhandlungen der Preußischen Akademie der Wissenschaften, Jahrgang 1938, Nr. 5), Berlin: Verlag der Akademie der Wissenschaften, 1939.

Fung Yu-Lan, *A History of Chinese Philosophy*, Vol. I, *The Period of Philosophers (from the beginnings to circa 100 B.C.)*, translated by Derk Bodde, Princeton: Princeton University Press, 1952.

Fung Yu-Lan, *A History of Chinese Philosophy*, Vol. II, *The Period of Classical Learning (From the second century B.C. to the twentieth century A. D.)*, translated by Derk Bodde, Princeton: Princeton University Press, 1953.

Gallagher, Louis J. S. J. (transl.), *China in the Sixteenth Century: The Journals of Matthew Ricci: 1583—1610*, New York: Random House, 1953.

Gernet, Jacques, *Christus kam bis nach China: Eine erste Begegnung und ihr Scheitern*, Zürich und München: Artemis Verlag, 1984.

Goodrich, L. Carrington, Fang Chaoying: *Dictionary of Ming Biography 1368—1644* (《明代名人传》), 2 Vols., New York/London: Columbia University Press, 1976.

Hashimoto, Keizō, Johann Adam Schall von Bell and Astronomical Works on Star Mappings, In: Malek, Roman (ed.), *Western Learning and Christianity in China: the contribution and impact of Johann Adam Schall von Bell, S. J. (1592—1666)*, Nettetal: Steyler Verlag, 1998, pp. 517-532.

Hirakawa, Akira(平川彰),《佛教汉梵大辞典》,Tokyo: The Reiyukai,1997.

Jami, Catherine, From Clavius to Paradise: The Geometry Transmitted to China by Jesuits,1607—1723,In: Federico Masini (ed.), *Western Humanistic Culture Presented to China by Jesuit Missionaries* (XVII-XVIII Centuries),Rome: Institutum Historicum S.I.,1996,pp.175-199.

Jami, Catherine, Aleni's Contribution to Geometry in China: A Study of the *Jiheyaofa*, In: Tiziana Lippiello, Roman Malek (ed.), *"Scholar from the West": Giulio Aleni S.J. (1582—1649) and the Dialogue between Christianity and China* (Monumenta Serica Monograph Series;42),Nettetal: Steyler Verlag,1997,pp.555-571.

Jones, Ryan John, The Biography of the Chan Master HongzhiZhengjue: A Translation from the Great Ming Biographies of Eminent Monks, In: *Ming Studies: Journal of the Society for Ming Studies*,2012(66),pp.44-55.

Küng Hans, Julia Ching, *Christentum und Chinesische Religion*, München: R.Piper GmbH,1998.

Lancashire, Douglas(蓝克实),/Edward Malatesta(马爱德),/Hu Kuo-chen 胡国祯(transl.), *The True meaning of the Lord of Heaven* (*T'ien-chu Shih-i*) (Variétés sinologiques; nouvelle série;72),Taibei: The Ricci Institute,1985.

Li Tang: *A Study of the History of Nestorian Christianity in China and its Literature in Chinese* (European University Studies;Bd.87),Frankfurt am Main: Peter Lang,2002.

Lin Jinshui: Aleni's Adaptation Method, In: Tiziana Lippiello, Roman Malek(ed.), *"Scholar from West": Giulio Aleni*

S.J.(1582—1649) and the Dialogue between Christianity and China (Monumenta Serica Monograph Series,42),Nettetal: Steyler Verlag,1997,pp.333-364.

柳存仁,Lin Chao-en(1517—1598),The Master of the Tree Teachings,In: T'oung Pao,1967(53),pp.253-278.

Lo,Yuet Keung,My second self:Matteo Ricci's friendship in China,In: Monumenta Serica,2006(54),pp.221-241.

Luk,Bernard Hung-kay,A Study of Giulio Aleni's "Chih-fang wai chi"(职方外纪),In: Bulletin of the School of Oriental and African Studies,1977(40/1),pp.58-84.

Malek,Roman(ed.),*Western Learning and Christianity in China: the contribution and impact of Johann Adam Schall von Bell*,S.J.(1592—1666).Nettetal:Steyler Verlag,1998.

Menegon,Eugenio,Jesuits,Franciscans and Dominicans in Fujian: The Anti-Christian Incidents of 1637—1638,In: Tiziana Lippiello,Roman Malek(ed.),"*Scholar from the West*" *Giulio Aleni S.J.(1582—1649) and the Dialogue between Christianity and China* (Monumenta Serica Monograph Series;42),Nettetal: Steyler Verlag,1997,pp.219-262.

Needham,Joseph(ed.),*Science and Civilisation in China*,Volume 1,*Introductory Orientations*,Cambridge:Cambridge University Press,1954.

Needham,Joseph(ed.),*Science and Civilisation in China*. Volume 3.*Mathematics and the Sciences of the Heavens and the Earth*,Cambridge:Cambridge University Press,1959.

Needham,Joseph(ed.),*Sciences and Civilisation in China*,Volume 5,*Chemistry and Chemical Technology*,*Part II*,*Spagyrical Discovery and Invention: Magisteries of Gold and*

Immortality, Cambridge:Cambridge University Press,1974.

Needham,Joseph(ed.), *Science and Civilisation in China*, Volume 7,Part 1,*Language and Logic*, Cambridge:Cambridge University Press,1998.

Padberg John W., Development of the Ratio Studiorum, In: Vincent J.Duminuco(ed.), *The Jesuit Ratio Studiorum: 400th Anniversary Perspectives*, New York: Fordham University Press,2000,pp.80-100.

Sebes,Joseph,The Precursors of Ricci,In:Charles E Ronan, Bonnie B.C OH(ed.), *East meets west: the Jesuits in China, 1582—1773*,Chicago:Loyola University Press,1982,pp.19-61.

Shen, Vincent, Some philosophical reflections on Matteo Ricci's cultural approach in China,In:《纪念利玛窦来华四百周年中西文化交流国际学术会议论文集》,台北:辅仁大学出版社,1983年,第619~640页。

Standaert,Nicolas,*Yang Tingyun,Confucian and Christian in Late Ming China: His Life and Thought* (Sinica Leidensia, 19),Leiden:E.J.Brill,1988.

Standaert, Nicolas, The Classification of Sciences and the Jesuit Mission in Late Ming China,In:Jan A.M.de Meyer,Peter Mengelfriet(ed.), *Linked Faiths: Essays on Chinese Religions and Traditional Culture in Honour of Kristofer Schipper* (Sinica Leidensia;Vol.46),Leiden:Brill,2000,pp.287-317.

Standaert, Nicolas (ed.), *Handbook of Christianity in China*,*Volume one*,*638—1800*,Leiden/Boston/Köln:Brill,2001.

Standaert, Nicolas: *Methodology in View of Contact between Cultures: The China Case in the 17th Century* (CSRCS Occasional Paper, No.11), Hong Kong: The Chinese University of Hong Kong,2002.

Wong,George Ho Ching,*China's oppositions to Western religion and science during late Ming and early Ch'ing*,Diss.,University of Waschington,1958.

Zürcher, Erik, The Jesuit Mission in Fujian in Late Ming Times: Levels of Response, In: Eduard B. Vermeer (ed.), *Centuries* (Sinica Leidensia;22),Leiden:Brill,1990,pp.417-458.

Zürcher,Erik,In the Beginning:17th-Century Chinese Reactions to Christian Creationism, In: HuangChun-Chieh, Erik Zücher (ed.), *Time and space in Chinese culture* (Sinica Leidensia,XXXIII),Leiden/New York/Köln:E.J.Brill,1995,pp. 132-166.

Zürcher,Erik:Giulio Aleni's Chinese Biography, In: Tiziana Lippiello,Roman Malek(ed.), "*Scholar from the West*":*Giulio Aleni S.J.(1582—1649)and the Dialogue between Christianity and China* (Monumenta Serica Monograph Series;42),Nettetal: Steyler Verlag,1997,pp.85-127.

Zürcher,Erik,Christian Social Action in Late Ming Times: Wang Zheng and his "Humanitarian Society", In: Jan A.M. de Meyer,Peter Mengelfriet(ed.),*Linked Faiths*:*Essays on Chinese Religions and Traditional Culture in Honour of Kristofer Schipper*(Sinica Leidensia;46),Leiden:Brill,2000,pp.269-286.

Zürcher, Erik: *Kouduorichao*: *Li Jiubiao's Diary of Oral Admonitions* (Monumenta Serica Monograph Series LVI/1), Vol.1,Nettetal:Steyler Verlag,2007.